俄罗斯 独行笔记

孙越 | 著

金城出版社
GOLD WALL PRESS
·北京·

图书在版编目（CIP）数据

俄罗斯独行笔记 / 孙越著 . — 北京：金城出版社有限公司，2020.9
ISBN 978-7-5155-1835-0

Ⅰ. ①俄… Ⅱ. ①孙… Ⅲ. ①游记－作品集－中国－当代 Ⅳ. ① I267.4

中国版本图书馆 CIP 数据核字 (2019) 第 041058 号

俄罗斯独行笔记

作　　者　孙　越
责任编辑　刘　荔
责任校对　杨　超
责任印制　李仕杰
开　　本　710毫米×1000毫米　1/16
印　　张　17.5
字　　数　280千字
版　　次　2020年9月第1版
印　　次　2020年9月第1次印刷
印　　刷　天津旭丰源印刷有限公司
书　　号　ISBN 978-7-5155-1835-0
定　　价　58.00元

出版发行　金城出版社有限公司　北京市朝阳区利泽东二路3号
邮　　编　100102
发 行 部　(010) 84254364
编 辑 部　(010) 64210080
总 编 室　(010) 64228516
网　　址　http://www.jccb.com.cn
电子邮箱　jinchengchuban@163.com
法律顾问　北京市安理律师事务所（电话）18911105819

冬景 克列维尔 作（1890 年）

归来 科斯捷茨基 作（1947 年）

女商人饮茶 库斯托季耶夫 作（1918 年）

船 博卡耶夫斯基 作（1912 年）

红马浴 彼得罗夫 · 沃特金 作（1912 年）

北冰洋的风暴 艾瓦佐夫斯基 作（1864 年）

目录

PART 2

俄罗斯神秘之旅

PART 3

中俄大历史回声

PART 4

苏联往事再回首

自序

我在很多场合提到过独行。

人生动与静自有悖论。而独行，与人们习惯于穿行其间的轰轰烈烈的年代，习惯追随的热热闹闹的时尚形成反差。我二十几岁在兴安岭雪山当边防军，青春年少面对雄山高岭和长天万顷，最想逃离寂静与孤独，渴望汇入闹市的潮水寻求摩肩接踵的喧闹。后来发现，人声鼎沸之地，远非泰若安然之所，灯红酒绿之所，更难有人性的高洁。此后，我便独自去了苏俄。我开始坚信独行，因为独而静，因为静可思。

我是另外一种意义上的旅行者，独自穿行于中俄四百余年来的历史烟海；我也是另外一种意义上的书写者，力争不再重复那些中俄故事的陈词滥调，期望我在字里行间闪烁不同的思想火花，更期望对一向讳莫如深的邻国之见有所创新。

我写俄罗斯人的个性，务求不从书本到文字，而是尽量从体验到总结，从生活的真实故事入手，尽量给读者展现画面感。我写的散文《我认识的俄罗斯人》《俄罗斯女人是男人的守护神》和《“好看”是一种力量》都是我的亲历。我以在莫斯科近二十年侨居体验为据，为了让俄罗斯人的音容笑貌跃然纸上，奉行“唇齿相交，鼻息相闻”之道而写作。我深知，除此之外，别无他路。回答“俄罗斯人是谁”“什么是俄罗斯民族”等问题，自古不易。我们祖先为此犯了大难，也出过大错，以至于“致学者讹以承讹，谬以袭谬”，害得今人仍对俄罗斯知之甚少。我想，再不深入研究，就是俄学界的失职。

不少同仁问我，苏联解体，俄罗斯作家近况如何？他们的价值观伴随国家转型发生了怎样的变化？那么《教堂里的索尔仁尼琴》《布兹尼克的诗》和《苏联解体：作家未做好道德准备》便是最好的回答。我 2004 年当选俄罗斯国际笔会会员，见到索尔仁尼琴、沃兹涅先斯基、阿克肖诺夫、布兹尼克等文坛名家。我想，他们对苏联和俄罗斯文学的思考足以震撼我们的灵魂，他们说的每句话都掷地有声，敲击着我们的心。《苏俄随想曲》是一篇答疑式随笔，在价值体系彻底颠覆的今天，回首苏联，我们大有两个世界两重天之感，到底活在哪个世界更有幸福感，其实这不仅是中俄两国人民的思索，也是对整个世界的追问。

知识界将 1992 年之后的俄罗斯称为“后苏联时代”不无道理。历史从无光明面和阴暗面之分。浩瀚岁月，人在其间，历史所呈现的都是人类的所作所为。而人类的行为，则取决于价值观和信仰体系。从这个意义上说，人的心灵确实有灿烂和晦暝之别。

说起苏联往事，我从文化的角度谈过苏联的节日、图书、电影和苏俄诺贝尔文学奖得主的获奖历程，触及了中国知识分子纠缠数十年的心结。苏联时代，节日之盛大堪比狂欢，它带给人民的回忆覆盖了一切，苏联的节日，是宏观的幸福感和浩浩荡荡与震耳欲聋的欢笑，而图书与电影，是与个人心灵体验相关的民族记忆。苏联虽已消失，但是记忆长存——它在今天现实生活中，任凭节日、图书和电影花样翻新，却根本无法覆盖对它的记忆。人们呼唤记忆，寻找记忆和完善记忆，使之成为完整的人类历史的一部分。这些回忆并不轻松，就像这个世界并不总是阳光灿烂，但它的真实性却如智者的箴言一般不容置疑，正如俄罗斯人所说，苏联是他们不容违背良心而忘却的一段集体记忆。

中俄之交，始于明代，距今已有四百余年，于是有了《中国国书》箴言般的故事。中俄文化均有历史，又都独具个性，关键是都具有极易同化和难以兼容的特点，所以，当两国文化相遇时，各种情形便呈现出来，首先是冲突。所以，我写了《细说雅克萨》这个领土争端的故事，实则想说明的是文明背后的冲突与对抗。《中苏互不侵犯条约签署内幕》和《中苏反特电影博弈录》等故事都是近代中苏两国之间的纠葛，若我们将其放在国际大文化冲突的背景下去考察，或许会悟出一些中俄两国相知和相处之道。

这些年，我穿行于俄罗斯的平原与森林、高山与河流，栖身于教堂、修道院和古城堡之间，就着黑面包和酸黄瓜，历尽坎坷、艰辛甚至屈辱，吞下数不清的思念与乡愁，在他国异乡体悟人与自然、人与生命的关系。我在独行的路上，写下了《走在库尔什沙地上》《楚德湖》《索命谷断魂记》《通古斯鬼坟》《鬼穴丘陵醉树林》等貌似游记的文字，但实际上，这些文字的本意不是所谓的哲学思考，而是一个信仰再塑的过程。我觉得，惟有感悟生，方知何为死，惟有悟生死，方知生命不朽。

我感恩，我独自一人走过这个美轮美奂和惊心动魄的世界。我感恩，我的责任编辑刘荔女士和其他很多朋友，为我的这本书的付梓所做的贡献。特别感谢俄罗斯电影基金会为本书提供电影剧照。

戊戌岁末于京西

PART 1 俄罗斯个性档案

我所认识的俄罗斯人

俄罗斯是个神秘莫测的国家。想与他们打交道，我们时常会感到无从入手，以至于闹出来很多笑话，还要交“学费”。别看俄罗斯是邻国，但是我们对它知之甚少。自苏联解体后，我们了解的俄罗斯信息骤减，即使有信息传达，也欠精准，很多都停留在传说的层面。

俄罗斯人见到陌生人，最爱问的一句话就是：你从哪里来？自古，英雄莫问出处，俄罗斯人却非要搞个明白。为啥呢？因为，俄罗斯人注重血统。血统论发展到极致，就是种族主义。假如这种情绪受到刺激而升级，即会走向极端，演化为纳粹主义的暴力。遗憾的是，俄罗斯确实存在种族主义倾向，这些年，不少去俄罗斯留学和务工的中国人感受颇多。

2005 年，是俄罗斯极端民族主义暴力事件的高发年度。俄罗斯国际笔会秘书长特卡钦科担心我这个华裔会员的安全，建议俄罗斯笔会主席、俄罗斯著名作家比托夫和著名诗人沃兹涅先斯基，专门为我签署了一个随身证明文件，说明我是中国来的俄罗斯文学翻译家，是沟通中俄文化的使者。虽然，这份我戏称为护身符的文件从未真正派上过用场，但我能平平安安地在莫斯科活到现在，与那份护身符保佑不无关系。护身符的故事说明，人与人之间的爱和血统无关。现在，特卡钦科和沃兹涅先斯基都已辞世，这份护身符成了他们留给我的永恒纪念，它见证了不同血统作家之间的珍贵感情。

当然，也有一些俄罗斯作家坚持血统论，我和他们争论过诗人普希金到底是不是俄罗斯作家的问题。我说，若按照所谓的血统论，他不是俄罗斯作家，因为普希金祖上是非洲埃塞俄比亚后裔，黑皮肤，卷头发，怎能说是俄罗斯作家？他们当然同意我的说法。我说，这件事说明，所谓俄罗斯血统，不是判定普希金是不是俄罗斯作家的唯一标准。普希金是混血儿，但更主要的是他认同俄罗斯文化，还继承发扬和光大了俄罗斯文化。

相应的例子很多。比如说，俄罗斯著名军事家苏沃洛夫是芬兰贵族后裔，但他却深受俄罗斯人热爱，他的军事思想已永驻俄罗斯军事史册。再有，俄罗斯皇帝亚历山大三世的妻子玛利亚是丹麦人，但在俄罗斯人心目中，她从来都是俄罗斯的皇后陛下。我的朋友，莫斯科雕塑家波多茨基出生在苏联摩尔多瓦共和国，有吉卜赛血统，没有蓝眼睛，却有红皮肤，但莫斯科艺术界都认为他是俄罗斯艺术家。波多茨基认为，俄罗斯是各民族人民的组合体，俄罗斯人，是被俄罗斯强势文化所塑造的人。

俄罗斯作家卡拉－穆尔扎说，俄罗斯人，就是一群自觉自愿地背起十字架的人。他们只要一背起十字架，幸福感便油然而生。俄罗斯人心中隐藏着对全人类巨大的宗教关怀。他们的弥赛亚精神，会令人肃然起敬。弥赛亚一词，俄语的直译是使命或者任务。弥赛亚实际上源于希伯来语，翻译成希腊语就是基督。在希伯来语中，它的字面意思是敷膏者，即被用香膏涂抹的人。《旧约》中，受香膏者，即指被上帝所选中的人，具有特殊的权利和作用。

俄罗斯人觉得，他们生来就被上帝选定，并有义务将天意传达于民。知道这一点，我们就会明白，了解弥赛亚精神对解读俄罗斯文化是多么重要。俄罗斯人经常在人前喋喋不休，大谈人的生死与未来世界，这种与生俱来的情结，源自他们融化在血液中的世界。他们除了讲述弥赛亚之外，也爱高谈阔论其他东西，炫耀知识，甚至居高临下，使人生厌。

但是不管怎么说，我们明白，弥赛亚精神渐渐演化成了俄罗斯的救世

缅什科夫在别列佐夫村 苏里科夫 作（1883 年）

使命。不夸张地说，俄罗斯人真觉得他们世世代代，都是上帝派他们来拯救世界的。因此，弥赛亚精神就是俄罗斯的民族精神，这种精神很玄妙，不可言状，根植于他们的灵魂。

2001 年，俄罗斯社会学家做了一次民意调查，题目是：俄罗斯人对世界的责任和义务是什么？其调查结果他们从自己的角度，回答了俄罗斯人是谁这个问题。

莫非，正因为俄罗斯人身怀大使命，所以，他们生来傲慢，盛气凌人，随时随地表现出大国沙文主义思想？我承认，有些俄罗斯人确实才华横溢，为人处事兢兢业业，一丝不苟。但我也得说，不少俄罗斯人却也庸庸碌碌，做事马马虎虎，产品粗制滥造，漏洞百出。简言之，俄罗斯人的性格，相互矛盾。一方面，这明显影响了他们的生活和工作；另外一方面，也有助于他们的生活和工作。

作家布兹尼克曾说，俄罗斯人具有难以理喻的特性，正是这种不可思议性，帮助他们可以解决其他民族无法解决的问题。俄罗斯人善于从特殊角度观察世界，以特殊方式解决问题，这绝对是出乎我们意料之外的特点。

俄罗斯人天性率真，待人接物情真意切。俄罗斯人爱你时，一腔热血。恨你时，义愤填膺。有些中国人将其理解为“敢爱敢恨”，虽不准确，但也沾边儿。我的德国音乐家朋友菲利浦，娶了俄罗斯女人为妻，但他对俄罗斯人性格的形容，却令我毛骨悚然，他说，俄罗斯人会在盛怒之下割掉你的脑袋，然后趴在你的坟头，哭得死去活来并真诚地请求你原谅。

俄罗斯民族好客。在俄罗斯人家里，即使你是不速之客，他们也会相敬如宾，不论你是否已经吃过饭，主人都会立即为你准备一桌美味佳肴。任何事件或纪念日，都会成为他们请你喝酒吃饭的理由。

俄罗斯民族不是一个守时的民族，他们似乎根本没有时间概念，俄罗斯人自己也承认，他们是一个惰性强的民族，常常蜷缩在沙发里冥想，期待奇迹降临，并虔诚地相信世间一切自有上帝安排。

俄罗斯人从传统上讲是追求共同富裕的。从农耕时代起，邻里之间便收成共享，好处均摊。所以，一部分人先富起来的理念，不符合俄罗斯国情。假如真的发生收入分配差距过大的现象，其结果一般不会很妙。

俄罗斯人从来都不是吝啬鬼。他们有句谚语，意思是，只要是朋友，他们便可以把最后一件衬衫脱给你。这句话充分勾勒出俄罗斯人独特的、野性十足的慷慨。在俄罗斯，甚至连嗜酒如命的人，也会与他人分享伏特加。通常，他们先猛喝几口，然后恋恋不舍地将酒瓶子塞进你的手中，再舔着嘴唇，眼巴巴地、但却心满意足地看着你一饮而尽。

这是真正的慷慨，我就认识这样的俄罗斯酒鬼。

俄罗斯女人是男人的守护神

俄罗斯女人是俄罗斯男人茶余饭后的谈资，但却很少有人把她们说清楚，她们是永远的传说。她们留给男人世界的，似乎只有娇媚无限的容颜和变化莫测的身材。俄罗斯有一首歌这样唱道:“谁能洞悉她们的心灵，揭开俄罗斯女人的谜底?”

俄罗斯哲学家巴枯宁的弟弟小巴枯宁说，俄罗斯虽然生活环境不佳，但美女却值得炫耀。实际上，俄罗斯女人不仅是用来炫耀的，俄罗斯女人就是俄罗斯的全部生活。苏俄著名思想家、历史小说家索洛涅维奇认为，俄罗斯人的性格不是天生的，它是由俄罗斯女性塑造的，这阐述的就是俄罗斯女性与俄罗斯民族的关系吧。

俄罗斯长得最冷艳的女人，当属西伯利亚女人。这是俄罗斯男人的评价，问其究竟，他们说，西伯利亚女人的自然之美与生俱来，她们明眸皓齿，不施粉黛便美得让人心跳。有位乌克兰画家曾在西伯利亚采风而流连忘返，他说，年轻的西伯利亚女人秋波澄澈，身材婀娜，肌肤透明，即使人到中年，依旧风韵不减。所以，她们永远享受着男人无穷无尽的赞美。更有科学家考证，俄罗斯美女们一头栗色的或者浅色的秀发，细软浓密，竟有 16 万根之多，比其他国家的白种女人要多四万多根呢！于是，俄罗斯女人最懂得舞弄风情。她们往往将这一头引以为自豪和艳羡的浓发，或披散于肩头或盘结于脑后，或编成长辫垂在腰际，勾得男人旌旗摇荡，想入非非。

俄罗斯疆域辽阔，从东到西，女人们不仅外貌上各有差异，文化上亦有不同，甚至连俄语都讲得各有味道，且不用说性格特征和生活方式了。但她们有一点几乎相差无几，那就是她们时时处处女人味十足。你只有学会和她们相处，才会发现，她们既可做贤妻良母，亦可当知心朋友。自然，并非所有俄罗斯女人都是如此。

俄罗斯女人谈婚论嫁，较为挑剔。她们崇拜男人的力量、荣耀、地位、金钱和权柄。这似乎很老套！她们喜爱开朗健谈的男人，她们爱慕男人有思想、有智慧，特别是有幽默感。这也不怎么新鲜！但是，传统的俄罗斯女人，更加注重男人的道德面貌和健康条件，如诚实善良的内心，以及健康完美的体魄。当下有些俄罗斯女人婚姻的条件是房子、车子和票子，不过因此她们便失去了在男人眼中的个性之美。

俄罗斯女人潜意识里，喜欢高大威猛强势的男人，并由衷地赞赏他们动物般的彪悍，以至于渴望他们的暴力。她们并不像我们认为的愿意嫁给酒鬼和懒汉，假如你无意中看到他们嫁给了那样的丈夫，很多时候都是出于无奈。我认识一些不幸嫁给了酒鬼和懒汉的俄罗斯女人，这些丈夫给她们生命带来了极大的创伤，但是她们却对自己的男人表现出极大的宽怀，并不厌其烦地将酒醉的丈夫，从醒酒所里一次又一次地接回家。她们不仅可以忍受丈夫穿戴邋遢，甚至容忍他们出言不逊，骂骂咧咧。这样的夫妻关系，在外人看来根本无法忍受，她们却说可以相伴到老。在惊叹她们巨大的隐忍之余，也暗中思忖，也许只有俄罗斯的男人和女人，才能做到如此“相知”，正因为如此相知，才会如此忍耐。很多时候对她们来说，忍耐便是爱。

俄罗斯男人渴望怎样的女人？苏联作家伊利因说，俄罗斯女人是男人心中的花朵、天使和孩子，这个定义足以迷醉全世界男人。

其一，花朵美丽，所以，俄罗斯女人奉献娇艳的容颜，但在这里，美丽的意义却不仅仅在表面。俄罗斯女人之所以美丽乃是因为她们的精神世界里充满了真理的光辉。对真理的追求，使得俄罗斯女人具备了灵魂之美。而这灵魂之美，也使得她们愈加优雅迷人，且善良温柔。所以，作家伊利因说:“俄罗斯女人，应恪守俄罗斯女性的传统美德，爱丈夫，疼孩子，顾家庭。”可见，俄罗斯男人心中最理想的女人，就是灵肉一体，内外通秀。

其二，俄罗斯男人希望女人是天使。希望她们天性率真，心地纯良，灵魂剔透。每个男人都想娶到如花似玉的新娘。先不说灵魂的事，就现实生活中的俄罗斯美女，她们经常面无表情地与人搭讪，冷峻有余，而热情不足。因此中国人称她们为“冰美人”。还有一点，中国人一般不易察觉，那就是，俄罗斯女人和西北欧女人不同，她们讲话时的内容和表情分离，这种表情的缺失和肢体语言不匹配，似乎一点都不像天使。更有甚者，“冰美人”时常表现出无端的傲慢，她们目光冰冷，足以在刹那间刺透男人的自尊，这就更不像天使了。

其三，俄罗斯男人希望女人是孩子，喜欢她们的单纯幼稚和不善逻辑。俄罗斯男人好为人师，喋喋不休，他们需要女人成为他们倾听的耳朵。但在实际生活中你会发现，俄罗斯女人并不像孩子那么好哄。她们对世界的态度很直观——直观是她们感知世界的态度，直觉是她们解决问题的逻辑。你只要跟俄罗斯女人稍打交道即会发现，虽然她们知识可能比男人匮乏，可是为人处世的经验堪称丰富。因此，俄罗斯女人胆大心细，遇事不慌，为了达到目的，想出的办法和动用的手段，往往令男人瞠目结舌。

男人要注意了，尽管人们都说，俄罗斯女性的灵魂里，没有真理之光照耀不到的死角，但是谁知道，对男人，她们心中到底藏着多少难以窥见的心机?

我曾到东正教圣地普斯科夫男子修道院朝圣，在俄罗斯军队打败金帐汗国的库利科沃古战场，观看过宗教游行，看到成千上万的俄罗斯教民或手捧圣母像，或者高擎圣母幡旗远涉百余公里，前来谒拜圣地。很多教民热泪盈眶，在圣母像前或长跪不起，或匍匐在地。俄罗斯人认为，圣母赐福和保佑俄罗斯，圣母就是俄罗斯人的精神源泉。

俄罗斯神父说，圣母的优美形象不仅远在高天，而且近在眼前。圣母是俄罗斯的力量，而俄罗斯力量就是女人的力量。东正教教会与西罗马教会最大不同就在于，东正教教会有很多身怀传教使命的女性，这是否也从另一个角度说明，俄罗斯的国家拯救主义核心是女性，只有女性才能拯救俄罗斯呢？从这个意义上讲，我真觉得，俄罗斯女人多于男人是天意，是俄罗斯的宿命。因为她们美丽、强大而被赋予了使命。

女人，在俄罗斯是强势群体，俄罗斯女人比男人更强大，这种强大是灵魂和肉体合一的强大，相比之下男人倒显得底气不足。

强者的使命是守护，所以俄罗斯女人是男人的守护神。俄罗斯人解读俄语里“爱”一词的含义，不是简单的“爱恋”，它更有“怜惜”之意。俄罗斯女人与生俱来母性十足，最擅长温暖失意者之心。她们在男人狂呼乱叫时，善于让步妥协，宁愿让自己的灵魂受伤，这意味着，假如你与俄罗斯女人相爱，她便会怜惜你。有时候，俄罗斯女人并不将红颜视为资本，而独立地保持一份真纯和谦逊，对很多想入非非的男人保持着一份审慎与距离。

俄罗斯文学，曾经给我们充分展示了俄罗斯女人的精神世界——有教养的女人、重精神轻物质、富于自我牺牲和追求真理的一面，这些恰是夫妻之爱和婚姻生活的坚实基础。正如普希金在《叶甫盖尼·奥涅金》中塑造的角色塔吉扬娜，她既是一位热情似火、冰清玉洁的姑娘，又是一位充满理想的妻子，更是一位襟怀坦白和忠贞可靠的朋友。

俄罗斯诗人涅克拉索夫及俄罗斯哲学家特鲁别茨柯依，在他们的作品中，都曾为俄罗斯女性的精神世界画像。涅克拉索夫指出，十二月党人的妻子追随丈夫一路坎坷前往西伯利亚流放地，并非出于女性对男人盲目的服从，也不是因为要表现妻子对丈夫的一片忠诚，而是因为俄罗斯女人有她们自己对男人的独特理解，即爱国主义精神的独特理解。有理解才会有奉献，这是爱的逻辑。因此，我们才会读懂普希金，才会明白，为什么她们毅然决然地要成为十二月党人之妻。俄罗斯女人的精神品格，就是这样铸成的。

再说俄罗斯男人的故事。我认识一位住在莫斯科的越南姑娘琛，她嫁给了一个俄罗斯男人。问她婚后感觉如何，她说，丈夫最大的优点是心眼好，最大的缺点，就是爱喝酒，而且早上一睁眼就喝。她为此指责她丈夫，她丈夫却反驳说："胡志明爷爷的小宝贝儿，早晨喝酒不是缺点，俄罗斯男人要是早晨不喝点酒，怎么知道一天该干什么活啊！"

如果说俄罗斯男人个个都是酒鬼，有些夸张，但在俄罗斯，爱喝酒的男人占比例相当大，这是一个不争的事实。几年前，我陪同莫斯科一所大学的校长来中国进行教育合作交流，校长下飞机的第一天，就喝得酩酊大醉。几天后，直到我们返回俄罗斯，他也没有醒来，我们只能架着他登机回国。

俄罗斯人的酒精依赖综合征一旦发作，就必须不停地饮酒，以解煎熬之痛。但是不停地饮酒，却又使得他们的依赖变本加厉。俄罗斯前些年采用进口戒酒针等方法，试图帮助酒鬼一劳永逸地戒除酒瘾。但是，俄罗斯酒鬼的酒精依赖渗透了灵魂，仅靠一针，恐难解千年数百年的酒醉。

即使东正教神父也不能幸免。俄罗斯东正教史写道，1718 年第一届俄罗斯中国传教团团长伊拉里昂神父，就是在北京酗酒猝死，一般人很难想象。经年累月的酗酒，逐渐改变了俄罗斯人的性格，酒鬼们愚钝呆板、厚

不对等婚姻 布吉列夫 作（1862 年）

颜无耻、谎话连篇又狡诈阴险。是谁纵容了俄罗斯男人酗酒？当然是宽宏大量的俄罗斯女人。最终，俄罗斯男人和女人，只能一起承受酗酒给他们带来的痛苦。

不过，俄罗斯女人早已洞察男人的劣根性，所以，她们一直在努力，希望重塑俄罗斯男人，而恰是这种重塑培育了俄罗斯女人的优势。在俄罗斯，不管男人表面上如何嚣张，都无法改变女人统治男人这一事实。

“好看”是一种力量

俄罗斯美女多如天边彩霞。你去了俄罗斯就会发现，不仅中国旅行者喜欢在那儿看美女，俄罗斯男人也爱欣赏他们自己的美女。理由很简单，俄罗斯女人实在漂亮得精致，漂亮到她们在世界美女圈儿的得分永远是 5+。我在莫斯科上学的时候，我们班上有一位名叫杰尼索娃的女孩，一学期里，每次来上课的时候身上穿的衣服都不重样儿。我忍不住好奇就问她原因，她张嘴就俩字儿:“好看!”后来我和杰尼索娃混熟了，她跟我说，她遛狗的时候都穿高跟鞋，我说不难受吗，她耸耸肩膀还是那俩字儿:“好看!”

你要在俄罗斯待久了就会慢慢明白，俄罗斯女人差不多都这样追求“好看”。对俄罗斯女人而言，“好看”是一种力量、一份尊重。她们以为，在这个世界上没人能瞬间洞悉你丰富或者贫瘠的内心世界，但你的外表却可以一目了然，所以俄罗斯女人待人接物绝对以貌取人。换句话说，你要穿得寒碜点儿，就别上赶着跟她们吃饭喝酒逛街谈生意了，省得她们像严冬一样残酷无情地鄙视你，到时候你在面子上肯定下不来。因为在灯红酒绿的莫斯科，衣衫靓丽的俊男总是花花绿绿的美女们的背景板，哪位美女不想男伴也像她们自己一样“好看”?

再说俄罗斯女人的天性。俄罗斯古典大诗人涅克拉索夫的诗中有句名言说得很生猛，意思是俄罗斯女人能驯服野马，房子烧着了也敢往里冲。这和中国人传统文化中对女人的认知有天壤之别。中国是沉鱼落雁和小鸟依人，弱柳迎风和飘飘欲仙的女性审美。而外表美丽的俄罗斯女人骨子里天性生猛狂放不羁我行我素，走路都带着火，她们是特立独行的女人，甚至很多时候根本不奢求男人的保护和帮助。中国女人则不同，她们觉得，男女一旦交往了，他们之间所有事情就不分彼此，但俄罗斯女人从不想与男人建立所谓比翼齐飞和举案齐眉的关系，因为她们觉得那种关系不自由。他是他我是我不掺和，这是俄罗斯人际关系的基本信条，其中也包括男女关系。对女人来说，男人再好也要自食其力，别指望女人管吃管喝地养着他！

俄罗斯男人虽待价而沽，但是女人择偶一点儿不凑合。她们对男人有很高的期望值。首先，你在她眼里必须是个“枕头满”（绅士），外出的时候在她前面开门；在公共场所为她脱大衣穿大衣；过生日和过节送鲜花和开香槟必不可少，否则你想和她有故事简直没门儿！在生活中无论遇到什么麻烦事儿你都不能抱怨，也不能退缩。要做得跟彼得大帝似的才合格。你还得爱心满满，出门在外你们要是碰上了流浪猫、流浪狗和流浪汉，绝对不能绕着走，一定得有表示才行。我认识一个中国男孩和俄罗斯姑娘谈恋爱，女孩刚开始对他还犹犹豫豫的，后来他们开车去莫斯科郊外森林游玩，半夜一只猫头鹰撞在他们汽车的挡风玻璃上受了伤，中国男孩立即下车将受伤的小鸟装在盒子里，连夜送到动物医院救治，从此他在女友心中地位大变，她看他的眼神就跟看俄罗斯古代勇士一样。

我有几个朋友胆儿大娶了俄罗斯媳妇。尚且不说他们能不能驾驭刀山敢上火海敢闯的俄罗斯风火媳妇，想要通过岳父岳母这一关就得脱层皮。你要造访你俄罗斯岳父岳母家，无论上午十点还是半夜十一点，最先映入眼帘的就是那一大桌子菜，还不算伏特加、香槟和红酒，各种菜汤、肉汤、烤肉、蒸肉和煮肉，沙拉、肉馅饼、土豆和酸奶油，还有最致命的一道菜，那就是你岳母用自家烤箱烤出来的大蛋糕。如果你上来一通胡吃海

窗台上的女人 特罗比宁 作（1841 年）

塞不留空间地吃个肚歪，正酒足饭饱之时，你岳母悠悠地端上个洗脸盆大小的蛋糕，并笑容可掬地切上一大块给你放到盘子里，然后眼巴巴地看着你吃完它。这时候你真正的考验才到来。俄式蛋糕和中国的太不一样，特点是一大，二厚，三甜，甜到齁死人。你如何下咽?

在这种情况下，若求助你的俄罗斯媳妇，她会一脸坏笑地给你的盘子里放上第二块蛋糕……并郑重地告诉你她爹要为你和她祝酒，喝的正是俄罗斯烈性酒伏特加!

教堂里的索尔仁尼琴

俄罗斯作家索尔仁尼琴，是一位信奉东正教的作家，精读他的文学作品，不了解他的宗教情怀，便很难深层次地体会作品涵义并会误读。

苏联解体以后，俄罗斯东正教教会全面复兴。但是教会复兴的硬件，如教堂的修复和重建，东正教典籍的重印和再版等做起来似乎并不难，难的却是软件部分，如神职人员的培养就是一个艰难的过程。俄国十月革命对教会神职人员冲击较严重，多数人员几代移民海外至今未归，苏联时期和苏联解体之后国家意识形态发生激变，都对神职人员的培养造成了障碍。俄罗斯东正教教会的教徒们知道，仅有主持事奉礼仪的神父还不够，他们希望自己拥有一位神学经验丰富，并且在道德层面名副其实的神父做自己的忏悔导师。然而，对大多数徒来说，即使进了一辈子教堂的门，也不一定能找到自己中意的忏悔导师。真可谓教堂好找，忏悔导师难寻。

有道是，人生得一知己足矣。东正教教会的忏悔导师是教徒与之忏悔的对象，根据东正教教义，天尊通过忏悔导师倾听教徒们的悔悟。因此，忏悔导师应是一位深谙教徒精神困扰和生活烦恼的人生知己。当然，他的职责不仅仅是倾听，还要提出相应的解决方案和对策。但据我在教堂观察，大多数教徒都没有固定的宗教知音般忏悔导师，他们在主日进教堂，遇到哪位神父便对哪位做忏悔。

索尔仁尼琴是位幸运的东正教教徒，因为他有自己的忏悔导师——尼古拉大司祭（切尔内舍夫）。尼古拉大司祭是莫斯科圣尼古拉教堂的神父，在索尔仁尼琴生命的最后几年里，他一直是作家的心灵知己。根据俄罗斯2012年11月7日出版的东正教网刊《真理世界》介绍，尼古拉大司祭1959年生于莫斯科，1978年受洗，1991年毕业于莫斯科神学校圣像专业。1992年他正式被祝圣为神父。

1994年，索尔仁尼琴回归俄罗斯，定居莫斯科。因夫妻二人从前与圣尼古拉教堂堂长亚历山大神父关系甚笃，他们每逢周末便来此教堂做礼拜，尼古拉大司祭恰在这家教堂服役。当时亚历山大身为堂长，琐事缠身，便常请尼古拉大司祭出面接待索尔仁尼琴夫妇。

那时，尼古拉大司祭并不熟悉索尔仁尼琴，只读过他为数不多的几本书。对索尔仁尼琴的思想、家庭和价值观尚无了解，但是他在与索尔仁尼琴接触过程中，感觉到作家内心信仰力量强大。在教会，与他们经常在一起的还有尼古拉大司祭神学校的同窗好友，俄罗斯画家格列边科夫。在尼古拉大司祭的眼中，作家索尔仁尼琴和画家格列边科夫有一个共同特点，那就是勇于用自己的文学艺术作品，讲出时代的历史真相。

索尔仁尼琴去世后，尼古拉大司祭回忆说：“早在20世纪70年代，索尔仁尼琴便从不同角度揭示了俄罗斯20世纪发生的悲剧，是最早点亮我灵魂的人。”他说他在教堂，曾多次直接倾听了这位伟大作家对自己灵魂深刻而精辟的忏悔，它们涉及作家生活的方方面面，若能记录在案，将是一份整个时代的忏悔录！

有一次，索尔仁尼琴在忏悔时说，他从未想到他能活这么久，从没有想到他的书能公开出版，人们能公开阅读他的小说《古拉格群岛》。他问尼古拉大司祭，他已经做完了凡间的所有事情，为什么上帝还要让他活在人世？尼古拉大司祭听罢，深感作家提出的问题是涉及生与死的巨大命题，很难立即给出最佳答案，便战战兢兢地说：“上帝要一个人活在世上，直到最后一天，最后一个小时，最后一分钟，都有其用意。请您不要忘记

彼得堡枢密院广场上的彼得一世雕像 苏里科夫 作（1870 年）

这一点，切莫懈怠肉体的力量，去寻找那些尚未讲完的话和尚未做完的事情。”尼古拉大司祭事后回忆说，他讲这番话的时候，十分担心冒犯索尔仁尼琴，毕竟他是俄罗斯文学大师啊。但索尔仁尼琴听罢他的话，竟深深地鞠了一躬。

此后不久，索尔仁尼琴接受一家电视台采访，也提及生死问题，这显然与尼古拉大司祭的那番对话有关。他说，“我现在终于明白，上帝正以最佳方式引领我的生活，我也将准确地传达他的思想，这是我在人间与上帝融为一体的必由之路。”因此，索尔仁尼琴直到生命的最后一刻，仍不顾病痛的折磨孜孜以求地工作。

曾有人将晚年索尔仁尼琴比作晚年的托尔斯泰，说他过于傲慢，好为人师，并不亲近上帝。但尼古拉大司祭却不这么认为。他说，索尔仁尼琴晚年经常到教堂做忏悔，对上帝表现出真诚、谦恭和深沉的信仰。有时候，尼古拉大司祭因为索尔仁尼琴在忏悔时所提出的问题较为复杂，不便当堂解答，便特地事先准备好答案，与他单独见面作答。在神父眼中，这位俄罗斯的杰出作家，从不好为人师，就像一位普普通通的教堂忏悔者那样谦卑。在教堂里，索尔仁尼琴讲话口气谦和，毫无盛气凌人之感。他往往问得多，说得少，集中精力捕捉着神父每句话背后的含义。

当然，也有人不喜欢索尔仁尼琴。也许他们觉得像索尔仁尼琴这样的天才，都是些不循规蹈矩的人，即使他笃信上帝也一样。索尔仁尼琴就是这样的人，他不循规蹈矩，从不重蹈他人的生活，而正是他独一无二的生活，铸成了他独一无二的文学成就，震撼着人们的心灵。

尼古拉大司祭曾与索尔仁尼琴有过神交。他常引用《圣经》中的话，纪念已经故去的作家：“我来，要把火丢在地上。倘若已经着起来，不也是我所愿意的吗？”他认为，此话就是对索尔仁尼琴说的，因为索尔仁尼琴做事的时候，总是手执信仰之火引领他向前。

“我是一个神秘人物”

2003年，我和布兹尼克在俄罗斯国际笔会的一次聚会上初次相识。

布兹尼克是俄罗斯当代先锋派诗人、剧作家。介绍我和他认识的是获2004年诺贝尔文学奖提名的莫斯科著名诗人，俄罗斯《诗人》杂志主编凯德洛夫。虽然15年过去了，我依旧记得布兹尼克握着我的手说的第一句话:“我是一个神秘人物!”

后来，布兹尼克在我们的交往中，用实际行动证实了他的“神秘性”。前一天晚上，我们还在莫斯科一家快餐厅里大嚼三明治……，而第二天早晨，他语调平静地给我打来一个电话:“我没有打搅你的好梦吧?”我赶忙问:“你在哪里?”他说:“我是从巴黎街头打来的。”我吓了一跳，仔细辨听，他的身旁真的是此起彼伏的法兰西之声。还有一次，我十多天找不到他，再见到他的时候，他竟然披着一身的海风站到我面前，告诉我他躲到乌克兰东部黑海之滨的一个小木屋里构思新诗去了。布兹尼克种种飘忽不定的行踪，使我想起了苏联作家艾伦堡对小说家巴别尔的评价：一只行踪诡秘的鼹鼠，很多时候他不愿意被人打扰，为了文学跟世人玩着捉迷藏的游戏!

布兹尼克出生在普尔热瓦尔斯克市，其父是苏联乌克兰共和国一位著名物理学家，是苏联航空母舰动力系统的设计师。而布兹尼克自己竟然主攻化学专业，毕业于乌克兰国立基辅大学。他是莫斯科作家协会和俄罗斯笔会中心的会员。20世纪80年代，他就发表了10余部戏剧作品，都是苏联文化部重点扶持的国家级作品。

1995年至1996年期间，布兹尼克的诗歌和戏剧开始翻译介绍到法国，引发法国文坛对俄罗斯现代主义诗歌和戏剧的关注，他本人也被邀请到法国写作和参加国际诗歌节活动。2002年，布兹尼克获得法国兰波文学奖。同年，他的诗歌入选《俄罗斯新诗编年史》。2003年，经俄罗斯侨民文学中心（苏联诺贝尔文学奖获得者索尔仁尼琴创建）国际图书基金会和“俄罗斯之路”出版社推荐，布兹尼克成为俄罗斯国家文学奖获得者候选人。2004年，布兹尼克再次成为俄罗斯国家文学奖候选人，推荐人提出的获奖理由是，布兹尼克诗集《天空的线条》及诗歌作品“为俄罗斯当代诗歌创作开辟了全新的和无穷无尽的可能性”。

我和布兹尼克相识之前，就曾经在《苏联戏剧》杂志上读到过他的剧作，像《地板摇摇晃晃！》和《别人老婆之子》。我感觉他的戏剧作品具有很强的时代感，隐喻性很强，也许这就是他的创作特点。我曾读过莫斯科剧评人阿尔塔巴茨卡娅的评论文章，认为他的剧作特点像一株健壮的大树——枝繁叶茂和根深蒂固。还有一个特色，就是树干粗壮。因此，读懂他的剧本，就是一个“梳理脉络和克服常规思维的艰难过程”。布兹尼克承认，他的戏剧和诗歌有一个共性，就是逻辑特殊，具有某种神秘性，就像他经常自我介绍的那样。实际上，确实有不少人问过他这样的问题，布兹尼克回答说，他的作品“像教堂里的壁画，在纯粹的爱降临以前，它们已经开始炽热而刺眼地照耀我们的生活了。”目前，俄罗斯、立陶宛、亚美尼亚以及法国巴黎，都已将布兹尼克的戏剧搬上舞台。但仔细地品味他的作品就会发现，布兹尼克的戏剧不是写给舞台的，而是写给文学院或者大学讲堂的。布兹尼克认为，可以执导他的戏剧作品的人还没出生呢。

布兹尼克也是一位纯粹的诗人，俄罗斯诗坛这样评价他。赫列博尼科夫终结了俄罗斯旧文学时代，而新时代文学的开创者就是布兹尼克。俄罗斯当代著名的音乐家、文学评论家马尔丁诺夫在《俄罗斯思想》杂志上发表过类似的观点。我认为，这是对布兹尼克极高的评价，我曾当面问过他这件事。他称，确有其事。那是在他出版了诗集《埃丽娜之美——世界编年史》和《苍穹无拘无束……》之后，很长一段时间俄罗斯诗坛弥漫着一种危机感和覆灭感，那是一个需要以诗歌发声的时代，然而俄罗斯大多数诗人都保持沉默。这种沉默，让俄罗斯诗歌时代结束了，就如诗人布罗茨基所说：一个美丽时代终结了。

但是，布兹尼克不甘心俄罗斯诗歌的终结，他在此时此刻推出了诗集，在诗歌创作中探寻最贴近生活的原生词，探寻最贴近真实感受的那些诗行。布兹尼克上述的两部诗集，除了收录原来创作的诗歌片段外，绝大部分诗作都是他心灵的全新体验。布兹尼克说，他在寻找一种重要的语言。一种尽管是诗样的语言，但却不是仅仅用来传达声音的语言；是一种试图将时空统一起来的语言。他说，他所做的尝试，使他可以用一种高声调的，已经约定俗成的语言来表达自己的情感。

布兹尼克诗境中所描绘的世界，人们仅凭感官无法触及：

某种隐形的东西
推动着
信
令人眩晕的
消息
变成倾斜的
天空
是世界山谷里的
星星雪花
世界山谷被意义填满

于是，不可能就变成

闪电缠绕的顶峰……

前不久，法国最权威的文学出版社“YMCA-Press”出版社出版了布兹尼克的新诗集，他本人怎么看待这件事？

布兹尼克说，“YMCA-Press”出版社从来不出畅销读物。最近几年来，他们坚持纯粹文学出版的方向，在到处大谈市场经济的今天，这种纯粹的精神令人敬佩。后来布兹尼克告诉我，他在这家出版社出版作品是一个偶然，当年该出版社的社长斯特鲁威来莫斯科出差，经人介绍他和斯特鲁威认识，斯特鲁威主动提出来要为布兹尼克出书。斯特鲁威说，他喜欢布兹尼克的诗，我也相信有很多读者喜欢他的诗歌，所以我要出版他的书。

当代诗人凯德洛夫是莫斯科诗坛领袖之一，也是一个很苛刻的诗歌评论家。凯德洛夫不仅是俄罗斯诗歌的权威，也是俄罗斯诗歌评论界的权威，人们对他的话总有几分敬畏。我曾经问过布兹尼克，凯德洛夫对您的诗歌的评价如何？布兹尼克说凯德洛夫曾说：“如今，世界进入非诗歌时代。诗歌批评一片喑哑，诗歌读者兴趣索然，诗歌出版一片空白，诗坛只有布兹尼克在一枝独秀！”

布兹尼克说，凯德洛夫欣赏他诗歌的宣言派色彩。凯德洛夫则认为，布兹尼克的诗具有马雅可夫斯基早期诗歌的特色。他从布兹尼克的诗歌里，看见了一群无形的小天使给诗人送来一面白帆，上面写满了心灵祈祷，而这面风帆就插在一只驶向天国的船上。

布兹尼克告诉我，要开拓诗歌的思维空间，只能在超现实主义空间下启动诗歌创作灵感，这是探索到达彼岸的唯一方式。

俄罗斯与“撒旦之烟”

俄罗斯街头有个特别现象，你走在大街上，常有路人向你索要香烟。索要香烟者，既有浓妆艳抹的女郎，也有戎装在身的兵士；既有未脱稚气的少年，也有仪表俨然的长者。被索要者一般不会拒绝，皆慷慨奉献。可见俄罗斯马路上的这种“香烟礼仪”早已约定俗成——俄罗斯烟民“烟风浓厚”，烟民众则风气浓。根据俄罗斯国家新闻社的统计数字，俄罗斯烟民的数量，保守估计是2000万—3000万人。对于人口数量一亿多的国家来说，这个数字显得很恐怖。俄罗斯教会作家约安早年即在他的著作指出:“香烟市场，是世界贸易最大的市场之一，成千上万的人为了更多的人可以吸烟，为了让毒气笼罩人的脑袋和人的身体而废寝忘食地工作着。”

根据记载，文明世界对烟草的膜拜始于1492年。是年10月12日，哥伦布的海洋漂流队抵达圣萨尔瓦多岛，他和同伴一上岸，即被眼前的景象惊呆了：当地土著正从嘴里和鼻孔往外喷吐烟雾！后来哥伦布经过了解才知道，原来这是印第安人为了庆贺节日，在吸食一种植物。他们在吸食的过程中处于头晕目眩的状态，甚为陶醉。约安说:“人在吸食这种植物后，便开始与魔鬼交流。吸食者仿佛听见有人告诉他们，你有一颗伟大的灵魂。”

哥伦布返航时，将烟草带回欧洲，很快将这种吸食烟草的“精神快感”传遍了整个欧洲。吸烟就这样在欧亚开始流行起来的，尽管欧亚各国朝廷和教会想尽了办法却无法阻止吸烟的流行。1623年，罗马教皇乌尔班八世传命，凡在教会吸鼻烟者均将被逐出教会。1625 年，土耳其苏丹阿木拉特四世降旨，凡吸烟者均将被被套上绳索游街后绞杀不殆。波斯大阿巴斯国王下令割掉吸烟者的嘴唇和鼻子，并将烟贩和他们销售的烟草一同扔进烈火中焚烧。瑞士的律法更加严酷，他们将销售香烟的商贩，视为上帝戒律中的“杀人者”，所有贩烟的人都按杀人罪判刑。

历史上，俄罗斯法律对吸烟者也极为严酷。1634 年，沙皇米哈伊尔传令:“吸烟者将被毫不留情地处以极刑。”他儿子阿列克谢继位之后，继承父亲的传统继续禁烟。1649 年，他颁布命令，贩卖烟草者一经被发现，当场处以鞭刑，将鼻子打烂。行刑之后，还要将犯人流放边疆永远不得回返。但是如此严酷的法律也没能阻止俄罗斯烟鬼们的贪欲，他们或者躲进森林，或者藏入地窖，在烟雾的后面和魔鬼悄悄地交谈。

至 17 世纪，烟草仍在欧洲广泛传播，始终无法禁止，最终它成为欧洲人生活的一种可怕标志。

被誉为俄罗斯振兴者的彼得大帝，也是俄罗斯烟草泛滥的罪魁祸首。1697 年，他取消禁烟令，允许烟草自由买卖，吸烟者从此不再受到任何惩罚。彼得大帝还在 1698 年，亲临伦敦与卡马尔丹侯爵签署两国烟草贸易协议。卡马尔丹侯爵向彼得大帝预支了 12000 英镑，并向大不列颠国库每年支付 25 普特烟草，而进口到俄罗斯的烟草关税极低，每英镑仅仅 4 戈比。

俄罗斯民间禁烟的呼声从未停止。特别是东正教教会旗帜鲜明地反对烟草，将其称之为“撒旦之烟”。17 世纪的俄罗斯文学中曾有烟草是“生长在乱伦者和娼妓坟头上”的邪恶植物的说法。在俄罗斯东正教教会率先抵制吸烟和烟草进口，其所为与彼得大帝的国策相悖。教会谴责彼得大帝推崇烟草，称他是“反上帝，亲魔鬼”的人。1679 年，一位俄罗斯烟草商买断了国家烟草经营权，教宗阿得里安便将他逐出教会，并宣布他的家人与后代祖祖辈辈都将受到谴责。17 世纪，一位名叫贝里的西方人在俄罗斯旅行，他在游记中写道："时至今日，没有任何一位俄罗斯神父会走进喷云吐雾的房间。"

2005年前后，我曾经拜访宗教圣地奥普金纳（俄罗斯卡鲁什州），惊奇地发现，那个地区竟然没有人吸烟。那是俄罗斯一个绝无仅有的没有烟草骚扰的地方，这在俄罗斯实属罕见！作家尼卢斯在其《上帝河之畔》一书里讲述了卡鲁什州总主教格里高利反对烟草的故事。格里高利一向待人宽厚，在神学院爱人如子。但是他有个不改的铁律，那就是学生中谁想经他手祝圣成为神父，绝对不能染上吸烟的恶习。一位神学院的高才生有幸成为神父候选人，这天他来到神父的房间，与总主教格里高利约定举行祝圣仪式的时间。

格里高利亲切地和他交谈，约定了时间。最后格里高利问他："兄弟，你吸烟吗？"

"尊敬的总主教大人，我没有这个嗜好。"学生说。

"这太好了，"格里高利高兴地说，你真是我的好学生，好好准备去吧，上帝祝福你！"学生告辞的时候，像往常一样，双膝跪地，接受格里高利的祝福。就在学生屈身行礼的时候，香烟竟然从他的衣服口袋里，一根接一根地掉了出来。总主教见状勃然大怒，呵斥道："你为何欺骗我？！你还口口声声说你是个诚实的人？出去！这里没有你的位置了！"

俄罗斯教会为什么如此反对吸烟？因为吸烟属于源于"愉悦依赖"的罪孽，无论吸烟的动机何在（缓解疲劳、增进友情、社交应酬、寻求自信），其最终结果只能是泯灭人的智慧和情感。人若沉湎于吸烟的愉悦，总是被诱惑着重复吸食烟草，遂养成吸食依赖，致命的贪欲便逐渐使吸烟者坠入作茧自缚，难以自拔的境地。作家尼卢斯认为，就人的属性来看，吸烟和饮酒一样，是人类非固有属性。或者说，吸烟和心灵生活是相互对立的事物，它将极大地阻断"人类心灵的呼吸"。

苏俄物理学家卡比查和谢苗诺夫肖像 古斯托季耶夫 作（1921 年）

尼卢斯说，人在祈祷的时候其心灵专注于天尊，祈祷给人带来心绪平静和理智清醒，带来精神的力量和朝气。而吸烟，只是肉体的呼吸，吸烟只能在片刻和瞬间替代“力量和朝气”。祈祷的象征，是教堂神父手中香炉里散发出来的芬芳香气，它和魔鬼迷惑人心的烟草气味格格不入。俄罗斯伟大圣哲约安（科隆什塔特斯基）曾感叹说：“人啊，完全曲解了快感，曲解了味觉和嗅觉，曲解了呼吸的意义。人吸烟时几乎是在不间断地呼吸着刺鼻和呛人的烟雾。如此这般，仿佛是为悸动在其肉体中的魔鬼而烧香，让罪恶的烟雾熏透他自己和家庭。人啊，烟草时时刻刻地消磨着你的情感和你的心灵，分分秒秒地吞噬着你诚挚情感的表达，代之以肉欲的、卑陋的和敏感的成分。”

作家卢尼斯认为，圣经中有戒律言不得杀人。而吸烟者，乃杀人也。从经验看这是一种罪孽的、顽固性陋习。随着光阴流逝，这种陋习逐渐附着于心灵成为习惯。这种习惯将不断延续以致顽固不化，甚至最有逻辑性的论据和最苦口婆心的劝说，都无法说服人们戒除这一罪恶。最终，人们不再认为吸烟是恶习和有害嗜好，开始逃避良心谴责。正如圣哲前辈所说，久而久之，人类良心泯灭，将“罪恶隐匿于成百上千次的、花言巧语般的和胡搅蛮缠的辩解之中”。

伏特加传奇

我侨居俄罗斯期间，住在一位外交官家，此人酷爱喝伏特加，有客聚饮，无客自斟。节假日喝酒，情有可原，非节非假，也推杯换盏，而且每喝必醉，每醉必唱。我依稀还记得他的几句唱词儿:“伏特加，是酒精，人人心知肚也明，你若斗胆碰一碰，必令眼花头也蒙。伏特加，力无穷，添精神展笑容，如此美酒伴一生，何怕没有好心情?”

这首小曲看似简单，却也说明俄罗斯人与伏特加的关系。中国人对俄罗斯与伏特加感兴趣，经常会提俄罗斯人如何爱喝伏特加之类的问题，在中国人的观念里，俄罗斯人与生俱来就爱喝酒，读过书才知，其实这是对俄罗斯民族的误读。实际上，俄罗斯人饮酒时间并不长，是 15 世纪才开始的事儿，满打满算不过 500 年，至于说伏特加酒是哪年引进俄罗斯，恐怕连俄罗斯人自己也说不清。

俄罗斯原本是个不嗜酒的民族。公元 988 年，基辅大公弗拉基米尔率领全民皈依东正教，东正教教义对酒精饮料有较严格的限制，在东正教的历史文献记录中，至今尚未发现俄罗斯历史上发生过大规模酗酒现象，或是民众醉酒成风的记录。因此说，俄罗斯民族从诞生之日起，就没有与饮酒相关的礼仪，而东正教文化又深刻地遏制了醉酒陋习。这从宗教意义上是可以解释得通的，在古斯拉夫民族的万神殿中，的确也没有一个神欢喜醉酒。但俄罗斯民族自古以来也有为国泰民安而举杯的习俗。有趣的是，俄罗斯人举杯喝的不是酒，而是俄罗斯著名的蜂蜜饮品——热蜜水。与此同时，俄罗斯还出现了另一种蜂蜜饮品，叫蜂蜜酒。蜂蜜酒的出现，虽远比欧洲人向俄罗斯出口烈性酒晚，但确与俄罗斯伏特加的出现有关。

14 世纪末 15 世纪初，欧洲产的烈性酒由意大利北部城市热那亚城（Genova），经商人之手传入俄罗斯。热那亚是意大利著名的海港城市，也是意大利第一大港。热亚那商人将一种名为阿凯维特（Akevitt）的当地产烧酒，贩运到了俄罗斯，该酒的酒精含量约在 37.5%—50% 之间。史书记载，这种通过蒸馏方式提取酒精的方法，最早是阿拉伯人发明的。意大利人将烈性酒引入俄罗斯之初，主要为医用，俄罗斯人认为该酒度数过高不宜饮用。这就是我们目前所知道的，俄罗斯最早出现烈性酒的史实。另有记载说，俄罗斯伏特加的配方，是东正教教会的基辅和全俄都主教伊西托尔（1390—1463）手下的修士丘多夫，于 1430 年发明了伏特加配方，并用教会酿造葡萄酒的设备制造伏特加，所以，人们后来就将 1430 年定为俄罗斯伏特加起始年。俄罗斯最早酿制的很多酒精产品都叫伏特加，比如说自酿酒、露酒和稀释了的酒精溶液等，目前人们比较熟悉的伏特加酒，仅仅是伏特加家族的一个成员而已。

“伏特加”称呼的来历极为有趣。俄语“伏特加”一词的词根，是从“水”一词演绎而来。在斯拉夫国家，水可不是简单的液体，斯拉夫人强调非活水而不饮。何为活水？即淙淙流淌的泉水，奔流不息的河水，总之，就是流动的水。俄罗斯直到今天依旧强调喝“活水”。我就亲眼看见，莫斯科郊外 50 公里的兹维尼格勒小城的泉眼终日流淌着活水，每天都有人不辞路途遥远前来，手提水桶排着队接泉水，有人甚至用饮料瓶灌水，只为能喝上一口生命的“活水”。同样，俄罗斯人也怀着圣洁的情感，称呼他们用纯净的“活水”酿造的伏特加。其实，在公元 9 世纪的希腊也有喝伏特加的习惯，只不过他们喝的伏特加，是勾兑在蜂蜜饮料和拜占庭的红酒里喝的，这与他们信奉东正教的习俗有关。俄罗斯人饮用伏特加也有宗教情感的成分，他们认为伏特加是天然水所做，而水乃上帝所造，所以，喝上帝之水，乃是臣服和信仰天尊之举。

就这样，俄罗斯人逐渐开始喝烈性酒，且酒精依赖越来越大，大约在公元10—13世纪，俄罗斯开始借助红酒和蜂蜜饮料酿制伏特加。最原始伏特加酒精含量最高是16%，随着时间推移，俄罗斯的伏特加酿造业开始走向红火。

15世纪，因蜂蜜酿酒时间漫长，耗费原料，而西欧蜂蜜饮品在技术和产量上优于俄罗斯，产品大量出口俄罗斯，因此，俄罗斯的蜂蜜酿酒业逐渐衰落。

15—16世纪，在俄罗斯编年史上开始正式使用“伏特加”一词，史料记载在文学作品中该词的使用频率逐渐频繁。首先，是因为那时俄罗斯大规模的酿酒运动；其次，是由于伏特加的销售，在第一时间即受到国家管控，成为垄断商品。当时，伏特加酿造最红火之地为库尔斯克省、奥尔洛夫省、坦波夫省、哈里科夫地区和苏姆斯基等地区，这些地区盛产粮食，而粮食是酿制伏特加的最好原料。

13世纪时，俄罗斯人所做的格瓦斯、家酿啤酒及桦树汁，可视为他们酿造伏特加的前奏。俄罗斯传统格瓦斯是用做烤面包的下脚料做的，所谓下脚料就是碎面包屑、麸皮和酸面团等，俄罗斯格瓦斯的制作和储存很讲究，讲究老罐老汤，以确保格瓦斯保味道正宗。俄罗斯旧时酿制格瓦斯的原材料是米和面，所得格瓦斯的味道浓烈和醇厚。而现代，格瓦斯的主要原料是干奶酪。在制作过程中，有时候格瓦斯会发酵成酒，人们为了喝酒，便开始专门酿造发酵格瓦斯，其酒精含量和葡萄酒相当。俄罗斯还有一种酒精度数较高的饮料，叫做桦树汁，这种古老的饮料在性质上直逼欧洲高度酒精饮品。

在13世纪始，俄罗斯人学会使用蒸馏法生产比桦树汁酒精含量更高的饮料，但这种饮料已不是桦树汁，也不是格瓦斯，可称为准伏特加。在人们开始酿造准伏特加的时候，俄罗斯民间又发明了酿造艾蒿酒，这种草料酒是俄罗斯人的独创，他们喜欢在酿酒，甚至烹调时添加些大自然的花花草草。

15 世纪，俄罗斯人从酿造低度酒逐步走向度数偏高的伏特加生产。伏特加，是经过提纯和去除杂醇油工艺而产生的酒精饮品，所以，俄罗斯人又称它为“粮食提纯酒”。这时的伏特加不仅供给俄罗斯市场，而且还出口欧洲。

1505 年，俄罗斯伏特加出口到瑞士和爱沙尼亚等国。1533 年伏特加列入国家垄断商品，对酒商课税，违者判刑。沙皇管理上的这一招，让伏特加为国家带来了巨额的收入。俄罗斯同时还为伏特加确立了国标，从此伏特加有了等级之分，价格与品质相对应。但是，随着伏特加的普及，私酿和黑市、酗酒等逐渐成为社会问题，沙皇又降旨严控伏特加质量，打击假冒伪劣的廉价酒，取缔非法生产与黑市。16 世纪末，沙皇再次颁布法令，明文规定除皇家专卖店外，其余店家均不得销售伏特加，足见俄国伏特加勃兴的同时也为社会带来乱象。17 世纪初，假冒伪劣的伏特加酒充斥于市，质量一度令人担忧。于是，沙皇阿列克谢（1629—1676）召开国家高层部门和宗教人士会议，商讨伏特加的改革策略，他坚持国家垄断专卖的原则，结果，沙皇阿列克谢的改革，除确定剔除杂醇油方法和增添若干新品种外，伏特加改革乏善可陈。

18 世纪初，彼得大帝继续推动伏特加改革。他首先打破了国家对伏特加的垄断，提出无论贫富贵贱，家有粮食和酿酒设备者均可酿造伏特加，俄罗斯很快出现了全民酿酒和户户推销的局面。由于俄罗斯黑麦种植普及，彼得大帝便下令，酿造伏特加的原材料选为黑麦。但全民酿酒也带来了负面效应，由于监管不力，伏特加的质量下降；再有，彼得大帝的改革，摧毁了俄罗斯长期形成的节制性饮酒传统，助长了国民大规模的酗酒恶习，也导致国家精英在道德上的堕落。彼得大帝解禁了伏特加，使得在俄罗斯，无论是宫廷聚会还是外交宴请，顿顿必酒，狂喝滥饮成风，对古老的东正教传统践踏殆尽，也为日后教会的分裂埋下祸根。另一方面，彼得大帝倡导全民经营伏特加，也严重伤害了俄罗斯贵族集团的利益，他们对他恨之入骨，恨不能置其于死地。史学家说，彼得大帝暴死或与伏特加改革相关。

俄罗斯伏特加刚问世的时候，不叫“伏特加”，而称“粮食酒”，这和造酒的原材料是黑麦有关。1751 年 6 月，伊丽莎白女皇（1709—1762）颁布谕旨，正式用“伏特加”称呼俄罗斯的酒精饮品，揭开了伏特加正式成为俄罗斯酒专用称呼的序幕。女皇谕旨还规定，俄罗斯伏特加重新成为国家垄断商品。到了叶卡捷琳娜二世（1729—1796）执政时，更在伏特加产销政策上偏向贵族，叶卡捷琳娜二世在 1765 年颁旨，规定俄罗斯唯有贵族可以免税经营伏特加，而贵族的伏特加经销量与其称号、军衔和职务高低相关，贵族地位越高，伏特加的经销量就越大。谕旨颁布后，原来经营伏特加的商业界、宗教界和市民阶层的产业崩溃，他们不仅失去了经营权，而且还被迫购买贵族的伏特加。从此，俄罗斯再度形成了伏特加垄断经营的局面。

18 世纪末，圣彼得堡科学院士罗维茨（1757—1804），发明了木炭去除杂醇油酿造伏特加技术，这是伏特加的一场革命，极大地提高和改善了伏特加的纯度与质量。1865 年 1 月，化学家门捷列夫（1834—1907）发表博士论文，主张将伏特加酒精度为 40 度，俄罗斯科学院认可门捷列夫的建议。1894 年，俄国立法，将伏特加酒度数规定为 40 度，并确定木炭过滤为伏特加生产时过滤的唯一方式，立法后所生产的第一批伏特加，被正式注册命名为“莫斯科特酿伏特加”。

19 世纪末，伏特加实现了标准化生产，产量趋于稳定，除了满足国内也开始出口。有趣的是，在伏特加走向鼎盛时期，俄罗斯竟然两次颁布全民戒酒令，极大地影响了伏特加的发展。第一次戒酒，是第一次世界大战期间（1914—1918）。那时，俄国政府因为战争决定全国停产伏特加，此后俄罗斯爆发革命，禁酒令一直延续到苏维埃时代初期（1918—1923）。第二次全民戒酒发生在戈尔巴乔夫执政时期（1986—1990）。有趣的是，两次大规模戒酒均未达到预期效果，反而导致假冒伪劣产品横行，黑市倒卖猖獗，正所谓抽刀断水水更流。

伏特加在俄罗斯永远都是敏感商品和战略商品。1930 年 9 月 1 日，斯大林在给莫洛托夫的信中说："我认为需要尽可能地增加伏特加的生产，以使我国国防得到真正和切实的保证，为生产伏特加而储存相当数量的原料并将其正式列入 1930—1931 年度国家预算。"苏联 1937 年进一步规范了伏特加制作配方以及品牌，斯大林再度规定，粮食是伏特加酿造的唯一原材料，木炭是去除杂醇油的唯一过滤物。

苏联时代是伏特加质量的黄金时代，由于质量上乘，伏特加大量出口，成为苏联赚取外汇的手段之一。1971 年，苏联又创造了两款新伏特加，一个是"使馆伏特加"，另一个是"西伯利伏特加"，加上其原有的"莫斯科特酿伏特加""特级伏特加"和"首都伏特加"共 5 款苏联名牌伏特加，内供外销，颇受欢迎。

可以说，当时的苏联伏特加不仅仅是一种酒精饮品，更是与美国等西方世界战略竞争的工具。因此，苏联伏特加与西方世界的伏特加，产生对抗也在情理之中：当时苏联伏特加对抗的西方品牌，是瑞典生产的"绝对"牌（Absolut）和美国生产的"斯米尔诺夫"牌（Smirnoff）等。

1969 年，苏联负责海外营销伏特加酒的全苏果品进口公司，注册了 3 个伏特加酒的国际商标，即"莫斯科伏特加""首都伏特加"和"俄罗斯伏特加”，并向世界出口 3 个品牌。在勃列日涅夫当政的 1977 年秋季，美国突然发难，质疑苏联伏特加品牌合法性，指出苏联并非最先开始酿造伏特加的国家，并质疑对国际市场上销售的苏联系列伏特加的知识产权。

美国认为，伏特加知识产权应归美国。理由是苏联生产伏特加的时间，是 1923 年 8 月 26 日，是苏联中央执行委员会颁布解除禁酒令之日，而美国生产伏特加的时间，是 1918—1921 年间。因此，美国比苏联生产伏特加时间早。那时，由于俄国爆发革命，俄罗斯人纷纷移民西方，其中就有伏特加生产商，他们后在美国办厂造酒。

苏联当然不服，因为自 19 世纪以来，世人从未怀疑过伏特加是俄罗斯的发明，所以，一方面，苏联从政治上积极回应美国的质疑，抨击美国觊觎苏联伏特加的国际资质，迫使苏联停止伏特加的全球推广，损害苏联商业利益和贬损苏联国家形象；另一方面，苏联政府责令酒史专家波赫列博金撰写《伏特加史话》，证明伏特加是俄罗斯专利，反击美国挑战。可惜波赫列博金《伏特加史话》水平有限，没能向世界证明伏特加原产地是俄罗斯。作者说，苏维埃政府于 1917 年 12 月下令禁酒，是对沙俄和临时政府相关法令的延续。苏联专家指出，按照列宁的思想，波赫列博金在政治上站不住脚，因为列宁早在 1917 年便宣称，新生的无产阶级红色政权不是沙俄的继承者，也不承认沙俄政权所签署的一系列法令。按此推理，苏联禁止生产伏特加酒的法令，确实跟老沙皇毫无关系。这样，苏联生产伏特加的时间确实晚于美国。可见，波赫列博金水平太低。

《伏特加史话》帮不上忙，苏联又派遣一些专家，去苏联国家档案馆、资料馆和图书馆翻箱倒柜地寻找证据，最终竟然一无所获，原来，苏俄酿造伏特加酒的文件，历史上竟然没留下一页纸。

美苏伏特加酒之争闹得不可开交，波兰又跑出来插一杠子。波兰政府宣称，早在波兰王国（创建于 1025 年）时期，波兰人就发明了伏特加，远早于俄罗斯人。波兰还批评苏联抢注“莫斯科特酿伏特加”“首都伏特加”“俄罗斯伏特加”和“西伯利亚伏特加”等商标，并将产品推向市场，使波兰蒙受巨大损失，还要求苏联立即停止侵权。

刚开始，苏联鉴于友好关系，对波兰人的诉求并未理会。后来，苏联老大哥发现波兰当真要和它争夺伏特加发明权，便严厉警告波兰，伏特加是苏联民族传统和历史文化象征，任何国家和民族与苏联争夺伏特加均是妄想。苏联嘴上硬，但深知当时是西方主导国际市场，市场规则也由它们制定，西方才不管什么传统和象征，就拿伏特加来说，谁最先发明，谁便享有署名权，而这些都需要正规法律文本来证明，就像白兰地最早的生产时间为 1334 年，英格兰杜松子酒和威士忌是 1490—1494 年，苏格兰威士忌是 1520—1522 年等。

即便俄罗斯和波兰都可能是最早酿造伏特加的国家，其情形也与英格兰和苏格兰酿造威士忌类似，不过一个在前，一个在后而已，只要有文件证明便无争议。遗憾的是，苏联和波兰都拿不出确凿证据。

1991 年苏联解体，俄、美、波三国伏特加之争尚未休止，白俄罗斯又加入其中。白俄罗斯声称，他们的祖先是伏特加发明者，理由是，白俄罗斯 12 世纪属于立陶宛大公国，而那时已有明确的文字记载，说伏特加是立陶宛大公国的饮品，这是史上最早将伏特加称之为酒的记载。时至今日，俄罗斯、美国、波兰和白俄罗斯的伏特加产权之争仍在继续，难有答案。

俄式大餐

俄罗斯美食，深究起来，其实很多菜肴并非俄罗斯原创。比如发酵食品，是俄罗斯人从斯基泰人（公元前 3 世纪，散居在中亚和南俄草原上的游牧民族）和古希腊人那里学来的。俄国的荞麦、稻米、香料和红酒的制作方式源于拜占庭帝国。水饺、茶叶和柠檬的做法与吃法，来自中国和其他东方国家。当然，外国饮食进入俄罗斯后，与当地的食谱与制作方式相结合，巧妙地本土化，衍生出新的俄式美食。这就是为什么，我们目前品尝俄罗斯菜的时候，有时很难严格分清哪些是引进的，哪些属于俄罗斯人原创。

虽然俄罗斯在美食引进方面非常成功，这其中也经历了开放与保守的博弈。比如说，引进的食品该如何称呼，这既是个烹饪问题，也是个语言问题，但是同属文化范畴。

18 世纪，俄罗斯语言学家和作家特列季亚克夫斯基和苏马罗科夫，就非常反对引进菜肴方面的外来语，比如我们曾经讲过“汤”这个词，他们就坚决反对将该词列入俄语词典，目的是捍卫俄语的纯洁性。换句话说，他们主张外来的“汤”，俄罗斯人可以随便喝，但是称呼还要规范地使用俄文老词。苏马罗科夫建议用“波赫列勃基”或者“鲜汤”，称呼所有“外国汤”。然而，语言学家和作家的建议，却不能与时俱进，现在，俄罗斯人不仅直接使用了“汤”这个词，而且还将意大利、法国、德国和希腊等国的各种“汤”的称谓，直接搬过来用。现如今的莫斯科，还有几人记得“波赫列勃基”呢？呜呼！

不仅传统美食，当代餐饮亦然。在当代流行饮品中，有一种来自美国的时尚玩意儿，叫“奶昔”（Milk shake），很受俄罗斯人青睐。据说奶昔初到俄罗斯的时候，如何称呼也曾引发争议。莫斯科街头开始称之为“甜食饮料”，后来几经周折，也曾发生过俄语保卫战的插曲，但最终都偃旗息鼓，还是按照约定俗成，使用英语cocktail的发音定名，意为一种不含酒精的混合饮品。苏联解体之后，类似的例子比比皆是，我觉得，它很值得研究语言文化的人思考。我发现，自20世纪90年代末，俄罗斯面对欧美强势文化，已经无力以传统方式直接反击，而是汲取中国的“太极”理念，即所谓“借力打力，顺水推舟”而为，正如苏俄科学院院士，著名哲学家和文化艺术学者利哈乔夫所说，俄罗斯文化是开放的，它可包容一切外来者。

除去外族，对俄罗斯美食影响最大的，就是受宗教文化的影响。公元988年，弗拉基米尔大公亲自领洗，信仰基督，同时宣布基督教为罗斯公国国教，强令基辅罗斯居民都跳到第聂伯河里去受洗。基督教里有斋戒，持斋时间长达196—212天（根据教历，每年斋戒时间长短不一），所以，至今俄罗斯餐厅的菜谱，还分为斋饭与非斋饭。所谓斋饭，即由面食、蔬菜、蘑菇和鱼类等菜肴组成。俄罗斯的开斋日，根据教历，大约有174—190天，斋日与开斋日，间隔排列在俄罗斯人的饮食传统中，被认为是世间唯一健康和快乐的食谱。

总之，俄罗斯美食引进的也罢，原创的也好，真正的俄式大餐，永远离不开煎炒烹炸的鸡鸭鱼肉、色彩鲜艳的凉拌沙拉，还有热气腾腾浓香之汤。正如俄罗斯历史学家波尔金所说，俄罗斯美食既丰富又奢华，色味浓重而热烈。对于追求美食的俄罗斯人而言，饕餮大餐，不啻为人生之大节，所以，就餐时女人要浓妆艳抹，男人须盛装出席。

俄罗斯美食记载里正式出现蔬菜是大约在10世纪。俄罗斯最早的蔬菜有圆菜头、白菜、萝卜、豌豆和黄瓜等，其烹饪的方式包括煎炒烹炸腌，还有发酵等等，花样繁多，而不像中国一些书中所说，俄罗斯人自古只吃土豆。事实上，土豆出现在俄罗斯是18世纪的事情，其吃法也是后来逐渐普及和发展的。

俄罗斯人认识番茄是在19世纪，在此之前，俄罗斯人根本就不会吃沙拉。俄罗斯第一盘沙拉是用蔬菜做的，也就是说，最早的俄式沙拉是由单一蔬菜做成，所以，世界上惟有俄罗斯沙拉中按蔬菜分类，如白菜沙拉、番茄沙拉、黄瓜沙拉和土豆沙拉等。之后用了很长时间，俄罗斯人才学会制作复杂一些的沙拉，比如蔬菜混合沙拉、肉菜混合沙拉或者海鲜沙拉等，俄罗斯厨师给这种菜、肉和海鲜混合的沙拉，起了不少悦耳动听的名字，像“春天”“健康”和“碧海珍珠”等等，今天的俄罗斯美食家，依旧可在俄罗斯餐厅品尝到这些口味正宗的沙拉。

俄式大餐里“汤”这个词，是19世纪才出现的。也就是说，俄罗斯在19世纪之前漫长的历史中，最古老和最著名的“汤”，都另有叫法，如鱼汤叫“乌哈”、菜汤叫“细”、浓汤叫“波赫列勃尼基”、红菜汤叫“勃尔西”，还有酸皇瓜肉（鱼）汤和鱼（肉）杂汤等等，五花八门，味道或厚或淡，堪称口腹享受。所以食客在俄罗斯餐厅点汤会遇到问题，如果食客说要一份汤，服务生一定会问他具体要什么汤，说的就是上述汤汤水水的名称，而且你说不出来还真麻烦。

我在莫斯科郊外的农村，就喝过俄罗斯人做的一种最有名的热汤，叫扎基鲁哈，其实做法很简单，就是用面粉、盐和水煮熬而成。那天，敦敦实实的卡利娅大婶，手指捏着一小撮一小撮的面粉，均匀地摇动着洒在炉子上一锅温吞的盐水里，很像我们过去在饥饿时期吃过的面糊糊，味道可想而知。卡利娅大婶见我对扎基鲁哈不以为然，就说：“味道没什么特别，是吧？但是这汤里面有故事。”原来，这道汤是15世纪俄罗斯地主家一个女佣发明的，那时地主家规矩多，剩菜剩饭都不能送给外人。开饭的时间一到，村里吃不上饭的穷孩子，就跑到地主家扒窗户讨食，女佣看不下去，就把地主家的面包粉撒在锅里煮成面糊糊，伪装成泔水，佯装倒泔水来到院子里，给穷孩子们分食。我听完这个故事，顿觉扎基鲁哈的味道不再普通，是浸满善良和爱的老汤，拥有最深沉的味道。

扎基鲁哈面糊糊，随着面粉在俄罗斯出现之后，流行于乡野的农家饭，现在俄罗斯已鲜有人做，餐馆也吃不到，它正远遁历史深处，成为传说。

佳肴与饮品相伴，是俄罗斯美食的特点之一。俄罗斯饮品到11世纪时，已经很辉煌，众所周知的格瓦斯和热蜜水，就是那时的时尚饮料。格瓦斯是俄罗斯最有名的传统饮品，它的起源和发展，与俄罗斯早期面粉与面包的发展息息相关。格瓦斯制作的原料，主要是酵母、小麦、大麦、黑麦麦芽，或者有时直接用黑麦面包制作，配以味道芬芳的野香草、蜂蜜、蜂蜡，用这些原料做的饮品，味道自然甘醇，还具有极高的营养价值。我在俄罗斯乡间还喝过村妇自制的格瓦斯，材料用的是红菜头、野浆果和自家苹果树上的苹果，虽然不加面包，味道也妙不可言。在俄罗斯呆久了，四处游走，发现格瓦斯也与时俱进，除了面包和蔬菜水果格瓦斯之外，俄罗斯还有用各种原料混合做成的杂拌格瓦斯和牛奶格瓦斯等。

格瓦斯发展至今，已经成为一种商业化饮品。俄罗斯大大小小的食品店，玻璃瓶和塑料瓶装的格瓦斯琳琅满目，不过它们却不再是传统意义上的俄罗斯饮品，因为商店里那些被称作“格瓦斯”的饮料，已经被添加了太多的化学物质，糖、香料和碳酸，一切均为人造，使格瓦斯徒有其名，与大自然的馈赠相去甚远。其实，早在9世纪，俄罗斯人就曾改造过格瓦斯，把它变成酒精饮品，在俄罗斯伏特加出现之前，格瓦斯酒确实风靡一时，各种节庆聚会，婚丧嫁娶，含酒精的格瓦斯必不可少，宾主推杯换盏，一醉方休。对俄罗斯人而言，格瓦斯酒成了伏特加的前奏，难怪从前俄罗斯人说起酒鬼，都会眯着眼睛，撇着嘴说："那个爱喝格瓦斯的家伙！"

俄罗斯美食最早的文字记载是在11—17世纪。俄罗斯16世纪编辑出版过一部文献，名曰《治家格言》，流传甚广，它是俄罗斯当时的一本家庭生活守则，作者用文学语体，即教会斯拉夫语和民间口语混合书写而成，这本书更加详细地描述了俄罗斯美食。《治家格言》说，俄罗斯美食起源于9世纪，至15世纪得到了发扬光大。俄罗斯先人说，不少俄罗斯美食直接来自丰饶的大自然，林中兽，水中鱼，草中花，还有浆果、蘑菇加草皮，都是俄罗斯人最原始的天然食材。

当然，俄罗斯人也耕种收割，他们最早种植的庄稼有小麦、大麦、黑麦、燕麦、荞麦以及黍和稷。那时俄罗斯人虽然会种粮食，但是却不怎么会做饭。他们打下的粮食，主要用于熬粥，所以，俄罗斯其实是一个喝粥的民族，其美食就起源于粥：什么燕麦粥，荞麦粥什么的，家家熬，户户煮，特别普遍。可以说，粥是俄罗斯首当其冲的美食，不喝粥，就不是俄罗斯人。直到今天，俄罗斯习惯上为断奶婴儿选择的最佳食物，仍是自古有之的牛奶粥。俄罗斯成人也不例外，餐桌上的荞麦粥是他们的最爱。

说到粥，还有件事令我印象极深，我在莫斯科曾多次亲历葬礼。我看到，葬礼之后，逝者家人隆重设宴招待来宾，虽满桌饭菜丰盛至极，却依旧少不了粥。但那已不是普通的粥，而是蜜粥，它用黑麦或者大麦米熬成，再浇入蜂蜜汁或浓浓的蜜糖水，撒上葡萄干、核桃仁、罂粟籽、鲜牛奶和果酱什么的，真是热热闹闹的一碗。我在乌克兰南部的尼古拉耶夫乡下的葬礼上，还喝过浇了干果煮过的甜羹的蜜粥，味道甜得让人把持不住。后我才知道，蜜粥用于葬后宴，也是源于俄罗斯东正教习俗。早先的人们在东正教大斋节第一个礼拜的星期五，用吃斋饭和喝蜜粥的方式，纪念东正教殉道者亚马塞的狄多禄。此仪式后来在俄罗斯葬后宴上演变成喝蜜粥。俄罗斯人有句谚语："粥儿美，面包香，见了它们叫爹娘。"

除了粥之外，俄罗斯最早的美食，还有各种酸面面食，如死面馅饼、死面包子、面条、饺子等。有了酵母之后，俄罗斯人开始烤制黑麦面包，味道香美之极，吃一口放不下，以至于今天，黑面包仍是俄罗斯餐桌上必不可少的美食之一。

俄罗斯10世纪开始流行小麦粉，促进了面食的丰富与发展。先说说俄罗斯面包。俄罗斯最有名的是大圆面包，当地人称卡拉威，而不是中国人误传的什么"大列巴"。早先这种大面包用于婚宴，面包做得巨大，是为了让来宾每人尝一口，沾点喜气儿，所以，与其说它是美食，不如说它更能烘托气氛。其实这种面包也不为俄罗斯独有，乌克兰、白俄罗斯甚至波兰，都有婚礼上来宾与新郎新娘一起分食卡拉威的习俗。这种习俗，追根寻源属于古代埃及文明，后来传入古希腊和古罗马，之后又随着基督教的传播进入了俄罗斯和东欧平原。俄罗斯史书记载，其实早在多神教时期，俄罗斯就用卡拉威祝福新婚男女，卡拉威形若太阳，俄罗斯人古时拜太阳为护佑神。在俄罗斯，烤大圆面包是用于婚礼之习俗，并延至今日不衰。

俄罗斯的卡拉威做工讲究。首先，面粉必是在古老磨盘上研磨而成，再者，卡拉威的制作者，都是专门聘请的女性"全乎人儿"，所谓"全乎人儿"，就是这些女人有丈夫，有孩子，且家庭和睦，还有丰富的烤制卡拉威经验。烤制的时候，新郎必须亲手将卡拉威的面胚放入烤炉中，围在四周的女人们不停地唱歌和祈祷。卡拉威上面的图案很有意思，是图腾符号加上两个一半的小卡拉威，表现男欢女爱；还有日月星辰之图，以示夫妻天长地久和彼此忠贞不渝。卡拉威烤得越膨大，幸福越多。

自从有了小麦粉和酵母之后，俄罗斯面食的发展一日千里，到了10

世纪，除了上述大圆面包卡拉威之外，美食家还发明了小圆面包、面包圈、馅饼、薄饼、油渣馅饼和其他多种烤制面食。这些面食在物质不发达的时代，既是俄罗斯人餐桌上的主食，也是男女老幼茶余饭后的零食。

俄罗斯冰激凌

俄罗斯人对冰激凌的喜爱，一如中国人爱茶。

中国人喝茶，世界尽知，但俄罗斯人钟情于冰激凌，却鲜为人知。

俄罗斯人爱吃冰激凌是从沙皇时期的贵族开始，因为他们最先受到欧洲文化的影响。此后，随着俄罗斯受到更多欧洲文化熏染，舶来食品逐渐增多，寻常百姓的厨房也出现了冰激凌，再后来作为甜食的冰激凌，便逐渐成为俄罗斯上至皇庭，下至百姓的生活必需品了。至18世纪末，俄罗斯冰激凌文化开始蔓延，成为首都圣彼得堡酒吧、餐厅、咖啡馆和甜食屋不可或缺的一道甜食，对贵族之家而言，冰激凌乃餐后必备甜食。

1794年，圣彼得堡还出版了烹饪书，详细讲述了用红莓果、草莓果等俄罗斯野生浆果制作冰激凌的方法。可见，那时俄罗斯人不仅离不开冰激凌，而且还善于就地取材制作冰激凌。冰激凌就这样与其他传统食物一样，成为俄罗斯人餐桌上不可或缺的食品。更有趣的是，在保罗一世到亚历山大三世的御膳食谱中，冰激凌与红菜汤、夹馅面包、清蒸鲟鱼、小牛肉、罐焖鸡、罐焖鹅、露笋及甜粥一起，成为皇家大餐中必不可少的美味。

19世纪上半叶，冰激凌风靡贵族阶层的宴会和舞会。俄罗斯作家托尔斯泰在文学名著《战争与和平》中，就有关于冰激凌的精彩对话。俄罗斯诗歌王子莱蒙托夫甚至膜拜冰激凌，他不仅在日常生活中以冰激凌大宴宾客，还将冰激凌献给了他的著名悲剧《假面舞会》，剧中人尼娜吃下丈夫下毒的冰激凌身亡。当然，俄罗斯文豪笔下的冰激凌，已非此时的冰激凌。当时冰激凌的原料，如牛奶、奶油、蛋黄、野果多么清新纯净，花朵的精油和植物的香料又是多么馥郁芬芳啊！

19 世纪下半叶，圣彼得堡冰激凌作坊的冷饮制作师和持有人，逐渐为西方人所取代。当时最著名的，莫属意大利甜点师萨尔瓦多。俄罗斯作家帕纳耶夫在其 1857 年的短篇小说《沙尔罗塔 · 费德罗芙娜》中写道："野餐租用林学院别墅，烹饪由彼得堡著名厨师杜梭掌勺，甜食和冰激凌是萨尔瓦多做的。"圣彼得堡知名的冰激凌制作和销售商，还有瑞士人伊思列尔（Johann Luzius Isler），他是第一位由俄国皇家颁发了冰激凌特许经营执照的西方人。数年后，伊思列尔在亚美尼亚教会的二楼上开了一家咖啡馆，它坐落在圣彼得堡最繁华的涅瓦大街上。据史书记载，伊思列尔的冰激凌享誉俄国首都。

伊思列尔制作冰激凌，善于就地取材。他当时推出的冰激凌款式主要有：黑樱桃酒冰激凌、香草冰激凌、核桃冰激凌、黄连木果冰激凌、橙子花冰激凌、伏牛花冰激凌、桃子和杏子冰激凌、菠萝冰激凌、焦糖奶油冰激凌、什锦水果冰激凌、混合冰激凌（半杯柠檬水、黑樱桃酒，或半杯罗姆酒，或半杯香槟酒及半瓶亚力酒）、马伦戈冰激凌（西红柿和蘑菇油炸后再炖）、咖啡冰激凌及茶冰激凌等。这些林林总总的冰激凌，从圣彼得堡传遍广袤的俄罗斯大地，一直传到俄罗斯炎热南方港口敖德萨，为这个具有俄罗斯汉堡之称的海港，带来了甜美的凉意。

19 世纪末，俄罗斯又出现了冰棍，这标志着冰激凌已经彻底大众化。后来，俄罗斯出现了冰激凌与粮食相结合的趋势，据说这是俄罗斯冰激凌食客的发明，因为他们习惯在吃冰激凌时，将其抹在面包或者饼干等面食上。于是，生产商为了满足消费者，就生产了饼干冰激凌等品种，还有了威化冰激凌，就是苏联火炬冰激凌的前身。

俄罗斯人除了在作坊里制作冰激凌，也喜欢喜欢在家自制，俄罗斯人家庭聚会时，自制冰激凌是主人招待客人的传统保留节目。我在莫斯科时，有幸多次品尝过俄罗斯人的自制冰激凌。记得他们曾对我说："俄罗斯冰激凌是一根穿过岁月的丝线，它一边牵着历史，一边紧系未来。"

在苏俄建国初期，新政权并未关注冰激凌，认为它是"资产阶级低级趣味"的旁门左道。但是随着时间的推移，他们对冰激凌的态度逐渐缓和，从抵制转为认可和鼓励，后来，竟开办了国立冰激凌学校，专门研究冰激凌的制作和营销。

米高扬冰激凌学校，创办于20世纪30年代，到70年代发展到鼎盛期，对苏联冰激凌业的起步与发展，起到了积极作用。要说这所学校，还得归功于米高扬，即后来的苏联最高苏维埃主席团主席。米高扬曾访问美国，寻求加强苏美经济合作，那时，他是看上了美国的冰激凌。其实美国的冰激凌也来自欧洲，就像俄国一样，所以，米高扬认为，苏联有必要重新引进冰激凌。那时，米高扬吃过美国冰激凌，觉得味道不错，遂将其引进苏联大规模生产。但是美国冰激凌制作工艺水平高，原材料讲究，苏联当时的水平还达不到，苏联人便因地制宜，将美国冰激凌的技术和生产方式本土化，生产苏联特色冰激凌。根据米高扬的指示，1932年，苏联建立了第一家冰激凌厂，1936年开始试营业。米高扬下令，苏联冰激凌应定价合理，成为人人都吃得起的食品。可见，苏联冰激凌在一开始就定位为大众食品。1937年11月4日，米高扬从美国进口了当时最先进的冰激凌生产加工设备，并用它生产出第一批苏联冰激凌，主要品种有：奶油冰激凌、加巧克力、核桃仁、果脯和奶油冰激凌、水果和浆果冰激凌、香味冰激凌等。根据检验，它们的质量均符合苏联国家颁布的冷饮标准，也被认为是迄今为止，世界最严格的冰激凌产品标准。苏联人最自豪的是，他们虽然用美国设备生产冰激凌，但却坚拒化学添加剂，只用天然原材料，确保味道纯正，绿色环保对人无害。不久，苏联技术人员又开发了火炬、冰砖和紫雪糕等多种款式的冰激凌。随着苏联设备的普及，技术的发展，标准的规范，这些产品后来逐渐发展到苏联全国生产，且味道一致，价格统一。

20 世纪 40 年代，苏联经历了战争的刀兵血火，由于冰激凌生产尚处起步时期，加之战争破坏和基于补充指战员营养的宗旨，后方冰激凌厂商给前线官兵送去的多是冻牛奶，就是俄罗斯最原始的冰激凌。官兵们因为喜欢冰激凌，就称它为冻牛奶冰激凌。苏联政府的战时补给强调，为确保军队战斗力以及官兵和人民的健康，牛奶中不得注入任何化学添加剂，所以味道极为纯粹。苏联 40 年代生产的冰激凌从样式、成分、包装、价格，甚至味道都一模一样，真正做到了全国统一。

50 年代，苏联冰激凌已经有了成熟产品，主要是：纯奶油冰激凌、加巧克力、核桃仁、果脯等的奶油冰激凌、紫雪糕、威化杯玫瑰花膏冰激凌、巧克力火炬冰激凌等，这些品种勾勒出苏联冰激凌一个时代的美丽风景。但由于经济体制所限，苏联冰激凌很多年以来，零售价格一成不变，给我们这代人留下深刻记忆。我清楚地记得，天鹅冰激凌 13 戈比、水果冰激凌 7 戈比、小紫雪糕 11 戈比、大紫雪糕 22 戈比、列宁格勒巧克力冰激凌 28 戈比、巧克力火炬冰激凌和奶油蛋糕冰激凌均为 28 戈比。

苏联有一款冰激凌，被称为板栗冰激凌，它表面色如板栗，实为纯浓巧克力冰激凌，吃过的人这样回忆说，板栗冰激凌，咬一口，甜掉牙，犹如吃了冰冻的纯巧克力。板栗冰激凌当时的售价为 28 戈比，这个价在当时可乘坐 9 次无轨电车。

50 年代冰激凌产品多样化，也带动了销售。苏联街道上雨后春笋般出现了冷饮亭，冰激凌招贴画也是旌旗招展，无所不在。这期间市场上

做果酱 马科夫斯基 作（1876 年）

还出现了一种包在纸杯中的西红柿冰激凌，它虽只有10戈比，但款式独特，味道鲜美，维生素含量高。今天不少俄罗斯中老年人都很怀念它，他们渴望时光倒流，或能穿越历史，只为再品尝一次那永世不再的奇妙美味。遗憾的是，俄罗斯早就不生产这种冰激凌了，它成了苏联冷饮界的绝唱。

苏联对推出生产新款冰激凌历来很慎重，后来推出的奥尔甘尼克冰激凌和农夫冰激凌，尽管味道很纯正，但包装简陋，主要是当时生产工艺相对简陋；但另一方面，苏联冰激凌生产善于就地取材，例如苏联人善于使用天然果汁和花草浆果开发新产品，以巧妙地弥补技术上的缺陷。苏联冰激凌味道好，还有一个重要原因，那就是苏联强调冰激凌原材料——牛奶的严格管理。苏联政府对牛奶制品生产联合体的监管极为严格。他们深知，牛奶的加工、保藏等技术操作违规会造成严重后果，特别会对青少年和儿童造成危害。

截止20世纪80年代，苏联冷饮生产加工联合体所生产的冰激凌，年产量达到45万吨，这些产品不仅满足苏联，其中还有2000吨出口到其他国家。1986年，苏联总统戈尔巴乔夫谋图改革，鼓吹“新思维”，他的思想也影响了苏联冰激凌行业。首先，苏联取缔取消了百分制质量检测体系。从1990年开始，苏联开始根据所谓“技术条件标准”检测冰激凌质量，使冰激凌质量一落千丈；其次，苏联将其冰激凌市场对外开放，外国冰激凌开始大量涌入苏联，年进口量达4.2万吨之多，严重冲击苏联本地冰激凌消费市场。苏联冰激凌产业在外国产品冲击下，一改传统生产模式，在原材料使用上模仿西方，用乳清取代纯牛奶，用茶籽油、橄榄油和豆油取代动物油，这种生产工艺一直延续到苏联解体。

今天，根据俄罗斯冰激凌和冷饮生产协会统计，80%的俄罗斯厂家采用植物油生产冰激凌。就是说，俄罗斯冰激凌已经彻底抛弃了无任何添加剂的苏联传统，现在俄罗斯生产的冰激凌，也毫不例外地添加了炼乳、食用颜料、乳化剂和固化剂等。在味道上，俄罗斯冰激凌当然也不可与苏联冰激凌同日而语，尽管有些老牌子仍采用苏式包装，但也仅是形似而神不似了。

俄罗斯工艺品

对很多习惯于在欧美、东瀛以及中国香港一掷千金，连眼睛都不眨的国人来说，去俄罗斯买点什么，总显得不知所措。莫斯科既没有马约门和香榭丽舍大街的珠光宝气；也没有乔治五世大街和蒙田大街的名牌荟萃，没有东京的台场、没有新宿和涩谷；也没有铜锣湾和旺角。俄罗斯给这个世界带来的纪念，不仅与它漫长的农耕和游牧文化相关，更与罗斯千年受洗，国民大多皈依东正教这一历史不可分割，所以，一般游客若不了解这点，便对俄罗斯的礼品、手工艺品兴趣索然。若空手而归，无异于白跑一趟。

其实，莫斯科的主要观光景点，如老阿尔巴特大街、市中心的地铁站、基督救世主大教堂、克里姆林宫、红场等，每时每刻都在向游客展示工艺品。既有艺术陶瓷、纺织、编织、绣花、木雕、石雕、铸件、铸塑和金属浮雕，亦有彩绘餐具、编织餐布、木质菜板、绣花毛巾和羊毛披肩等。它们都是自古以来，俄罗斯人日常生活中必不可少的物件，但对于习惯了奢华购物的人们，谁还会去追求这样的返璞归真呢?

最近，听说国内琥珀（蜜蜡）升值，买者趋之若鹜。由于国内琥珀资源有限，很多人开始打探俄罗斯琥珀的商情，不仅有人购买市面上的工艺琥珀，而且更有商家与原产地的业主合作开采，可谓利益驱动，兵贵神速。在俄罗斯民间，琥珀历来象征幸福，健康和爱情，经常被用来制作护身符。俄罗斯琥珀，确实值得一买，只是建议在购买的同时，能为自己提升一下精神附加值。俄罗斯的琥珀产地在最西端的波罗的海，人们长期以来沿海岸采集琥珀，早已成为传统。那里，居然还有一个名叫“琥珀”的村子，现已成为著名的琥珀采集场。实际上，随着时间的流逝，俄罗斯琥珀的储备资源已经面临枯竭。

俄罗斯琥珀通常用作节日和盛典装饰物，著名的叶卡捷琳娜皇宫，就有一个举世闻名的琥珀厅，通体装饰着蜂蜜般的琥珀。伟大卫国战争期间，德军偷运走了琥珀厅，它至今下落不明，成为千古之谜。而我们现在看到的女皇的琥珀厅，是照原样复制的。因此，别看晶莹剔透的琥珀，不过是一块石化的树木液汁，却也承载着俄罗斯民族的爱恨情仇。

若你游览俄罗斯的“金环”，你绝不能错过美丽的古城罗斯托夫，它距莫斯科 280 公里，那里出产俄罗斯最著名的工艺品——传奇的罗斯托夫珐琅。它是一种被涂上不同颜色的玻璃晶体，经过摄氏 800 度炼炉的烘烤，艺术家在加工好的底板上绘画，这个过程循环往复，需要经过多次才能完成。俄罗斯工匠巧妙地将珐琅与镀银铜器、银器和金器镶嵌在一起，制成茶具、餐具、钟表和各种首饰等。俄罗斯工匠把民间故事里的人物和情节融入珐琅的设计，如脍炙人口的青蛙公主的故事等。早在 15—16 世纪，俄罗斯美女就喜欢用珐琅做装饰品，每逢节日盛典，她们华丽的头饰上，永远少不了玫瑰红珐琅，那是她们的最爱，因此她们个个变得雍容高贵，尊如女王。

还有两类被称为木雕彩绘的俄罗斯工艺品，它们也是前往俄罗斯观光购物客很不错的选择，一种是霍赫洛玛装饰画，另外一种叫巴列赫彩绘。先说霍赫洛玛装饰画，这种俄国民间艺术，起源于东正教圣像画家古老而神秘的画室。那些古老的画家，原是旧礼仪派的教徒，它们首创的这种工艺和彩绘，后来被移植到餐具的制作上，这就是我们今天在莫斯科街头所看到的黑色、红色和金色镶嵌的工艺品。工匠们多采用俄罗斯盛产的山杨、桦树和椴树为原料，然后在其上彩绘。他们首先用过了水的粘土打一层底色，晾干后再用亚麻籽油擦拭，再涂抹银粉和阿利芙油，之后将它们放置到炉中烧制。阿利芙油受热变黄，餐具半成品便呈现出蜂蜜黄色。霍赫洛玛漆画的品类早已定型，基本上是杯子、盘子、餐具橱、小木桶、木碗等餐具。

再说巴列赫彩绘。首先，它是工匠用从大自然里提取的速干颜料，在纸型上绘制而成。俄罗斯绝大多数的工艺首饰盒、装饰板、烟灰缸和其他日常生活的小饰物，都属于这种古老的工艺，它发源于俄罗斯远古的穷乡僻壤，也是东正教圣像学校画家们的首创。遗憾的是，巴列赫彩绘发祥的准确记录已经无法考证，我们只知道，巴列赫圣像最早可追溯到16—17世纪的俄罗斯。

1917年发生了十月革命，这个事件也改写了巴列赫彩绘的命运。导致巴列赫圣像绘制被禁止，绘制技艺此后多年无人问津，直至濒临失传。当时的巴列赫圣像画家，只得另辟蹊径，不再表现宗教主题，而去改画世俗实用产品。俄国工艺美术专家告诉我，巴列赫彩绘最终有一个组装、涂漆和打磨的过程，最终，竟然都是由女性手工完成打磨抛光，专家的说法很具精神性：只有温暖的女性手掌，才会为这些彩绘锦盒，平添美的奇光异彩和无限深邃的爱。

说到俄罗斯工艺品，就不能不提到一种叫玛特廖什卡的玩偶，它即是被中国人称之为套娃的一种彩绘木制玩具。这种玩具很奇特，很多前往俄罗斯观光的中国人都会买来收藏。玛特廖什卡一词来源于拉丁语“母亲”的意思。十月革命前夕，这个词在俄罗斯是个很流行的女性名字，因此，可以说，玛特廖什卡是个女人，也是位母亲。再看俄罗斯的传统套娃，最大的那只，酷似居家过日子的俄罗斯胖大嫂，身穿传统的宽大连衣裙，头裹花花绿绿的毛织头巾，在它里面，套装同样类型的小尺寸玩偶，数量从三个到多个，甚至数十个不等，状如木蛋，它们象征着俄罗斯家庭追求多子多福的兴旺生活。不过，据俄罗斯民间传统工艺品专家考证，俄罗斯套娃的产生，最早是从日本不倒翁获得的灵感，而日本不倒翁的发明人，却是从印度6世纪传道者菩提达摩那里得到的真传。

苏联解体之后，俄罗斯工匠发扬和光大了套娃艺术，他们不仅将俄罗斯民间故事、文学名著的人物和情节融入玛特廖什卡玩偶创作，还将俄苏国家历史进程演化为玩偶题材。我在莫斯科甚至还见过，各个时期的政治人物进入套娃，如有一种九件套的玩偶，人物排列依次是，列宁、斯大林、赫鲁晓夫、勃列日涅夫、安德罗波夫、契尔年科、戈尔巴乔夫、叶利钦和普京。

俄罗斯蜂蜜缘何天赐

蜜蜂已经在地球上存在了数百万年。蜂蜜在俄国乃非同寻常之物，不仅是美食，而首先是天赐神物。俄罗斯人1000多年前开始采食野生蜂蜜的时候，发现它色泽晶莹剔透，味道甜美清香，且数量稀少不易多得，故而金贵。蜂蜜还入药、入膳，具有养颜与保健等数不清的功能，1000年前，斯拉夫民族餐桌上的蜂蜜，竟被称作饕餮大餐。后来，蜂蜜逐渐成为俄式大餐的基本原料：俄式大餐主要菜肴都含有蜂蜜。此外，蜂蜜也是俄罗斯最古老、最流行的饮料。

俄罗斯泰加大森林郁郁葱葱，土壤、气候、温度、植被俱佳，为蜜蜂的生存提供了良好条件。大约200年前，蜜蜂养殖业被引进俄罗斯，从那以后，泰加森林的天然蜂蜜开始供应俄罗斯国内市场。当时，俄罗斯质量最好的蜂蜜，主要来自西伯利亚和远东。远东最有名的是椴树蜜，日产量为30—33公斤；其他养蜂场的各种蜂蜜，西伯利亚日产420公斤，远东为330—340公斤。那时欧洲旅行家前往俄罗斯探险，称那里是“流淌着蜂蜜之地”。

公元911年，俄罗斯奥列格大公与希腊国王签署的第一单贸易协议，就是出口蜂蜡和蜂蜜到希腊。俄罗斯蜂蜜文化和贸易史源远流长，可追溯到公元945年。最早的文字记载见于《拉夫连季耶夫编年史》，那是俄罗斯最古老的编年史，上面说，奥利亚公爵夫人下令大规模采集啤酒花蜜，以纪念遇害的伊戈尔大公，因为到了他统治时期，俄罗斯的蜂蜜贸易已具相当规模，而且在很长一段时间内，蜂蜜是俄罗斯的主要出口产品，有“甜蜜的黄金”之称。根据俄罗斯在农奴制时代制定的律法，农民向农奴主的进贡的产品，就有蜂蜜。

彼得大帝时期，蜂蜜已普及到俄罗斯和乌克兰家庭，成为家家户户餐桌上的主要甜品。俄罗斯蜂蜜甜食的传统一直延续至今，最典型的就是俄罗斯蜂蜜薄饼和蜜糖饼，俄罗斯人一般就着红茶食用。笔者在俄罗斯生活期间，曾多次到当地人家做客品尝，他们的甜食确实香气浓烈，裹在其中的蜂蜜亦甘之如饴。还有，正因为蜜糖饼中含有蜂蜜，所以，它可以保存很久而不干硬。再有，俄罗斯人发明的蜂蜜粥和蜂蜜蛋糕也是甜而不腻，令人爱不释手。据俄罗斯老辈人说，葡萄干、瓜子和核桃仁与大米同熬成粥，加入蜂蜜，曾作为最时尚的一道俄式甜食，享誉世界。众所周知，俄罗斯饮酒传统根深蒂固，而民间最好的解酒食物，竟是一片抹了蜂蜜的面包。

除了吃的，俄罗斯的蜂蜜饮品热蜜水也很知名。俄罗斯热蜜水的历史深远，可追溯到18—19世纪。冬季来临之际，大雪皑皑天寒地冻，如果街头没有身上背着大茶炊或者身上背着棉被紧裹的大桶、里面装着滚热的热蜜水的卖水人。街头行人在这种境况下，很难长时间步行到达目的地，卖水人走街串巷，向顶风冒雪的行者兜售热蜜水，还有的卖水人直接在街头开设商亭和摊位，支起烧炭的茶炊炉，便开始煮热蜜水叫卖，生意甚是红火。那时，俄罗斯街头还没有一家咖啡屋和餐馆卖过热蜜水。除此之外，当时俄罗斯的集市和商铺区，最佳地段和最红火的生意，就是卖热蜜水的。

俄罗斯热蜜水的配方很有趣，先在开水中倒入150克蜂蜜，再加入150克白糖，均匀搅拌之后放入2克月桂叶，还有生姜、豆蔻、石竹和桂皮共5克，使水再沸腾；还有一种蜂蜜饮品，叫蜂蜜酒，它的做法也很有意思，置100克蜂蜜于温水中，均匀搅拌和过滤，再将啤酒花添加进去，煮沸，直到水蒸发了一半即灭火，就是蜂蜜酒半成品，再将其倒入蜂蜜罐中，加入黑麦粉、发酵粉及糖浆，待其发酵后，即成了蜂蜜酒。其酒精含量的高低，可以根据喜好进行调节，最后，再将做好的蜂蜜酒倒入特质木桶，并放入凉爽的地窖保存。

蜂蜜在俄罗斯历史上曾经被国家和教会垄断。15世纪，莫斯科大公瓦西里三世下令严禁民间生产蜂蜜，将生产权交给教会，所以，俄罗斯蜂蜜一度被百姓称作修道院蜂蜜。俄罗斯的蜂蜜节时间，为儒略历每年8月1日开始，东正教教民在这日前往教堂，秉烛祈祷，参与圣化新采集的蜂蜜仪式，因此，俄罗斯的蜂蜜在教会又称为“拯救蜂蜜”。

另外，俄罗斯教会对蜜蜂深爱有加，因为蜜蜂的特性恰是每个东正教教徒修行的榜样，它们勤劳、纯洁、谨慎、明智、互助，纪律严明和虔诚笃信。意大利米兰主教，圣安弗罗西将教会堪比蜂巢，教徒比作蜜蜂。他说，蜜蜂一生在外操劳，最终回归自己的蜂巢。

俄罗斯的养蜂业历史悠久，养蜂技术代代相传，17世纪以后，随着俄罗斯人口增加，规模也越来越大，共建成5000万个人工蜂巢，规模较小的，也有1000多个蜂房。此方式逐渐取代了原始森林的野蜂蜜采集，成为俄罗斯经济发展的独特领域，也成为蜂蜜文化的起源。根据俄罗斯帝国法律，人工蜂巢可以像持有土地一样继承或者便卖，当然如上所述，那时蜂房的持有人不是教会，就是达官贵族。

俄罗斯人很早就发现蜂蜜具有保健功能，他们将蜂蜜誉为人类的保健医。俄罗斯专家认为，蜂蜜虽然取之于不同的花朵，但却具有共同的保健功能，如抗菌杀毒，净化脏器和促进新陈代谢等功能。俄罗斯人告诉我，每天早晨空腹服用一汤匙蜂蜜，可以防止病毒性感冒、心血管及肠胃病。这使我不禁想起了十年前采访俄罗斯英雄协会主席瓦连尼科夫大将，他是

养蜂人 克拉姆斯基 作（1872 年）

苏联卫国战争的参与者，指挥过攻克柏林的战斗。他给我讲故事，他说，在战争期间，前线缺医少药，于是，前方指挥部根据民间配方命令战地医院，直接将蜂蜜涂抹在负伤官兵的伤口上，竟然大显奇效。这就不能不让我重提本文开头所说的那句话：蜂蜜乃天赐神物。

众所周知，蜂蜜含有果糖、矿物质、微量元素、多种维生素、酵母、活性生物成分、叶酸、氯、锌、铝、铅、硅、铬、锂、镍、锡、钛、锇等人体必需的化学元素。蜂蜜不仅对创伤和烧伤有奇效，对心血管疾病、肾病、肝病、胆管病和肠胃病等，都有很好的疗效。俄罗斯专家还告诉我，蜂蜜是天然抗生素，可以有效地抵抗病菌，饮用蜂蜜可以消除人体所有炎症；咽喉和口腔炎症，只需要含一口蜂蜜，等它在你口中慢慢融化，疗效奇特。蜂蜜可以提升人体抵抗力，人清早起床后，伴随晨曦，一勺蜂蜜下肚，顿时精神矍铄。由于蜂蜜含有高密度脂蛋白，故可以降低人体胆固醇和防止动脉粥样硬化，还可扩张血管、改善血流量。蜂蜜加柠檬是最好的降压药。实验还证明，蜂蜜对前列腺和阳痿均具有很好的疗效，这是男女不孕症的福音。当然，蜂蜜的减肥和安眠功效也是不言而喻的。

俄罗斯人最崇拜的古希腊的三位先师是，哲学家毕达哥拉斯、医药之父希波克拉底和哲学家兼教育家亚里士多德。他们竟然都是蜂蜜的倡导者，特别是希波克拉底不仅广泛地将蜂蜜运用于医药，而且服用蜂蜜直到 90 岁去世为止。苏联和俄罗斯宇航员也将蜂蜜视作能量之母，他们甚至在外太空，还服用蜂蜜。俄罗斯还有给新婚夫妇赠送蜂蜜的习俗。科学表明，新婚夫妇多食蜂蜜，有利于早生贵子。

我认识一位俄罗斯的蜂蜜大师，他对各种蜂蜜及其疗效了如指掌，说起来，如数家珍。他说，槐花蜜不含糖分，适合于糖尿病患者食用；香菜蜜对肠胃病和呼吸道疾病患者有利；栗子蜜有益于感冒和得了心血管病的患者；椴树蜜可预防感冒，对鼻炎、咳嗽、扁桃体发炎均有辅助疗效。牛奶浆草蜜是肿瘤的克星，它含有丰富的碘元素；葵花蜜可治疗上呼吸道感染、外部伤口愈合，缓解胃炎和胃溃疡，恢复心血管系统有极大的辅助作用；荞麦蜜对贫血症有疗效；苜蓿花蜜是上好的消炎药和镇静剂；柳兰杂草蜜对动脉和支气管感染、哮喘、慢性支气管炎和湿疹均有疗效；枫树蜜专治泌尿生殖系统疾病；槭树蜜具有滋阴壮阳之功效等等，不一而足。再就是俄罗斯蜂蜜的美容和美体功能，如他们发明了天然蜂蜜面膜，其中还添加了蛋黄、甘油和柠檬汁等。俄罗斯蜂蜜是弥足珍贵的皮肤饮品，由于它对皮肤的养护功效甚佳，而且无任何副作用，所以备受俄罗斯人的青睐。

怀念苏俄往事

俄罗斯冰消雪化，大地回春。前来旅行的中国观光客与日俱增。不少人见到我总爱问个问题：苏联没有了，今天的俄罗斯人与当年的苏联人有什么区别？

先说苏联人的外表。他们给外国人最大的印象就是不爱笑，特别是见到不认识的人，按照我们的理解，就是不客气。西方人说他们缺乏亲和力。总之，苏联人外表冷酷，是去过苏联的老外们的共识。苏联解体后，俄罗斯人待人接物相比过去略有改观，但沉郁寡欢依旧是他们的个性，这似乎已经融化在他们的血液里。

苏联人对国家的看法既固执又可笑。他们认为国家关心每个公民的福利状况理所应当：提供好工作、优质的入职培训、免费住房和医疗是国家分内之事，否则要国家干什么？苏联也按照这个逻辑要求每个公民。国家原则上承担你的一切，但你必须全心全意为国家服务。不过总的来说，苏联人不爱工作，动不动就歇工，因为他们老觉得工资少，所以，磨洋工是苏联人的常态。苏联有个段子说得好：“国家装着发工资，我们就装着干活。”当然，如今的俄罗斯人已经不这么依赖国家，大多数人接受了个人奋斗和“多劳多得”的思想。但他们依然反对教育和医疗市场化。当今的俄罗斯，教育和医疗是灰色地带，貌似免费，其实暗度陈仓。

苏联人深谙法律与生活的关系，他们常说，法律是法律，现实是现实。所以他们在生活中常常以各种名义违法，苏联人最爱以正义和公平之名试法。苏联解体之后，俄罗斯有句口头禅，我们的法典厚厚一本，貌似啥也不能做，其实正相反。

苏联教育无与伦比。那时的学生和知识分子爱读书，苏联时代的阅读量极大，几乎达到每人每年读几十本书。读书是为了思考，苏联时代知识分子相对今天的人更爱思考，他们既不生活在幻觉中，也不轻易灰心丧气，他们比现在的知识分子精神世界健康。他们不强人所难，还乐善好施。

再就是，苏联人服装颜色多以灰黑为主。这与苏俄沉重的历史密不可分。1992 年之后，俄罗斯爆发时尚革命，人们的穿着发生了颠覆式变化，逐渐打破苏联服装颜色和款式的一统天下，但俄罗斯中老年人服装颜色的依旧首选灰黑。

典型的苏联人烟酒不分家。苏联时代，我去过路边的“食堂”（现已绝迹）观察，那里随时都聚集着推杯换盏和吞云吐雾的人。各种宴会和聚会上的烟酒排场就更不用说了，不抽烟喝酒你都不好意思说你是苏联人。1992 年以后，俄罗斯逐渐适应世界潮流，少酒戒烟成为时尚。

刚去苏联时，发现苏联人打电话声音很大。在莫斯科住久了才知道，这里有故事。苏联电话普及时间不长，大约是在勃列日涅夫执政时期的 70 年代，大家都习惯使用街头的投币电话，或者公共宿舍的一层配备公用电话。在公共场所讲电话，环境嘈杂。加之苏联电话线路陈旧，送话质量差，或者投币使用时间短，人们打电话时常情绪急躁而大声喊叫，久而久之，苏联人就习惯于喊着打电话了。现在虽已是数码时代，有些俄罗斯老人举着手机仍然声嘶力竭，这多半不是因为听不清，而是老习惯使然。

最有趣的是，苏联男人喝酒很凶悍。用他们自己的话说，就是“排炮射击”式的喝法，即不间断地一杯又一杯地连续喝干伏特加，甚至白兰地和威士忌。我问他们，这样喝酒到底有什么好处，他们说，其实这么喝并

莫斯科河桥 科罗文 作（1914 年）

没有什么好处，但却有心理和生理上的刺激。“排炮射击”式的喝法可以放慢醉酒的速度，而一杯一杯慢慢品酒，你很快就腾云驾雾了。这是苏联人喝快酒的秘密，也是他们“排炮射击”的理由。苏联不在了，但是这种喝酒的方式却被俄罗斯继承下来。

苏联人对财富的认知具有两面性，一方面喜爱赌博，爱买彩票，梦想一夜暴富；另一方面，又崇尚“不劳动者不得食”的信条，整个社会鄙视和厌恶一夜暴富。苏联人坚信，勤恳劳动光荣，挣工资不为发财，所以，电影和美术作品里的百万富翁绝没苏联人，都是大腹便便的西方油腻佬，令人鄙夷。但苏联人却承认特殊贡献者可以享受国家特殊福利，比如苏联第一位航天员加加林，不仅获得苏联英雄称号，还住洋房开跑车，大家觉得名副其实。但普通老百姓，你就是倒卖一辆最便宜的拉达小轿车，也会遭左邻右舍白眼。

传说中的苏联低犯罪率，确属事实。就拿我所居住的那幢大楼来说，建造于勃列日涅夫开始执政的 60 年代。房东说，那时这座大楼里三分之一人家的备用钥匙，都放在家门口的脚垫下面，这是一个公开的秘密，但居民家中却很少发生被盗事件。这不是因为苏联警察和克格勃多么强大，而是苏联价值观使然——偷鸡摸狗，天理难容。90 年代之后，俄罗斯家家户户开始装防盗门、防盗窗，甚至有人买来瓦斯枪防身，不用说，各家门口脚垫下面的备用钥匙，也一定换了藏身之地。

苏联 60 至 80 年代的时期，即使温饱不成问题，民生问题总体上也解决得不好。60 年代的苏联表面上给人国力发达的感觉，实质上这是表象。我有一次去莫斯科作家村别列捷尔金诺拜访著名剧作家罗辛，他告诉我，60 年代苏联城市与乡村的生活过得紧紧巴巴。首都莫斯科和苏联主要城市满大街都是那时建造的简易楼，俗称“赫鲁晓夫式楼房”，房间狭窄而压抑，设施简陋而粗糙。现任俄罗斯国际作家联盟主席别列维尔津，曾在苏联北方雅库特自治共和国一家农场当场长。他说，他们农场的员工20世纪70年代吃饭的时候，连掉在桌子上的面包渣都会捡干净。他们还用穿破的袜子做灯罩，一双皮鞋穿烂了修好几次还接着穿。大多数农村的住房都没有排水系统，也没有厕所设施，家家户户冬天能享受统一供暖，已经很不错了。

苏联人有同情心。你在街头问路，过路的非给你讲明白了为止，你要是有半点犹豫，他恨不得再送你走好几条街。我朋友80年代到莫斯科观光，想去红场看看，用英文随便问了路边一个姑娘，那姑娘不仅带他坐公共汽车到红场，还免费担任导游，讲解红场故事。那时，莫斯科有个惯例，儿童放学回家，半路口渴，他可以随便敲陌生人的家门讨水喝，住户都不会拒绝，今天在俄罗斯，这些已成为传说，无论你问路还是叩响别人家的房门，你遇到的大多是疑惑的目光，听到的也是警觉的质问。

苏联有强烈的先军思想。军人不仅待遇好而且地位高。不服兵役者遭人鄙视。据说，没有服过兵役的小伙子，不论你长得多帅，终将成为剩男，那个时代的苏联姑娘不会嫁给一个没穿过军装的男人。高级军官的地位在苏联时代就更高了，所以，他们在国家转型时期遭遇的心理倾覆之痛也最深。

2003年，我与苏联总参谋部维克多·索罗马金少将前往莫斯科郊外考察坦克团。我们在街头叫了一辆出租车开到军营门口，年轻司机张口要钱，将军把“苏联英雄证”递给他看，我很不解，原来根据苏联相关法律，苏联英雄乘坐出租车可减免车费。谁知年轻司机鄙夷地竟将“苏联英雄证”摔在将军脸上，断喝一声:“给钱!”我们最终付了高昂的车费。这事若不是我亲历，今天我可能也只当是一个传说。

我从这个故事中还看出一个尊老的问题，侮辱老将军的司机才20多岁，可将军已70多岁。这种事在苏联不会发生，因为全社会尊老爱幼已蔚然成风，更何况老将军还是卫国战争的功臣，获得过苏联英雄称号呢。

PART 2

俄罗斯神秘之旅

走在库尔什沙地上

从历史上看，加里宁格勒这座位于桑比亚半岛南部的古老城市，由条顿骑士团北方十字军于1255年建立，先后被条顿骑士团国、普鲁士公国和东普鲁士定为首都或首府。柯尼斯堡曾是德国文化中心之一，此地曾居住过几位德国最著名的大学者。如哲学家康德、作家霍夫曼和数学家希尔伯特。苏联获得该城市后，最后残存的两万多德国居民亦被驱逐出境，或被流放西伯利亚。德语被俄语取代。苏联不仅迅速完成了加里宁格勒的工业化，而且1950年，在此建立了规模庞大的波罗的海舰队。不久之前这里还是一座“外国人不得进入”的军港重地，现在虽对外开放，但俄罗斯对入境者的准入尺度，亦是时宽时紧。

根据向导沃尔科夫的建议，我下了飞机便跟着他直奔库尔什沙地国家自然公园。我们的汽车从高速路拐入树林，很快在林间一条笔直的公路上疾驰起来。这就是传说中加里宁格勒地区最独特的自然景观。从加里宁格勒到库尔什沙地，地理书上表明，总共75公里。所谓库尔什沙地，是从波罗的海的库尔什海湾分离出来的一条绵长而狭窄的弯刀型带状沙地，它一边为大海，一侧是淡水河或湖泊。库尔什沙地以东普鲁士殖民化之前，以当地土著库尔什部落之名命名。这条狭窄的沙地绵延长达98公里，后来我看到航拍的照片，其宽度最窄处为400米（树林村），最宽处为3.8公里（布尔维基海岬）。沃尔科夫告诉我，库尔什沙地风景独特，大自然馈赠丰饶，特别是，此地海水与河水比邻，却从不侵犯，百年依然。2000

年，联合国教科文组织将这一景观列入《世界遗产名录》。

库尔什沙地为俄罗斯和立陶宛共有。归属地俄罗斯一方的，属于加里宁格勒州，立陶宛一侧的，属于聂林格斯克自治区。俄立边境线，位于库尔什海湾 49 公里处。在俄罗斯一侧，苏联于 1987 年修建了“库尔什沙地国家公园”，并逐渐修建了一些居民点。我在旅行期间，考察了森林村、渔夫村和海洋村，以及当地最大的边境小城——绿城。沃尔科夫告诉我，三村加一市人口总数仅仅 1556 人。他的统计很精确。这里地处军港，又是前沿，户籍登记总是精准。

1945 年以前，拥有德国国籍的库尔什沙地土著人只讲方言，该语言与立陶宛语很相近。加里宁格勒地区划归苏联后，当局强令居民讲俄语，库尔什方言消失。如今，仅有数十位库尔什沙地老人还能讲几句方言，但他们都远居德国，库尔什方言终成传说。

我读过诗人古卡罗的诗，他曾这样吟唱库尔什沙地风光：“倘若你从未到此走马 \ 或在步履匆匆之下 \ 那你何以理解和珍爱 \ 这片森林，海湾，沙丘和堤坝。”古卡罗所言极是。假如我从未踏上过库尔什沙地，便无论如何不能想象，它是一块犹如琥珀般晶莹剔透之宝地，美得几乎不属于这个世界。沃尔科夫告诉我说，库尔什沙地人工雕琢的痕迹极少，它是一座百分之百的天然花园。它的美学意义与审美价值，超乎所有文学艺术作品的表述，它是上帝的神来之笔。从地理学意义上讲，库尔什沙地与赫尔沙地、波罗的海沙地，并列世界著名三大沙地。

库尔什沙地美如人间天堂，依人类贫瘠的知识根本无法解读它复杂的生态构成。我们仅知道，由于它环境构造的丰富和繁杂性，使得这里风光旖旎，景色秀丽。即如我之所见，处处是银色的海滨沙丘和绿苔藓覆盖的沼泽。我不是生态学家，可我漫步库尔什沙地，似乎也可从五光十色自然表象中，窥见陆地、河流、海洋、沙丘，随着岁月流逝的变化与发展，生成与改变着此地的动植物群落。

库尔什沙地最值得一看的无疑是海岸沙丘。这是世界独一无二的地貌。我们穿过密密的树林，看过爬满青铜锈一般苔藓的树木，便踏进大海一侧的银色沙丘，犹如踯躅于浩瀚的撒哈拉。沃尔科夫告诉我，这里海岸银色沙丘宽度，约在 0.3 公里—1 公里之间，平均海拔高度亦为 68 米。银沙滩上植被稀少风速强劲，行走其上，旷漠和荒凉之感顿生。我恍惚感觉，有一双无形巨手在搅动和掀起银沙，或在原地，或向大海扬撒。我疾步登上沙丘，回眸远望库尔什沙地，它的一侧，伸向掩映在绿荫丛中古老的小村镇，另一侧，嵌入一碧万顷的波罗的海，这妙不可言的库尔什沙地啊，到底蕴藏着多少天国的馈赠呢？

库尔什沙地的森林覆盖率，高达 70%。各种树木、灌木和草类多达 600 余种，动物植品种极为丰富。沃尔科夫是本地人，他说，他从小到大穿行于树林之间，曾亲眼见过驼鹿、野猪、狍子、狐狸等动物。松鼠更是时常出没在人类活动区域。我在旅行期间见过很多次尾巴翘翘的松鼠，它们生于和谐世界，受到汽车停车等候它们过马路和美味佳肴随时伺候的礼遇。看得出，对于这个世界，它们从不怀有恐惧。

库尔什沙地，是东北—西南走向，宛若波罗的海中一座天然栈桥。谁成想，它竟成为世界候鸟栖息、捕食和繁殖的生命长廊。我们在林间遇见鸟类研究专家，他告诉我，每年春秋之际，两千多万只鸟儿从俄罗斯、芬兰、北非、波罗的海沿岸国家飞过库尔什沙地，大约有 150 多种，其中 102 种鸟，会在此地停留和筑巢。难怪库尔什沙地密林中的渔夫村，建有欧洲最古老的鸟类研究中心。鸟类研究专家告诉我，这个中心是德国神学家鸟类爱好者狄聂曼 1901 年建立。1944 年，中心因为战争而被迫关闭，1946 年柯尼斯堡易手苏联，鸟类研究中心荒废 12 年，直到 1956 年 3 月 16 日，苏联科学院主席团决定恢复这个中心，鸟类研究才又得以继续。

苏联解体后，这个鸟类中心又被俄罗斯联邦继承下来，中心值班研究员瓦吉姆研究员不仅给我讲解鸟类知识，还给我演示了他每日的研究环节。他告诉我，中心目前所从事的工作，与100年前狄聂曼所做的一样。比如说，给设网捕捉的鸟儿带脚环，整个过程不超过40秒，之后再将它们放归大自然，以便对鸟儿的迁徙状况进行持续研究。瓦吉姆说，飞临库尔什沙地的鸟中，还有从中国而来的过客呢。我惊奇道："天长水远，何以见得是从中国而来?"瓦吉姆指了指悬挂于实验室的成串脚环，似乎在说："万里迢迢，烟为行止水为家。"

诗人古卡罗写道："它可曾听到海浪的喧嚣，可曾听到鸟儿的鸣叫，可曾将海峡与大海比较。他亦赞叹：库尔什沙地啊你是多么奇妙!"是啊，库尔什沙地处处都是奇迹。它的地表虽然覆盖细碎的白沙，但其上也生长着顽强的植被。我来的时候已是十月之末棉衣上身的深秋，可是，苍莽森林，依旧葱茏；沙丘的灌木，仍然绿枝飘舞。草地虽已渐显青黄，可它们籍五个多月的阳光爱抚和雨露滋润，此刻依旧散放出顽强的生命力。我问库尔科夫："什么时候是这里的黄金季节?"沃尔科夫说："每年5月至9月为最佳季节，其他季节亦不差。"他告诉我，"库尔什沙地是一座半岛，因为沙地的另一半属于立陶宛的麦尔港，海峡将库尔什沙地和波罗的海连接在一起，也有游船和货船穿梭其中。苏联解体后，特别是立陶宛加入欧盟和北约以后，俄立关系虽谈不上紧张，却也逐渐对立。"沃尔科夫说，"俄罗斯人过境立陶宛受到限制，虽然俄立两国之间早有国际客运交通，边境旅行游览客车也算发达。边境城市之间每到夏季游客如织。"库尔什沙地在立陶宛境内继续延伸，俄罗斯和立陶宛人也会相互过境旅游。立陶宛一侧的边境，二战之后留下了一座德国军事堡垒，立陶宛人将其改建海洋博物馆。1991年，立陶宛脱离苏联之后，也在其境内的库尔什沙地修建了一座国家公园。

松林 克拉姆斯科伊 作（1872 年）

根据我的亲历，库尔什沙地如下景观不可错过：

皇家针叶林，位于库尔什沙地与陆地相接处6—7公里处，便可看到大面积世纪针叶林。特别是两人怀抱粗的高大侧柏，参天蔽日藤缠枝绕。时值秋季，黄叶铺地。阵雨过后，林中阵阵冷意和地面腐叶败草之气弥漫，使人心充盈大自然的愉悦。波罗的海沙岸边渐绿渐黄的草地向远方伸展，构成库尔什沙地使人遐想无限的风景线。从绿城至森林村一线的针叶林，几个世纪以来从未被砍伐。该地不仅植被原始形态保存良好，而且是珍禽异兽的最佳栖息地。所以，此处几个世纪以来一直是德国皇家猎场和训练皇家普鲁士鹰隼的基地。在去往皇家针叶林的路上，我们还路过150年前的古老邮政之路，这是东普鲁士与俄罗斯的唯一通道。

舞蹈树，又名“醉树林”，位于库尔什沙地37公里处。俄罗斯人得到加里宁格勒之前，此处曾是德国人的滑翔学校。这里的树林并不粗壮，却给人一种扭动腰身，翩然起舞之感。每棵树起舞姿态各异，可谓千奇百怪，舞之将起，整个树林刹那间变成了一个热闹非凡的舞会，大自然的舞会。游人置身其中，耳边仿佛奏响齐鸣，于是，人也会情不自禁地手臂摇摆，步态婆娑起来。这些树都是20世纪60年代，苏联在渔夫村村口的沙地上人工种植的。树木种植本无奇迹，可是树木翩翩起舞就有点神奇。对此学界说法不一，沃尔科夫说，答案还要从舞蹈之林所处的位置说起。这片树林孤独地伫立在大海与海峡之间，犹如一条孤独的树木带，树之舞之说是由特殊的位置和气候条件促成。

艾法观景台位于库尔什沙地42公里处，在大海村十字路口，它被称为整个库尔什沙地村镇的大观景台。此处是为纪念德国著名林业学家和工程师艾法而建。俄罗斯人始终不忘这位德国人，是因为他在库尔什沙地植树造林和防止沙害方面颇有见解。我在此望见了欧洲沙地最高的沙丘，它隆起并超过了地面60米。我站在观景台上极目蔚蓝的大海，深远的海峡，银色的沙丘，碧绿的森林以及大海村村舍的屋顶，它们都涂成玫瑰红的颜色，掩映在绿树之间，时隐时现恍若童话。

天鹅湖，位于库尔什沙地最高处47公里处的沙丘上。这里沙地独特的地形地貌风光，更像沙地的一泓天池。天池之水，鬼斧神工，叹为观止。初来时，我登高而望，从55米的高度俯瞰天池，脚下便是库尔什沙地上排名第二的沙丘。我沿陡坡而下，秋露沾身，直走到湖边，伸手试水，温润如玉，举头远望，天鹅湖里真有天鹅和野鸭游弋。我们一同拨动的涟漪，搅乱了湖中的云霞。回程之时，我重又伫立湖岸之巅的沙丘，远眺湖水，已清明如镜。我的身旁灌木丛丛，红果累累。清晨，不远处的小村庄还在寂静中微睡，将天蓝色的农舍隐没在黄叶飘零的大树后面。

楚德湖

亚济科夫是俄国黄金时代一位浪漫主义诗人。他写过一首著名诗篇，名叫《美丽的楚德湖》。诗句美如珍珠，光彩熠熠：“日光倾洒湖上，碧水火球盛旺，宁静笼罩其上，彩虹飞渡，绚丽明亮，水国平川，何等富丽堂皇。”

不读亚济科夫的诗，我还真不知道俄罗斯西北尚有一泓如此美丽的湖水，叫楚德湖。它地处俄罗斯普斯科夫州境内，故而又称“普斯科夫楚德湖”。楚德湖是俄罗斯联邦普斯科夫州和列宁格勒州与爱沙尼亚共和国的界湖。它流入波罗的海，最终泻入大西洋。

楚德湖是一座不得了的大湖，它的面积有 3521 平方公里，我伫立湖边，放眼望去，浩渺水国，浩浩苍苍，水鸥点点，岛屿片片，竟然有 30 多条河注入楚德湖。有一条名为纳尔瓦河从楚德湖流出注入芬兰湾。楚德湖号称欧洲第四大湖，其长 150 公里，最宽 50 公里，平均深度 7.1 米，最深处为 15.3 米，共有 29 座岛屿屹立湖中。

令人意想不到的是，楚德湖还是俄罗斯联邦与爱沙尼亚共和国的分境线，其中 2100 平方公里属于俄罗斯，而 1421 平方公里归爱沙尼亚。

对了，您若来此旅游，首先需要对楚德湖的外貌有个基本认识。楚德湖由三部分组成：第一部分即北湖部分（最宽的那部分），占整个楚德湖的 73%；第二部分是南湖部分，占楚德湖的 20%；第三部分是普斯科夫湖以及与之相汇的暖湖，占楚德湖的 7%。

除此之外，楚德湖还有一段大历史可圈可点，历史爱好者绝对不应错过。这段历史记载了 1242 年 4 月 5 日，年轻的俄罗斯领袖诺夫哥罗德大公涅夫斯基，亲自率领俄罗斯军队在楚德湖冰上血战立窝尼亚骑士团，最终获胜，抵御了西方的军事入侵，受到俄罗斯后世的景仰。2008 年，俄罗斯举行“最伟大的俄罗斯人”评选活动，涅夫斯基名列首位。

1237 年 12 月，罗马教皇额我略九世发动第二次十字军远征芬兰，1238 年 6 月，丹麦国王瓦尔德马二世与联合骑士团团长巴拉克商定爱沙尼亚划界，并与瑞典人一起对波罗的海沿岸俄罗斯领地发动军事进攻。那时俄罗斯对外抵抗能力衰弱，因为它那时正受到蒙古军队的入侵。

1240 年 7 月 15 日，瑞典军队在涅瓦河被击败，同年 8 月，骑士团正式发起对罗斯的攻击。主要参与者有立窝尼亚骑士军，爱沙尼亚多帕特主教戈尔曼的民兵团及其他西方军事力量。1242 年 3 月，涅夫斯基攻下普斯科夫。爱沙尼亚多帕特主教戈尔曼的民兵团退守冰湖，准备与涅夫斯基决一死战。

根据苏联科学院考古研究所 1958 年至 1959 年的研究结果，1242 年 4 月 5 日，涅夫斯基率领的罗斯军队与立窝尼亚骑士军的决战，在楚德湖的第三部分，即普斯科夫湖及与之相汇的暖湖地区展开。俄国编年史记载，1242 年 4 月 5 日上午，两军在冰湖上相遇，俄国弓弩手一马当先，猛攻立窝尼亚骑士军中路，弓弩手人数众多，他们边冲边放箭。史料记载，当时“箭如雨下，敌军立毙无数”。不多时，立窝尼亚骑士军便组织了反冲击。他们在战旗的引导下，冲入俄国弓弩手队列，冰湖上登时响起刀剑斧钺的砍杀之声。记载说，刀剑砍在金属头盔上铿锵作响，死伤者倒下无数，断臂残肢布满冰湖，尸体一直排到岸边，足见楚德湖冰上血战之残酷。立窝尼亚骑士军最终不支而溃退，涅夫斯基率领罗斯军队又追击 7 俄里，方才偃旗息鼓。西方史学家称，楚德湖冰上之战最重要的意义，就在于罗斯军队不仅扼守了西部边界，抵御了西方的进攻，而且也因冰湖之战的胜利，消除了对蒙古金帐汗国的恐惧心理。

楚德湖是界湖。俄罗斯人和爱沙尼亚人隔湖而居，同饮一湖水。爱沙尼亚的湖岸小城名为卡拉斯泰，俄罗斯一方是小城格多夫。沿着大河再走10公里就是俄罗斯历史名城普斯科夫。根据俄罗斯相关法律，楚德湖的俄罗斯部分以及相关岛屿属于边界管制区，游览楚德湖受到一定限制，游客需要办理特别通行证。而爱沙尼亚一侧湖岸的居民点并未设置边防区，居民和游客可以任意前往湖边。

卡拉斯泰、格多夫和普斯科夫这些边陲小城是旅游者除楚德湖外，必不可少的拜访之地。早在1990年，楚德湖就开通了游轮。爱沙尼亚一侧的起点是塔尔图镇到普斯科夫，再乘车至楚德湖。若你在俄罗斯一侧，便可经莫斯科乘飞机直飞普斯科夫，或者乘坐火车抵达。对了，楚德湖10公里外的古城普斯科夫最值得一看，俄罗斯编年史对普斯科夫的最早文字记录是在公元903年。普斯科夫的国家历史建筑艺术博物馆和众多14和15世纪的克里姆林宫、教堂、修道院，雄伟壮观，不可错过。

当然，楚德湖是普斯科夫的游览中心。如前所述它除了有轰轰烈烈的大历史之外，还有变幻无穷的湖光景色，这可是无法抗拒的心灵诱惑。人们走近楚德湖时，起初会发现湖水荡漾着温暖的玫瑰红，而当你乘坐游轮破浪前行时，放眼望去，浩瀚的湖水蓦然一碧万顷，又变得如蓝莓一般清湛。可我分明记得，乘坐飞机掠过楚德湖上空时，身下的湖水呈现出晶莹闪光的乌紫色，犹如大地配在前胸的一枚宝石胸花。随着天光的变幻，楚德湖有的时候又蓝得发紫。是的，楚德湖的湖水就是这般澄澈透明，变幻无穷，无论你在湖岸的哪一方，都可以享受它赐予的温馨之水与多彩之光——不同时刻的太阳会为湖面涂抹不同的色彩，使人萌生戏水和浴光的渴望。我想，世人若有幸到此一游，或将很难抗拒与楚德湖融为一体的诱惑。楚德湖更大的诱惑还在于它是鱼之故乡，这里盛产鲈鱼、鳊鱼、白

正午之前 克雷热茨基 作（1885 年）

鲑、狗鱼、江鳕、欧白鲑等品种，还有名声远播和唯此仅有的楚德湖之特产胡瓜鱼。

楚德湖的湖水除了澄澈透明之外，还有一个特点，就是湖水不深，所以升温和降温速度很快。当地水文气象部门的人说，楚德湖6月水温最高，能达到25—26摄氏度。每年11月底或12月初上冻，来年4月底或5月初开河，开河后游船就开始下水了。5、6月份是楚德湖旅游的最佳季节，不仅冰消雪化，大地回暖，而且草木复生，百花争艳。

楚德湖岸是水草花卉繁茂之地。春风拂面的时节，已经长高的芦苇席草在风中窸窸窣窣地轻晃，它们最繁茂时甚至能遮住人们远眺的视线。而在近处的岸边，春天竟在不知不觉之中将楚德湖变成了一座美丽的百草园：青幽幽的蓝蓟花地毯一样铺展在湖边，绿油油的菖蒲和花伞菖蒲争先恐后地展开了叶子，京芒草如水中的芳华少女亭亭玉立。香蒲的窄叶如丝带般抖落着午间耀眼的阳光。水芹菜的宽叶片在微风中摇曳，千峰草出淤泥而不染。对了，还有水茅，远远望去，它殷殷如燕麦，浩瀚地铺满湖岸……人们在楚德湖湖水中难以见到水草和浮萍，但向导告诉我，确有三种水上植物早已落户，但今年春天，人们很难判断它们正在楚德湖的哪儿一段水域随波逐流。我经过细问方知，三种水上植物是：白花朵朵的慈姑、黄花盈盈的萍逢草和水陆两栖的野荞麦。

植物繁盛，当然就有了栖息的动物。俄罗斯湖管部门在楚德湖创建的“普斯科夫楚德湖湿地保护区”，就是为在该地区生长和繁衍的珍稀动植物提供保护场所，特别为沿白海——波罗的海路线飞行的鸟类提供了水草肥美的栖息地。看到这儿，当地一串立体生态链的图景鲜活地展现在我的眼前：高空盘旋的飞鸟，水面茂盛的植物和湖里游弋的鱼儿……楚德湖表面万籁俱寂，而湖中却沸腾着不息的生命。

索命谷断魂记

20 世纪 50 年代，苏联大学生滑雪运动如火如荼，几乎每所高校都组建了大学生滑雪俱乐部。期末考试一结束，人们经常可以在火车站见到一队队大学生，身穿滑雪服，肩背着背囊，手握滑雪板，整装待发，准备登上列车前往滑雪区。

1959 年 1 月 27 日至 2 月 5 日，苏联斯维尔德洛夫斯克国立技术学院（以下简称“技术大学”）5 年级学生佳特洛夫提议，为促进冬季体育运动，请同学们自愿报名，组建大学生高山滑雪队，去北乌拉尔举行高山滑雪活动。

报名参加大学生高山滑雪队的人员共有 10 人：佳特洛夫（无线电技术系 5 年级学生，22 岁），科尔莫戈洛娃（无线电技术系 5 年级学生，23 岁），斯洛博金（机械系毕业生，工程师，23 岁），多罗申科（无线电技术系 4 年级学生，21 岁），克利沃尼先科（建筑系毕业生，工程师，24 岁），季波－勃林奥利（建筑系毕业生，工程师，24 岁），杜宾尼娜（建筑系 4 年级学生，21 岁），佐洛塔廖夫（俄罗斯体育学院毕业生，旅行教练，38 岁），克列瓦托夫（物理技术系 4 年级学生，25 岁），尤金（工程经济系 4 年级学生，22 岁）。别看佳特洛夫的高山滑雪队成员岁数不大，但他们在出征之前都经过了很严格的滑雪、长途负重跋涉以及应对自然灾害气候的训练。高山滑雪队计划从斯维尔德洛夫州首府斯维尔德洛夫斯克向北行进 300 公里，翻越北乌拉尔的两座高山，一座是奥托尔坚山，海拔 1182 米，另一座是奥伊卡－恰库尔山，海拔 1322.4 米。

1959 年 1 月 23 日，高山滑雪队从斯维尔德洛夫出发，乘火车抵达小城谢洛夫。25 日凌晨抵达偏远小村维扎伊，并在一间简陋的小客栈休整。26 日乘坐敞篷卡车抵达林场，借宿工人宿舍。27 日，他们将自己的行李装载在一挂马车上，马车夫名叫维利季亚维丘斯，他曾是当地苏联劳改营的释放囚犯，1956 年平反获释后，就留在集中营附近靠打零工生活。高山滑雪队队员轻装滑雪前往已经废弃的第二矿山村，他们抵达时已近半夜，只得在一间早已无人居住的房子里过夜。28 日一早大家醒来时，高山滑雪队队员尤金腿部突然剧痛不止，不能继续前行。尤金说，腿疼是因为 26 日乘坐敞篷卡车时受了风寒所致。根据行前的决定，尤金还肩负着收集矿石标本的任务，于是佳特洛夫决定，让马车夫维利季亚维丘斯将尤金送回林场休息等待，同时收集矿石标本。尤金坐在摇摇晃晃的马车上渐行渐远，他挥手与伙伴们告别，他想不到，这是此生最后一次见到他们。

28 日，高山滑雪队继续前行。他们按计划沿罗兹瓦河及其支流奥斯比亚河滑雪前行，并在其河岸过夜。29 日，他们继续滑雪前行，逐渐靠近少数民族曼西人领地。30 日，高山滑雪队沿支流奥斯比亚河的支流，逐步走进曼西人部族区。31 日，高山滑雪队抵达霍拉特恰赫尔山，其海拔高度为 1079 米，高山滑雪队曾想攀登此山，但是由于此山地势险峻，寸草不生，高山滑雪队多次尝试攀登未果，只能又退返奥斯比亚河河谷安营扎寨。2 月 1 日，高山滑雪队强登霍拉特恰赫尔山，并打算在此山东坡安营。但他们不知道，在曼西语里霍拉特恰赫尔山的意思是“死亡之山”，所以它才寸草不生，并显得突兀阴沉，而高山滑雪队竟在“死亡之山”上安营扎寨。那时，巨大而神秘的、不可言说又毛骨悚然的死亡阴影，正悄然聚拢在他们头顶。

根据行前的约定，2 月 12 日，高山滑雪队应返回偏远小村维扎伊，并从那里给斯维尔德洛夫斯克国立技术学院体育俱乐部发电报，告知高山滑雪活动结束，将在 2 月 15 日返校。但是，约定时间已过，体育俱乐部没接到高山滑雪队任何消息。

斯维尔德洛夫斯克国立技术学院高山滑雪队的 9 位队员，并未在预定时间 2 月 15 日返校。学院体育俱乐部感到极为不安，一些高山滑雪队队员的家人还跑到学院来打探虚实，学院体育俱乐部 16—17 日之间，不停地给偏远小村维扎伊打电话，询问高山滑雪队是否已经返回，然而回答一次次令他们失望。

斯维尔德洛夫斯克国立技术学院当机立断，派出三支由学院体育俱乐部经验丰富的运动员、军警、地质学家、曼西族猎人以及其他志愿者组成的救援分队，沿高山滑雪队的滑雪路线搜寻。救援小分队随身携带有电台、搜救犬、药品、食品，还请求空军直升机对高山滑雪队失踪区域进行搜寻。三支搜寻小分队的主要搜寻的区域为奥托尔坚山与奥伊卡－恰库尔山之间的茫茫雪原。这两座山是高山滑雪队计划征服的目标，虽然它们之间的直线距离仅有 70 公里，但救援分队到达之后发现地形极为复杂和险峻。

2 月 26 日，一支救援小分队在霍拉特恰赫尔山山口附近的一个山坡上，发现了一顶帐篷，它已被大雪掩埋，只露出一部分。帐篷的一面已被撕开，这里地处奥斯比亚河源头的一面 30 度的山坡上，距离顶峰（海拔 1079 米）约 300 米。他们断定这就是高山滑雪队的帐篷，那晚他们曾在此地露营。帐篷用绳子固定在滑雪杖上，救援人员掀开帐篷走进去，发现了高山滑雪队的东西和随身文件，其中包括 9 只背包、9 双靴子、男裤、棉被、3 双毡靴、保暖皮毛外套、袜子、滑雪帽，还有餐具、水桶、火炉、锯子、斧子等工具。食品有两袋面包干、奶酪、白糖、压缩饼干等。其他还有照相机和胶卷、记事本、地图和滑雪路线图等。

冬之路 卡缅涅夫 作（1866 年）

26日夜至27日凌晨，救援小分队最先发现克利沃尼先科和多罗申科的尸体，他们的死亡地点在罗兹瓦河第四支流的右岸，距高山滑雪队帐篷1.5公里处的一棵粗壮的塔松下。他俩死时全身仅剩下内衣，身边曾点燃过一小堆篝火。克利沃尼先科仰面朝天，身边是衣服的碎片，部分衣服已经烧焦。多罗申科趴地而亡，身下压着有几颗松果。他们头上的松树足有四五米高，一些很粗的树枝折断，落在他俩尸体旁。救援小分队后来在分析报告中说："从折断的松树枝口径和地面的痕迹看，当时松树旁边绝不止他两人，且第三者力量巨大。"

救援分队中的曼西族猎人，在距离塔松300米左右、架设帐篷的山坡上发现了佳特洛夫的尸体。他仰卧在地，积雪微微掩盖了他的尸身，他的脸朝着帐篷的方向，怀里紧抱着一根桦树棍子。佳特洛夫死前上身穿着方格翻领衬衫，外套毛衣和皮毛坎肩。下身穿着滑雪裤，右脚穿着毛线袜，左脚穿着棉袜。脸上蒙着一层冰膜，专家说，冰膜是他死前在雪地上剧烈喘息的哈气遇冷后造成的。27日晚上，搜救犬在佳特洛夫死亡地点不远的山坡上，发现了科尔莫戈洛娃的尸体。她穿着虽然完好，但是脚上没鞋，而且死前鼻子流血，流得满脸都是。3月5日，救援小分队在距科尔莫戈洛娃尸体150米的地方，靠金属探测器在15至20厘米的积雪下面，找到了斯洛博金的尸体。他穿得很多，两只脚上套了四双袜子，右脚穿了只毡靴，另一只却落在帐篷中，这非常蹊跷。斯洛博金的脸上也蒙着一层冰膜，鼻子也曾出血。分析表明，他们都死在从松树林折返帐篷的路上。

2月28日，苏共斯维尔德洛夫州州委成立了"特别委员会"，州委副主席巴甫洛夫挂帅，他下达命令，为安全和更有效地进行搜救，暂停搜寻，等到4月冰消雪化时再继续。但是那年北乌拉尔直到5月才冰消雪化。所以搜寻工作实际一直推迟到5月才继续展开，救援分队首先在河谷地带发现了一些折断的松枝和衣服碎片，之后便在小河下游找到了杜宾尼娜的遗体，她逆着水流的方向仰面躺在水里，脚上没有穿鞋，她的腈纶外套和滑雪帽不知为啥全跑到了佐洛塔廖夫身上，但她下身穿的却是利沃尼先科的裤子。不远处的河水中，散布着高山滑雪队其他三名队员的尸体。季波－勃林奥利独自躺在一边，而克列瓦托夫和佐洛塔廖夫是“前胸贴后背”式地相拥而死。

1959 年 5 月，苏联法医对高山滑雪队队员的尸体做了鉴定，发现他们的死因各不相同：利沃尼先科是三度烧伤和外伤致死；多罗申科、佳特洛夫、科尔莫戈洛娃均为冻伤和外伤致死；斯洛博金死于头骨骨裂和外伤；杜宾尼娜死于右心室出血，胸腔大出血和肋骨多处骨折；季波－勃林奥利则是因为大脑穹隆骨折和大出血而死。克列瓦托夫死于冻伤和外力打击；佐洛塔廖夫死于肋骨骨折、内脏出血和头部外力打击。

58 年过去了，尽管国际科学界对苏联大学生高山滑雪队遇难事件持续关注和研究，但研究结果仍莫衷一是。高山滑雪队队员的死因至今无法确定——有人说他们死于自然灾难，如强风和雪崩；也有人说他们受到了罕见的巨型猛兽攻击；也有人认为，他们是天外星体撞击地球的牺牲品；甚至有人断言，高山滑雪队误入苏联军方中子弹秘密试验区，成了超级武器的牺牲品。

通古斯鬼坟

40多年前，我上中学时就知道通古斯大爆炸，但不是在地理书上，而是听地理老师闲聊时说的。地理老师讲的通古斯大爆炸很笼统，但我至今记忆尤深，爆炸发生时间是1908年6月30日早晨7点17分，地点在俄国通古斯地区，那个地方距著名的贝加尔湖仅有800多公里。老师说，通古斯大爆炸的威力，相当于一颗2000万吨的TNT巨型炸弹，是美国1945年在日本长崎投下的原子弹爆炸当量的1000倍，足以将整个华北平原都夷为平地和烧成焦土。我听后瞪眼咋舌。长大之后，我去了苏联，看到一些俄文原版资料，说通古斯大爆炸将方圆2150公里的原始森林的8000多万棵树瞬间摧毁，这结果比老师说的有过之而无不及。

不久前，我借去伊尔库茨克州参加俄罗斯北方少数民族草原运动会之机，顺便访问了石泉通古斯河流域的一些小村镇，想听听当地人怎么评说这个百年之谜。从石泉通古斯河再往西北走65公里，就是当年距通古斯大爆炸现场最近的村庄，它叫瓦纳瓦拉。它位于俄罗斯联邦北方艾温克部族区。陪我前来的俄罗斯官员说，由于爆炸发生地现场存在疑似辐射污染，所以劝我到此止步。采访中，一位当地名叫瓦西里耶夫的布里亚特人告诉我，他父亲就出生在瓦纳瓦拉村，他祖父亲眼见证了这场发生在他家不远处的大爆炸。他祖父说，通古斯大爆炸发生时有个巨大的火球从天而降，轰隆一声砸到森林里，登时山摇地动，炸裂之声响彻四方……瓦纳瓦拉村多人耳朵瞬间失聪，啥也听不见了。过了一会儿，有些胆大的村民跑到爆炸点不远处张望，发现爆炸点周边烈火熊熊，万物都在燃烧。地上躺着几具猎人和猎狗的尸体。后来村民又爬到烧焦的山坡上观望，发现大火势头已减，但村民仍感到空气炽热灼面，呼吸困难，就没再敢靠近大爆炸发生地。

村民一周之后故地重返，看见火球砸出的一个巨大的坑穴，据科学家考证，它的直径在 200 米左右。村民来到近旁，大坑还在冒烟，周边土地不断向坑中塌陷，村民恐惧，怕危害生存，便决定搬家。瓦纳瓦拉村绝大多数村民第二天就搬走了，只剩下几个“钉子户”留守不动，其中就有瓦西里耶夫爷爷一家。但后来他们的日子并不好过，有的村民早晨睡觉睡不醒，或是家中无缘无故地丢了马牛羊。更奇怪的是，林子里的动物全都消失了，河里的鱼虾也都不知了去向。又过了一段时间，林子里出现了一些前所未见的动物，长得似猪非猪，走路无精打采。它们所到之处，叶落花谢，一片凋零。于是村民举枪追打，可是，动物跑得飞快，根本打不着，它们瞬间消失，就跟地遁了一样。瓦西里耶夫告诉我，通古斯大爆炸的第二年，他爷爷家颗粒无收，渔猎无获。爷爷只能搬迁到安卡拉河地区讨生活。

又过了 10 年，出走的村民陆续回返瓦纳瓦拉村定居，但却发生了更加离奇的事情。一些村民生的孩子畸形，有的长着双头，有的多脚或者多手，医院也检查不出来。但是村民都知道，其中一个孩子的父亲在树林狩猎的时曾经迷路，掉进过爆炸的大坑，那时，由于地面土方塌陷，大坑已被土埋变浅，周边还长满草木植被，常有迷途者不留神跌入大坑的记录。后来爆炸地区出生的孩子就出现了畸形。

20 世纪 20 年代，通古斯地区被天外火球砸出的大坑烟消云散。时光荏苒，坑穴逐渐被土填平，长满绿草，成了一块林间空地。似乎再没有怪事发生，附近的百姓依旧管这个沉寂的林间空地叫大坑，因为只有他们是目击者，知道大坑里葬着从天而降的野鬼。

1923 年居民波利雅科夫的爷爷曾在此地放牧。有一天，他赶着一头麋鹿从山梁上下来，走到大坑里，谁知麋鹿突然起火燃烧，在波利雅科夫爷爷眼皮底下烧成了一堆焦炭。爷爷回来后对波利雅科夫说，当时火势迅猛，还没来得及看清楚哪儿来的火，麋鹿就噼里啪啦地烧没了。波利雅科夫爷爷从大坑回来后得了怪病，没两个月就死了。1927 年前后，波利雅科夫的父亲也去看过大坑，那天父亲走近大坑突然害怕，不敢靠前，就隔着烧焦的树林远远观望，他亲眼看见大坑里散落着动物骨头，其中就有人的头盖骨。我不解地问，为啥波利雅科夫一家对大坑感兴趣？波利雅科夫说，1908 年大火球从天而降，砸在通古斯地区瓦纳瓦拉村附近的原始森林里，各种怪现象随即层出不穷。附近胆儿大的居民都想前往看个究竟，波利雅科夫爷爷便属于此类人。

1928 年年末以后，人们开始来大坑旅游，但非死即伤。于是有人便在通往大坑路旁的一棵树上钉了个指示牌，标明了前往大坑的安全路径，还给大坑起了一个阴森恐怖的名字：鬼坟。为避免人畜进入鬼坟受伤，做指示牌的人，故意将前往路径标注偏离鬼坟 3 公里。

当地俄罗斯朋友告诉我，1908 年至 1915 年，俄国社会剧烈动荡，造成通古斯大爆炸一些档案资料缺失。据 1916 年至 1928 俄国档案记载，截止 20 年代末，鬼坟周边居住的村落，还有人畜坠入鬼坟死亡的记录。后来，鬼坟周边树林里的野兽消失，村民就再也不去鬼坟周边狩猎和放牧了。但爆炸 10 年后，野兽再次出现，这个现象引发了苏联农学家萨利亚金的兴趣。30 年代，他自发组织科学志愿者前往鬼坟考察。他们走到了鬼坟中心，发现那里出现了一些直通地下的深洞，并有热气喷出，萨利亚金判据判断坠落到地底下的火球残骸并未“死去”。他命考察队的人往洞里放下系着铅坨的绳子，想探知地洞的深度，谁知，上百米的绳子放到头也

庞贝的末日 布留洛夫 作（1833 年）

没探到底，萨利亚金极为诧异。20—30 年代，鬼坟附近的村庄发生了生态变异。村民告诉萨利亚金，村里出现了双头牛和畸形新生儿，这促使萨利亚金决定 1941 年 6 月 23 日再度考察鬼坟。但 6 月 22 日苏联爆发了卫国战争，鬼坟考察计划被迫搁浅。1942 年，萨利亚金病逝，鬼坟考察便彻底中断了。

1945 年，卫国战争结束，但鬼坟故事并未结束。附近居民的心理与生理上的反应又变本加厉，比如，瓦纳瓦拉村及附近村庄的一些居民经常坐在地上发呆，他们常聚到一起，走到鬼坟附近，就消失不见了。

1980 年，苏联吉尔吉斯共和国科学家考察鬼坟，根据他们的考察和测绘结果，1908 年发生通古斯大爆炸的地址为北纬 60 度 54 分，东经 101 度 55 分。在克拉斯诺亚尔斯克边疆区克日马地区的科瓦河流域，也是伊尔库茨克州和克拉斯诺亚尔斯克州分界线。从 1980 年至 1990 年，苏联曾有多支探险考察队深入鬼坟考察，几乎都是徒步前往，他们首先寻找鬼坟的准确位置。随着年代的推移，鬼坟不仅被土方填满，而且上面还长满绿草，与林间空地无异，加之鬼坟附近辐射严重超标，无线电信号处于屏蔽状态，寻找鬼坟的准确位置并不容易。

1991 年 5 月，海参崴不明飞行物研究所自发地组成 6 人考察团，对通古斯大爆炸现场——鬼坟进行考察。这是苏联最后一次考察，其主要目的仍是寻找鬼坟。考察队在科瓦河流域安营扎寨，第二天，他们在森林中发现了大片枯萎林，还有那块钉在树上的指示牌。考察团队员们见状立即紧张起来，因为他们早前听说去过鬼坟的人都会身患怪病，所以，他们当即决定兵分两路，第一路 3 个人，沿着指示牌箭头方向继续前进；另一路 3 个人原地待命，保持通讯联系，随时准备救援。

第一路考察队员没走多远，手中的辐射测量仪就亮起了红灯。队员们立即感到了身体有刺痛感以及不适。上午 10 点，考察队员终于定位了鬼坟，当他们抬腿走近时，所有探测仪器和无线对讲机全部失灵。时至傍晚，队员们感到情绪不稳，胸闷难受。他们见到暮色已经降临，便撤至鬼坟外不远处安营扎寨，准备翌日天亮后继续考察。半夜至凌晨期间，他们数次爬起来观察周边情形，但见林中死寂一片，只有密集的枯树围绕着他们的帐篷，没有野兽也没有飞鸟，甚至连昆虫都没有。天亮后三人身体均有不适感，头疼胸闷，牙痛不止。其中一人全身麻木难以行走；另一人，膝盖肿胀，疼痛难忍，无法走路。第三个人眼睛肿大，眯成了一条缝，视线模糊。他们为安全起见放弃了再度前往鬼坟中心考察的计划，回到指示牌那边，他们在上面刻下自己的名字和到访日期便与留守人员一起返回了。尽管 1991 年，海参崴不明飞行物研究所的考察队员曾到通古斯大爆炸地中心一游，对鬼坟也是只知其然而不知其所以然。但他们的考察却开启了苏俄志愿者一波又一波的鬼坟考察热，直到今天仍方兴未艾。

鬼穴丘陵醉树林

俄罗斯欧洲部分的东南部，沙俄时代，有座历史名城叫做察里津。苏联时期改名为斯大林格勒，现在称伏尔加格勒。该城以北是起伏的丘陵和茫茫草原。那里有座小镇，名为日尔诺夫卡，它是萨拉托夫州和伏尔加格勒州的州界。紧靠熊岭往北 40 公里的丘陵地带便是传说中的鬼穴。据说，鬼穴之地经常漂浮着银色的雾霭，当它飘到人畜身边时，能引发生物自燃。据记载，在这片原野上，确有人畜死于非命，或者莫名其妙地蒸发。

当地居民说，鬼穴常刮龙卷风。汽车开进鬼穴常莫名其妙地抛锚。直升机飞行员说，他们开飞机航拍鬼穴时，飞机仪表盘会突然失灵，指针毫无规则地乱晃，险些导致飞机坠毁。

鬼穴的丘陵海拔并不高，只有 200—300 米。熊岭是世界球形闪电最剧烈之地，仅次于马来西亚。每当闪电袭来，巨大的火球便顺着丘陵百余米的斜坡滚落，噼里啪啦地砸向地面。该地区地居民的手表，经常莫名其妙地停摆，不是快就是慢，有时一差就是几个小时。

1990 年 11 月 11 日，鬼穴地区的牧民马马耶夫和助手赶着羊群去放牧，他们沿着村路向远处走去，边走边聊，不知不觉走下了村路来到鬼穴丘陵。他们在距离村路 30 步左右的地方停下来歇脚，他们完全忘记已经走到了鬼穴中心。马马耶夫和助手便坐在草地上，想靠着收割捆好的干草打盹。

他们刚刚坐定就感到浑身不适，觉得身体有压抑感，再抬头一看羊群，它们竟然也都挤在一起，眼神惊恐，东张西望，躁动不安，咩咩大叫。马马耶夫的助手便站起身来，朝着数十步外的羊群走去，想看个究竟。马马耶夫感觉难受，就坐在草地上没动。助手没走几步，突然听得身后“嘭”的一声响，回身一看，只见躺在草地上的马马耶夫烧成了一个火球，助手大惊失色，赶忙跑回村去叫人。急救车赶到，但也没有救活马马耶夫。

助手对前来调查的警察说，马马耶夫当时躺在草地上，火在他身上燃烧，他没来得及挣扎就被烈火吞没了。尸检发现，马马耶夫身上的火是从内脏和脊椎烧起来的。死者的皮肤和衣服完好无损，只是熏黑了而已。医生还发现，马马耶夫身体内部的夺命火来势凶猛，速度极快。还没容马马耶夫反应过来，他便一命呜呼了，难怪他脸上一点痛苦的表情都没有。

人们将马马耶夫的尸体送上救护车时，尸体依旧滚烫。他刚才躺过的草地呈现出一个焦黑的人形，显然他身体燃烧时温度极高。

马马耶夫死于鬼穴的事，苏联读者是从西方媒体知道的，由此引发民间热议，于是苏联媒体出面辟谣，说日尔诺夫卡地区没有鬼穴，还请生物专家在报上拟文，说明人体不可能自燃。

媒体虽然禁言，但是民间科学调查暗流涌动。早在 1991 年，苏联不明飞行物研究专家切尔诺博洛夫，便自费组团前去调查马马耶夫之死。他率领的调查小组，一天半夜在鬼穴丘陵发现一簇奇异火花在草地上空游走，他们以为是高压线铁塔冒出的火花，第二天早晨他们再度返回鬼穴丘陵观察，却发现高压线塔没有一丝烧焦的痕迹，但他们在鬼穴草地上却发现了一张 1938 年的《消息报》。他们将报纸送到科学院实验室检验，结果发现，这确实是一张刚印出来的报纸。

1997—1998 年，生物和地质学者里普金、古坚涅夫等人再次实地考察鬼穴。调查发现，90 年代，周边村庄的农民还曾尝试在鬼穴上耕地，结果头天耕出来笔直的田垄，第二天就莫名其妙地变得像蛇一样弯曲。当地农民们只能到远离鬼穴的地方去耕种。所以，至今鬼穴四周荒草丛生，人迹罕至，途经此地的农民经常迷路。

马马耶夫死后没几年，鬼穴不远的麦田又发生了类似的事。一辆联合收割机在收麦子的时候突然起火燃烧，司机族坎诺夫为了抢救收割机和麦子奋勇扑火，结果被烧成重伤。这个情节跟美国导演罗伯特·怀斯的电影《猛鬼屋》（*The Haunting*）里的情节一样令人不可思议。族坎诺夫没有立即死去，他在医院手术室里挣扎了一个多星期，最终因大面积烧伤不治身亡。1993 年 8 月，俄罗斯克拉斯诺达尔市的不明飞行物专家尼古拉，前来鬼穴丘陵考察时失踪。救援者在他最后歇脚的地方发现一个深坑，坑里有烧焦的痕迹，但却没有他的尸体。2004 年 1 月，一位巴什基尔自治共和国的观光客，也在同一地点人间蒸发。最近几年，仍有冒死前来的探访者遇险，其中有几位被救援队搭救回来，但他们近乎精神失常，变得寡言少语。他们既不愿意回家，也记不住曾经发生过的事情。

还有一些事情也很离奇。鬼穴有两座丘陵，当地人分别称它们为阴丘和阳丘。之所以这么叫，是因为这两座丘陵确有性别之分。女人登上阳丘陵，身心俱爽，而爬上阴丘陵则头重脚轻，浑身发抖。男人亦然，只能上阴丘才舒服。科学家说，鬼穴两座丘陵揭示了异性相吸，同性相斥的自然法则。它告诉人们，只有性别角色选择正确，才能真正感受大自然的魅力。

再有，丘陵周边的林中空地呈圆形。人们若站在空地中心大喊一声，远方的森林就会传来清晰的回音，这种大自然的“回音壁”现象堪称世界奇观。另外，鬼穴不远的熊岭上空，常出现海市蜃楼现象，但它并非一般的市井生活回照，而是因不同观者的心态和梦想而呈现景象。那里的海市蜃楼，人人看到的都不一样。比如一位幻想乘坐飞机的人，就会看到航班

大雷雨时的马儿 库斯托季耶夫 作（1918 年）

起飞的景象；思乡的人会看到家乡的图景；思念爱人的情郎，也会看到千里之外姑娘的倩影。人们在这里看到的所有海市蜃楼，唯一相同之处就是它映现的图景皆为白色，犹如美丽和活动的银版画。

距离鬼穴不远的地方还有一个异常的地区。由于那里生长着一片桦树林，树木要么长得歪七扭八，要么彼此缠绕，要么盘根错节，就像一群彼此依靠和搀扶着的酒鬼，人送外号：醉树林。其中不少树，曾被球形闪电击中，或焚毁殆尽，或枯枝残叶。有些虽没有被烧穿击毁，但闪电劈在树干上，留下奇异纹理，就如乌龟背上的花纹一样。科学家发现，醉树林还会自燃。火不是从树干里面燃起，就是从土地下的树根烧起来。经测量，树林里辐射污染严重，污染值比树林外高三倍。树林里的泉水也有放射污染，但在树林外几米的泉水清冽甘甜水质极好。检测结果完全正常。

俄罗斯鬼穴探险科学家克拉夫佐夫认为，醉树林存在特殊磁场。树木歪七扭八和彼此缠绕，是当地磁场偏转造成的。由于磁场偏转的原因，人走入醉树林就会有不适感浑身起鸡皮疙瘩，嗓子发干，头痛欲裂，还有人会产生幻觉，感觉被人监视。

醉树林还有一个美丽的传说。

有一天，村里有个小女孩在醉树林玩耍迷了路，村里人得知后，都跑去树林里寻找，却怎么也找不到。人们回村后，发现小女孩自己回来了，但她完全变了一个人。她不仅听得懂飞鸟和走兽的鸣叫，还能和它们对话。村民们认为她不是疯了，就是魔鬼附身。人人都躲着她，不再和她讲话。有一天，从醉树林那边飞来一只大白鸟，它竟长了一张美少女的脸。村民都跑出来看，个个惊得合不拢嘴。大白鸟趁人不备，抓起小女孩就飞到醉树林里去了。村民此后再也没见过小女孩。相传她就住在醉树林里，过着幸福的生活。

琥珀屋失踪之谜

前不久，我去了俄罗斯飞地加里宁格勒，在1945年之前，它属于德国，名叫柯尼斯堡。

1945年，苏德两军激战柯尼斯堡，苏联红军将士战死十余万人，最终夺取该城。战后，根据《波茨坦协定》，柯尼斯堡归了苏联，并于1946年易名加里宁格勒。苏联解体后，俄罗斯虽继承了它，但该城东部的白俄罗斯和北部的立陶宛等国纷纷独立，加里宁格勒与俄罗斯广袤大陆不再接壤，遂成飞地。

我从加里宁格勒驱车向南百余公里，即到达了小城斯韦特洛戈尔斯克。随行向导，历史学家沃尔科夫说，此地出产名贵矿产琥珀，日产量达3.5吨，约占世界琥珀生产总量的90%以上。他还带我参观了琥珀矿，但见开采面甚为宽广，运输车辆穿梭不停，戴着安全帽的工人忙忙碌碌。我当时就想，斯大林《波茨坦协定》签得实在有战略眼光，如此浩瀚的琥珀资源，他大笔一挥，即收入了俄国人囊中。

沃尔科夫在参观琥珀矿时，给我讲述了一个与琥珀有关的历史故事，讲者语气平淡，而听者却惊心动魄。

俄国有一间琥珀屋，是普鲁士国王威廉一世（1688—1740），在1716年送给俄国沙皇彼得大帝（1672—1725）的礼物。琥珀屋造于1709年，面积55平方米，四个墙面和顶棚护板上镶满熠熠生辉的琥珀，总重量为6吨。史书记载，18世纪时，在普鲁士，琥珀价格贵过黄金，其价差竟达

12倍之多。更关键的是，琥珀屋的6吨琥珀，不是在四个墙面和顶棚的护板粘贴琥珀碎石那么简单，而是缀满由工匠精心打造的美轮美奂的琥珀画，再辅以昂贵的钻石和宝石点缀，兼以价格不菲的耀眼银箔拼接，相辅相成地构建了这座世界富丽之屋。访客驻足琥珀屋，琥珀闪烁着和变幻着柔美的暖色之光，从淡黄色到橙红色，令人应接不暇；金刚石和各色宝石亦夺人眼目，富贵豪华之气溢满其间。威廉一世缘何建造此屋？原来威廉一世，心中嫉羡法国路易十四生活奢靡，遂下令倾打造了这座被誉为“世界第八奇迹”的富丽堂皇之屋，可见攀比之心，古今中外，皆而有之，帝王将相亦无例外。

琥珀屋的设计者，是德国人文地理学家，景观学说的提出者施吕特尔（1660—1714）。据说，1709年琥珀屋刚竣工没几日，粘有琥珀的壁板突发大面积塌落，把威廉一世气得大发雷霆，他一面命人紧急修复，一面迁怒于施吕特尔，并将其驱逐出境。1716年，威廉一世为了与俄国彼得大帝修好，将举世珍品琥珀屋，拱手奉送。彼得大帝闻讯心喜，当下表示接纳。他在给其妻叶卡捷琳娜的信中说：“琥珀屋建造于波茨坦，精美奢华，朕恋之久矣，今终为国王所赠，不胜欢喜。”威廉一世说话算话，将琥珀屋大卸八块，严密包装，于1717年运抵俄国首都圣彼得堡，彼得大帝将其拼装于皇村沙皇官邸。

虽然琥珀屋已经落座皇村，但彼得大帝仍觉有美中不足，遂令俄国建筑学家，俄国皇家艺术学院建筑学院士拉斯特列里（1675—1744）扩建和重装琥珀屋。艺术大师们遵旨动工，不仅丰富了其内饰，还在屋中安置了镜子。叶卡捷琳娜女皇统治时期也不例外，1743年，她传旨拉斯特列里院士和工匠马尔捷里再次改造琥珀屋。此次改造，主要是对包金木雕、镜子及用玛瑙和碧石所做的马赛克画进行精加工。拉斯特列里院士在改造工程进行到一半时去世，工匠马尔捷里不负皇命，1770年终将琥珀屋，改建成

北方田园诗 克洛文 作（1886 年）

叶卡捷琳娜皇宫内最豪华场所，叶卡捷琳娜女皇对外声称，琥珀屋乃勤政之地，实乃其独享豪华与奢靡之所。

琥珀屋天长日久便遇到了保存问题，俄国圣彼得堡气温陡升骤降，冬季室内高温取暖，建筑群之间常有急速的穿堂风，这些都不同程度影响了琥珀屋的饰品，其间的艺术品褪色、开胶和脱落时有发生。沙皇政府曾在1833年、1865年和1893—1897年间；苏联政府曾在1933—1935年间多次进行大规模修缮；苏联最大的一次修缮是在1941年，即苏德战争爆发的当年，也是琥珀屋彻底消失于世界视线的前夕。

史书记载，苏联国家文物部门在战争伊始便对琥珀屋采取了保护措施。据悉，苏联文物部门战时曾打算将琥珀屋转移至新西伯利亚市藏匿。但此方案遭到专家反对，理由是，琥珀屋乃精致易碎之物，拆卸、打包和搬运极易损坏国宝，损失不可估量的。专家们最终决定就地伪装和坚壁琥珀屋。为了防止德军轰炸列宁格勒时，震坏琥珀屋里的名画，苏联专家还采取了在琥珀贴画的表面糊纸、裹纱布和塞棉花等防护措施。

也有研究史料显示，1941年6月22日，苏德战争爆发，德军占领皇村的沙俄皇宫，发现琥珀屋，德军将其作为战利品缴获，拆卸后运往德国。1941年秋季，德军洗劫了叶卡捷琳娜皇宫，将琥珀屋抢到德国。1941年至1944年春，琥珀屋一直藏匿于德国柯尼斯堡皇家城堡的某大厅内，由德军日夜守卫。藏宝大厅，面积小于叶卡捷琳娜皇宫，所以，琥珀屋有一部分放不下，只能另存他处，这就造成琥珀屋部分组件脱离主体而单独存放，也是琥珀屋艺术品部分遗失的开始。1944年，英军大规模轰炸柯尼斯堡，狂轰滥炸使全城陷入火海，数万人被炸死。有目击者说，皇家城堡的藏宝大厅被炸塌，所以德军赶忙在轰炸间隙，将琥珀屋转移到城堡的另一大厅藏匿，琥珀屋得以躲过大轰炸而幸存。1945年4月9日，苏联红军攻击柯尼斯堡城，德国守军一面做困兽之斗，一面顺暗道撤军突围，战斗打得异常惨烈，德苏两军和市民均有很大伤亡。4 月 11 日藏匿琥珀屋的皇家城堡突发大火，琥珀屋受损与否无人知晓，此时，战局堪危，国宝守军已撤，琥珀屋从此不知所踪。

1946 年，战火刚灭，苏德便开始搜寻琥珀屋，但一无结果。寻找者都认为它已经不复存在，要么毁灭于柯尼斯堡大轰炸，要么殒命于轰炸之后的全城大火。更有专家提出，琥珀屋在战时已经从柯尼斯堡运抵德国科堡市，还有人推测，说琥珀屋藏在东德盐矿或美国的银行保险库里。欧洲还一度流行琥珀屋已坠入深海的说法。1945 年 1 月 30 日，琥珀屋被装上了纳粹德国邮轮古斯特洛夫号。据史料记载，该船当日从波兰北部的格丁尼亚港，撤离约 10582 名被苏军围困在东普鲁士的德国平民、伤兵及海员，本应经波罗的海返回德国基尔港，熟料途中被苏联红军 C－13 潜艇击沉，古斯特洛夫号上共有 9343 人遇难，琥珀屋与死难者一道沉入了波罗海海底。

然而在 20 世纪 90 年代，琥珀屋中的一件稀世珍品突然现身，它就是极其名贵的意大利佛罗伦萨风格的马赛克画《触觉与嗅觉》。它完成于 1787 年，是俄国沙皇叶卡捷琳娜二世，高价向意大利画师订购的三幅同样作品中的一幅。叶卡捷琳娜二世在改造琥珀屋时，降旨在屋中悬挂其中一幅。调查表明，90 年代这幅马赛克画的主人，是一位曾在叶卡捷琳娜皇宫参与劫持琥珀屋的德国军官，他在运送琥珀屋时监守自盗，将《触觉与嗅觉》偷走，藏在德国布莱梅的一家公证处。多年过去，德军军官或死或失踪，不再认领名画，布莱梅公证处遂伺机变卖，后遭人检举，马赛克画《触觉与嗅觉》即被德国政府没收。后来，公证处同意将它捐赠布莱梅城市博物馆，该博物馆又将其交还俄罗斯圣彼得堡叶卡捷琳娜皇宫博物馆。2000 年 4 月 29 日，德国文化部部长诺曼前来俄罗斯，向当时的代总统普京交还琥珀屋的部分散件：即马赛克画《触觉与嗅觉》和 1711 年由柏林工匠制作的琥珀五斗橱，后者在琥珀屋名贵家具中占有核心地位。

至此，琥珀屋的故事好像已经结束，但事实并非如此，世人对它的去向兴趣依旧浓厚，寻宝者前赴后继，死伤无数，然而琥珀屋的下落却更加扑朔迷离。

我根据琥珀屋70多年来失踪的各种推断，总结了世界上几种主要说法：第一，琥珀屋毁灭于英军柯尼斯堡大轰炸。第二，琥珀屋被德军藏匿于柯尼斯堡，至今仍在。德国《明镜周刊》曾在2001—2008对柯尼斯堡皇家城堡废墟展开挖掘，理由是，他们找到了当年的目击证人。他说，1945年，亲眼看见30箱琥珀屋的散件，被运进皇家城堡北配楼的地下室藏匿。《明镜周刊》最终一无所获。专家说，即使琥珀屋在地下室储藏过，地下室的湿度和温度也不利于琥珀的保存，历经70余年，它们已经氧化分解殆尽。第三，琥珀屋战争期间被撤离柯尼斯堡，藏匿于德国、奥地利、波兰和捷克等国中的某一个国家，但最终也已消失，原因同上。第四，在战争结束前，漏网的纳粹军官携琥珀屋逃往南美，它至今还在纳粹军官后裔手中。第五，琥珀屋战后被盟军缴获，后被美国调查纳粹德国毁坏世界文物的专家秘密运往美国。多年后，琥珀屋辗转落入个人收藏家之手，至今秘而不宣。第六，琥珀屋被苏军缴获，运往柏林，与其他物资混在一起储存。1950年，苏联政府根据与美国签署的二战对友邦供应武器物资食粮的租借法案，用琥珀屋还了美国债务。第七，琥珀屋1945年4月毁于苏军纵火焚城。那时苏军已经占领柯尼斯堡全城，为了强化解放柯尼斯堡的意义，他们纵火烧掉了普鲁士皇家城堡，殃及地下室藏匿的琥珀屋。第八，奥地利《标准报》报道，1944年，德军派遣47名士兵将琥珀屋悄然藏匿于丹麦日德兰半岛，一个名为阿萨的居民点，如今参与运输和藏匿的46名德军士兵都已死去，只有克拉夫特一人尚存，他年逾90，不愿将秘密带入棺材，于是接受《标准报》采访，公开了琥珀屋藏匿的秘密。

琥珀屋已消失整整 75 年，但世人的关注却有增无减。2008 年，俄罗斯历史学家西扬金娜出版专著《琥珀屋传说的幕后：战争、革命、政治和特勤中的宝藏》，提出了新见解和新发现。

2012 年，国际研究学者对琥珀屋又有了一些新发现，再次勾起世人对其转移和藏匿的浓厚兴趣。

2015 年，俄罗斯拍摄完成了纪录影片《琥珀屋》，提醒世人铭记历史。

二月的碧空 格拉巴利 作（1904 年）

PART 3 俄中大历史回声

中国国书

万历四十六年四月（1618 年），正值明神宗朱翊钧在位，后金爱新觉罗·努尔哈赤叛明。翌年，明军与后金决战于萨尔浒（今辽宁抚顺东大伙房水库附近），明军覆灭，招致日后后金兵长驱直入，拉开了讨阀大明的序幕。

此时的俄罗斯罗曼诺夫王朝也刚结束动乱走上正轨。沙皇那时又想起被搁置的疆土拓展计划。时隔不久，他便制定方案，继续 16 世纪末已经启动的远征西伯利亚行动。那时，俄国商人、猎户、农夫在哥萨克雇佣军的护送下，侵占了鄂毕河与叶尼塞河流域之间的广袤地区。17 世纪初，他们又占领了叶尼塞河流域、克拉斯诺亚尔斯克、托木斯克和托博尔斯克等地区的城堡。与此同时，沙皇瓦西里四世（1553—1612）传旨，让托木斯克城堡的俄国哥萨克寻找通往中国之路。1609 年托木斯克军事长官沃伦斯基启禀沙皇道：“自南蒙阿庭汗至中国行程三月。国中有君，君有石城，城中有院落。其与俄国相仿，院中楼堂皆为砖石结构，其人强于阿庭汗且极为富有。君城之内，殿堂林立，洪钟处处，惟缺十字圣号，信仰者不详，生活习俗亦与俄国相仿。诸国携各地特产前往交易，其一律黄金支付……”

那时，托木斯克城堡经常受到吉尔吉斯游牧部落的骚扰。城内的哥萨克为了加固城堡，日夜砍伐树木，加固筑垒。有一个名叫彼特林的哥萨克，也在加固城堡的人群里。彼特林头脑聪明，熟谙多种语言，还爱钻研地理。一日，他无意中听到同伴在谈论遥远的中国，说那里出产金苹果，还有坚固的城墙。这个信息令他心驰神往，他很希望前去看个究竟。不久，彼特林就向托木斯克时任军事指挥官库拉金公爵提出申请，前往中国搜集情报。库拉金公爵正有沙皇颁布的寻找中国之命在身，见彼特林自告奋勇，遂于1618年5月下令，派遣彼特林率11名哥萨克远行中国。他们的使命是：探索和绘制前往中国的路线图，收集其他邻国的政治、军事和经济情报，并且探索俄国将来与中国建立关系的途径。就是说，彼特林此行实际上是为日后俄中发展关系打前站的。

5月9日，彼特林一行在蒙古信使陪伴下，走过托米河（西西伯利亚鄂毕河支流）河谷，穿越高山原始森林，翻过阿巴甘山脉和西萨扬山脉（蒙古山脉），进入唐努乌梁海地区。然后，他们又渡过叶尼塞河支流，翻过几道山岭，来到乌布苏高山咸水湖之后向东进入草原。不久，彼特林就来到了蒙古的乌布斯死水湖。之后再翻越杭爱山脉，沿着其斜坡前行800公里，再顺克鲁伦河的弯曲部拐向东南方，穿过大戈壁便看到了中国的万里长城。

彼特林在旅行笔记中写道："悉数长城烽火台，多达百余座，此地人曰，数不胜数。我们询问中国人，为何建造长城，烽火台功能何在？答曰：此为中蒙两地之交。烽火台常立于城墙之上，待有兵马抵达，则燃火放烟，为其指位。该段长城入口共计五处，狭窄不堪，骑马俯首得过。除此之外，进入中国再无他门，诸国进入皆走此处。"

1618年8月底或9月初，他们来到长城脚下，哥萨克们被绵延千里的砖石城墙所震撼。接着，彼特林从长城一路前行，看到中国边防壁垒森严，固若金汤。转眼之间，他们来到了嘉峪关。在进城处，俄罗斯哥萨克受到中国城门警卫的搜查，彼特林见状不快，双方起了纷争还动了手。彼特林打退了几名守军，冲着他们高喊："我是沙皇使节。"可是官兵听不懂俄语，不管三七二十一，张开大网把彼特林套住，押进了临时囚笼。就在这时，一位朝廷官员过来询问情况，他看过比特林随身携带的蒙古保安文书，遂令官兵释放彼特林并将他护送进京。

至此，彼特林一行徒步行走三个半月，终于来到了人山人海的北京城。亲眼看到了这座宏大的皇家帝都和高度发达的物质文明。一时间俄国哥萨克们眼花缭乱，应接不暇。彼特林在给俄国朝廷的信中写道：“北京，城池浩大，城墙系砖石结构，白如冬雪。城墙呈四角而立，行一周，需四日。各角落亭台高耸，白如冬雪，城墙之间，亦建亭台，硕大高耸，亦白如冬雪。墙冠由红绿黄三色构成。”彼特林还看到，北京内城的城墙炮楼的窗口，都伸展着炮口，城门旁边，也是大炮威严，弹药足备。城门口的每一班门岗人数达二十有余。

彼特林在北京一直声称是沙皇使节，但是前来探望他的中国高层官员将信将疑，他们问了他很多问题，彼特林逐一回答。有位中国高官疑惑地看着他说：“照你所说，俄国皇帝有的是金银财宝，珍贵貂皮，作为皇上的使节，你为何不带礼品觐见中国皇上?”彼特林找借口说：“我出发匆忙，礼品未及随身携带。现礼品已在俄国装车，随后运抵贵国首都。”官员听罢说，“你既无国书，又无国礼，恐难受到中国皇帝的接见。”

事情是这样的，号称沙皇特使的彼特林在京期间，一直存有觐见明神宗的幻想。但他也明白，他此行中国，既无携带沙皇国书，更无沙皇之国礼呈献神宗，这完全不符合国际外交礼仪，恐怕中方不会安排会晤。若真的会晤，彼特林内心还有个问题比较纠结，即大明王朝将外族上层人士赴京觐见皇上，视为归顺天朝君王。大明要求进宫的外国代表见皇上时，必须跪地叩头，行御前大礼。此举被均被西方朝觐者视为“有损尊严的礼仪”。所以，彼特林在内心深处颇为拒绝。

果然，朝廷官员听说比特林没有正式外交身份，别说安排他见皇上，他们自己都不想见这个“来历不明的蛮夷”。比特林在其旅行笔记中写道：

“我们最终未曾觐见皇上，乃因无以承奉，告曰，若无觐见之礼，则无以受邀参加皇宫宴会之可能；惟有呈献国礼，方可得回赠。”

彼特林一行 12 人，仅在北京停留四天，便被中国官员以“手续不全，退返重办”为由劝离。同时，朝廷转呈他一封皇上御笔签署的国书，委托他转交沙皇，内容是允诺彼特林等俄国人在中国经商。彼特林就这样匆匆结束了他的中国之旅，回到了托木斯克。他向库拉金公爵报告了在北京的所见所闻，还将中国国书转呈沙皇。但是，由于中国国书是用中文书写，沙皇朝内无人通晓中文，所以中国国书长久无人问津，被束之高阁达 56 年之久。“中国国书”一词，从那时起便成为俄语的一个典故，意指一份很重要的，却又无人能看懂的神秘文件。

后来俄国与波兰和土耳其频频交战，无暇东顾遥远的中国，彼特林的北京之行几乎被遗忘。总之，彼特林的北京之旅，是一次以考察为名的军事侦察，他在沿途各地获取了西伯利亚和中国的海量珍贵情报，实现了沙俄准备侵入远东的战略意图，为俄国后来征服西伯利亚及更为广大的地区，图谋进犯、蚕食和侵吞中国领土，做了精心的铺垫。俄国史书称，彼特林“为俄国武装入侵东方，探索出一条从欧洲经西伯利亚进入蒙古和中国腹地之路”。

彼特林回国后，写了一部旅行记:《中国、罗宾斯克及其他国家居住、游牧、村寨、大鄂毕河、江河与道路笔记》。本书详细描述了他和同伴从欧洲穿越蒙古等地，抵达中国北京的征程。书评界称此书“在描写中国方面”高于马可波罗的作品。后来，此书译成主要欧洲文字出版，也是俄罗斯文学最早翻译成外语出版的作品。该书出版之后，彼特林蜚声全国，俄国托木斯克城内，至今还有一条道路，取名为彼特林大街。

老城里的茶馆 沃尔科夫 作（1926 年）

细说雅克萨

1676 年，俄国特使米列斯库自北京返国启奏沙皇，敦促其派军扫平中国，可谓狂妄而不可一世。此后，虽说俄国朝廷未轻信米列斯库遣大军进攻中国，却未间断在中国黑龙江流域抢劫居民、掳掠妇女、勒索毛皮和在中国江河偷采珍珠。大清理藩院虽数次谴责，俄国均置之不理。

1677—1679 年，俄国人还在中国境内的精奇里江岸，构建数座城堡，扩充军备，劫掠毛皮，勘验矿藏，收集情报，一步步试探清政府的底线。1860—1861 年，沙皇一面任命御前侍卫弗耶科夫出任尼布楚统领，一面派遣曾出使北京的米洛万洛夫，沿精奇里江顺流而下，侦察两岸，绘制地图，再修新堡。同时增兵此地，并封米洛万洛夫为精奇里城堡寨主。1682 年之后，俄国进犯北方加剧，疯狂筑堡蚕食领土，野蛮抢掠部族无辜，造成了各部族极大恐慌。中国边疆部族民不聊生，他们的抵抗也愈演愈烈。罗刹之患，已在中国北部边陲酿成重灾。

清朝典籍《扈从东巡目录》和《八旗通志》记载，备受“三藩之乱”拖累的康熙，终于在 1681 年（康熙十九年）平息了内乱，他立即腾出手加强北方防务，准备与哥萨克打仗，更谋求与俄国协商解决边界问题。他虽然内心藐视俄国，但是扎乌拉村一战亦给他内心留下阴影。最重要的是，康熙不想北方大战而搅乱内地。

1 月 28 日，康熙派遣大理寺卿明爱与理藩院郎中额尔塞，前往精奇里江流域与俄国人谈判。行前，康熙提醒他们道：“罗刹乃极边绝域外国之小人，具不可信。”可见康熙对俄国人的本性有一定的认识。

早在1676年，清朝为北方安危，即将镇守东北边疆的宁古塔将军治所，移至乌喇（今吉林市）。1681年，康熙为抗俄厉兵秣马，宁古塔将军治所，成为前敌总指挥部，封宁古塔都统为巴海。1682年5月12日，康熙北巡，视察盛京和乌喇防务，鼓舞军队士气。9月，清朝以猎鹿为名，派侦察部队前出雅克萨，侦察黑龙江水陆地形以及城内俄军动静。1683年1月，康熙又命巴海备齐木料，组织工匠在乌喇造船，数量多达百余艘。再命巴海和副都统萨布素前驻黑龙江，沿江建造木城，屯粮扩军，贮备武器，操演训练。至1684年年初，已有战备粮90%以上，即4570石运抵瑷珲、乌喇一线。

巴海于1683年5月4日，将清朝驻兵情况启奏康熙，提出对雅克萨城堡进行“速行征剿”计划。后巴海因谎奏叟登等处丰收被夺官、革职，康熙便任命萨布素主持黑龙江军务，并计划1683年冬季与俄开战。但萨布素提出冬季作战难度大，军人需要分批换防，瑷珲城墙也需巩固。康熙遂将进攻时间挪至1684年春季，降旨命清军抢先割去俄军庄稼，拟断粮逼迫其退却，再行进攻。熟料，清军备战延宕至1684年6月中旬，雅克萨俄军已收割完城外庄稼，城内粮草已备充足。再者，1685年1月，康熙还在忙于从山东、河南和山西三省为进攻部队遴选藤牌大刀队队员，致使出击雅克萨计划再次延宕。

1681—1684年期间，康熙多次派遣信使与俄方谈判和致函沙皇，规劝其停止东扩，希望政治解决中俄边界问题。但沙皇非但置之不理，且态度狂傲，竟派遣贵族军官托尔布欣，前来雅克萨城堡坐镇，并不间断对大清边陲武力袭扰。1683年秋，沙皇亦感战争迫近。它一面宣布将雅克萨纳入俄国统辖区，一面从西伯利亚增兵1000名，驰援雅克萨。增兵半途为部族武装迟滞，至雅克萨开战，也未赶到。

1685年2月，康熙降旨，由彭春、郎谈、班达尔沙、萨布素、马喇和林兴珠组成战斗指挥部。5月30日，瑷珲清军分水陆两线进发雅克萨。6月14日，彭春率清军先头部队抵达雅克萨城外，抢先夺取俄军牧场上的马群，使得城堡内俄军骑兵失去坐骑，无法冲击和逃遁。6月20日，清军大部队乘船和骑马，抵达雅克萨城下。6月21日，彭春遵康熙圣谕，向雅克萨俄军头目托尔布欣，发出满、蒙、俄三种文字的最后通牒，严正通告他们，从速撤回雅库特，以免被歼灭。如执迷不悟，抗命不从，则必陷灭顶之灾。然而，托尔布欣却对此置若罔闻，不仅对最后通牒出言不逊，而且企图依托城堡负隅顽抗。

原来，托尔布欣在清军围城之时，便向尼布楚等地的哥萨克友军发出求援信，他们确信，友军会解雅克萨之危。6月25日，清军开始攻城。当日，救援俄军40余人，从黑龙江上游乘木筏而至，被清水军围堵招降，俄军拒降，开枪还击，清军跃上木筏，将其悉数消灭，还生擒俄军家眷15人。当夜，清军经过仔细勘查地形，从四面同时发动攻势：从城南进兵佯攻，投档排土垄，施放弓弩，同时潜进红衣炮，于城北主攻之。再从两翼放神威将军炮夹攻俄军。还在城东南布下战船，以备水战。战斗持续一整夜，清军的炮火轰塌俄军的城楼及城墙多处。城中的教堂、钟楼、店铺、粮仓等多处起火燃烧，烈焰滚滚，黑烟阵阵。战斗直打到翌日上午，清军仍未破城。彭春遂下令焚城，清兵于雅克萨城墙外三面垛柴，就在他们准备点火之时，托尔布欣的哥萨克部队全面崩溃，差人举旗乞降。郎谈、班达尔沙等人前去受降。

据《八旗通志》记载，俄军投降后，清军根据康熙“仁治天下，素不嗜杀”的圣谕，允许托尔布欣一行携带轻武器退走另一城堡尼布楚，还为其备齐战马和粮草，确保一路无忧。托尔布欣等人对此感恩涕零，信誓旦旦地发誓：今生再不骚扰雅克萨城。

但他一到尼布楚城堡，立即变脸。托尔布欣在给上司的信中说，战斗失利后，他们饱受清军虐待，为了不做中国俘虏，尽忠沙皇，继续战斗。他们还谎称：逃出了雅克萨，一路衣不蔽体，食不果腹，狼狈不堪。他为了给失败找借口，还夸大清军兵力。托尔布欣在信中说，中国围剿雅克萨的部队，计有木船100艘，每艘载有水军50名，骑兵1000余人，总人数至少6000以上。清军还配有战炮100门，攻城大炮40门，还配有大量的榴弹和轻型火器。托尔布欣说，当时被围困在雅克萨城内的俄军人数只有350人（另说450人），城堡内仅有城防大炮3门、炮弹若干。火绳枪300支，火药和铅弹均数量有限。而且不少火绳枪已经破旧，射击时发生炸裂，造成俄军自伤。

根据《郎谈传》记载，托尔布欣6月25日投降时，从雅克萨城内撤走至少600人，还不算战死的。而清军的参战人数为3000余人，其中还包括达斡尔族、满族和蒙古族等诸个部族的民兵。其次，清军在军事装备现代化方面远不及俄军。清军虽有大炮轰城，但攻城时至少有400—500人使用冷兵器，他们手执藤编盾牌，挥舞片刀冲锋。而俄军城防坚固，火力强劲，哥萨克士兵几乎全部使用火绳枪作战，构成对中国军队不小的杀伤力。早在1652年4月乌扎拉村一役，清军就暴露出武器装备现代化不及俄军的缺陷。时隔30年，直到雅克萨攻城战时仍未改善。所幸，康熙在战前情报、粮草物资等方面准备充分，加上他北巡视察调整将帅，在一定程度上弥补了清军作战的装备劣势。

俄国败军退却后，清军收复雅克萨，却未收割俄军留在城外的庄稼。他们仅仅点燃了城墙下架好的干柴。把俄国人曾经盘踞的雅克萨付之一炬，便撤回瑷珲城去了。雅克萨大捷，深遂康熙之心。康熙觉得，中国北疆大患已除，他在战后表彰有功之臣时说，大清“兵马精强，器械坚利，罗刹势不能敌。”然而仅过一个月后，尼布楚城堡督军弗拉索夫，即派遣

70 人的哥萨克小队重返雅克萨城实施侦察。1685 年 8 月，清军手下败将托尔布欣又率领大批俄军重返雅克萨。秋季之前，他们不仅重建了城堡，而且还架炮布防，欲与清军再决雌雄。

1685 年 6 月 25 日，康熙发兵 3000 人，从水陆两面出击雅克萨，围剿盘踞城内的俄国哥萨克军队。历经一夜鏖战，俄军败北，清军生俘雅克萨最高指挥官托尔布欣及手下兵士和随从 600 余众。战后，清军秉承康熙“天下一家，万方如赤子”的圣谕，对俄国人不予斩尽杀绝，发还马匹粮草，令其撤离。托尔布欣再次感恩涕零，发誓再不侵略雅克萨。

7 月 20 日，托尔布欣等人撤出雅克萨，抵达尼布楚。7 月 25 日，弗拉索夫又派出一支 70 人的骑兵部队，前去侦察已被清军烧成废墟的雅克萨城。8 月 17 日，俄军侦察部队返回尼布楚，报告说，雅克萨城堡和周围的村庄，已被烧得片甲无存，但是，清军却未收割当地的庄稼。那时清军已经退守精奇里江一座小城，由低级军官指挥，兵力约为 500 人，有火炮 4 门布防江岸。弗拉索夫听后大喜，以为效忠沙皇，抢收庄稼，伺机反扑的机会已到，立即命增援部队和托尔布欣分两批全副武装前往。其中第一批为贵族别尔顿率领，兵力 198 人，并配置铜炮 1 尊，铁制炮弹 20 发以及手榴弹和炮弹用的火药若干；第二批，由托尔布欣率领，兵力 316 人，另配铜炮 4 尊，铁制炮弹 160 发，城防火绳枪 2 支，散弹 500 发以及火药若干。后来沙俄皇家军械库又给他们追加了火绳枪 100 支，城防火绳枪 1 支，枪用燧石 850 块等弹药装备。

哥萨克再次进入雅克萨后，立即勘测地形，绘制地图，制定了将城防工事与后勤保障相结合的计划。他们所修的城墙，高 1 俄丈，宽 4 俄丈（1 俄丈为 2.134 米），还在堡内打了井。9 月，俄军在黑龙江上冻之前，不仅修复了城堡，补充了弹药，收割了清军没有缴获的庄稼，并派出数百人的部队，沿江侦察清军布防和兵力，继续扰民抢劫，雅克萨又成了一座具有威胁力的敌营。

直到1686年初，宁古塔都统萨布素才得知俄国人重返雅克萨的消息，他赶忙禀奏康熙。康熙明白，罗刹属于蛮夷，实不可信。俄国人再占雅克萨令他不安，遂命萨布素派兵火速侦察敌情，并与大臣们商讨对策，考虑对雅克萨再度实施围剿，迫使俄国与大清谈判解决边界争端。3月初，萨布素禀报康熙，托尔布欣率兵重返雅克萨，且已依旧址筑城，粮草囤积够用两年。俄军从1685年7月至1686年年初，在重建的雅克萨城实力迅速扩张。截至1686年1月28日至3月17日，雅克萨城已集结各城调来的俄军士兵1500人，火炮13门，火药储备100普特以上（1普特≈16.38千克）。

康熙听罢萨布素禀报，当即喻示，加紧秣马厉兵，准备歼敌。命统领乌喇和宁古塔官兵开赴黑龙江前线，速修舰船，补充弹药，调兵2000人，以备再次扑剿雅克萨之敌，以免其以后羽翼丰满，歼之不易。《清实录》记载，康熙第二次出征雅克萨，仍启用原班人马，即由萨布素、副都统郎谈、班达尔沙和乌喇为前敌指挥部成员，派遣他们前往统筹黑龙江军务。康熙当面谕旨：罗刹贪得无厌，扰我边疆，朕命发兵进剿，务令其降。如若不降，则统统杀光。他还指示，纠正第一次战役的错误，既要收割俄军庄稼亦不焚城，必要时开进城里过冬。

1686年6月23日，清军部队集结黑龙江。7月4日开抵门第茵，于厄尔合河水陆分兵。7月18日，清军陆军和水兵抵达雅克萨城下。萨布素让俄国战俘捎最后通牒进城，告知中国大军已兵临城下，若不投降，严惩不贷。托尔布欣不仅不予理睬，还从城墙枪眼射击清军。萨布素一声令下，清军骑兵布阵围城，数十门大炮，从四面八方轰击城内，霎时间，烈火浓烟，遮天蔽日。7月20日至8月26日，俄军多次乘夜色和大雾突袭出城，均被清军发现歼灭。清军还在城外挖长沟，筑土壁，断水源，日夜不停地

骑士 勃留洛夫 作（1849 年）

向城内开炮射击。7 月 22 日，托尔布欣登上城内塔楼，观察战况，恰有一颗炮弹从射击孔飞进塔楼，当场将其右腿膝盖以下炸飞。7 月 25 日，托尔布欣不治身亡。

从 7 月 19 日至 8 月 9 日，雅克萨城的俄军首领（先是托尔布欣，他战死后，由阿法纳西接任）多次给尼布楚总督弗拉索夫写求援信，弗拉索夫自顾不暇，难以解围。他只得求助莫斯科。于是，沙皇急遣特使戈洛文前来处理西伯利亚事务，并派遣一支 4000 人军队，配备 40 门大炮和充足弹药，前来黑龙江流域增援雅克萨。

清军围困雅克萨，炮火虽猛，但久攻不下。前半场攻防战中，俄军战死 111 人，病死 50 人，清军阵亡 150 人，被活捉 3 人。雅克萨城内俄军剩余 826 名，大炮 8 门，小口径城防炮 3 门，以及球形炮弹、手榴弹、榴弹和火药若干。

战斗一直延续到秋后。9 月，康熙一面增兵雅克萨，一面命兵部给俄国沙皇缮写咨文，在信中说明了中国边界划定的底线，即俄国人撤除雅克萨，中俄以雅库特划界而居。10 月 12 日，康熙诏谕萨布素，令其准备冬季围困雅克萨，与俄军打持久战。沙皇果然招架不住，急派特使维纽科夫和法奥罗夫出使北京，希望以外交手段化解雅克萨之围，同意与中国进行划界谈判。11 月下旬，俄国使者回国。12 月初，康熙遣亲军侍卫马武到雅克萨，宣布停止攻城，原地封锁。那时城内的俄军已是狼狈不堪，伙食断顿，水源枯竭，坏血病流行，非战斗减员加剧，仅剩 150 人。至年末，城内俄军仅剩 66 人。

而到 1687 年开春，雅克萨城内仅有 30 名俄军和 15 名少年。俄军可勉强值勤，完全丧失了战斗力。5 月，清军主动后撤 10 公里，解除了对城内俄军的生活封锁。8 月 18 日，清军全部撤出雅克萨，为沙皇使臣抵达冲突地区，两国举行边界谈判创造条件。9 月 9 日，清军沿黑龙江下游回撤至瑷珲等地。此后 150 年，中俄边界再无战事。

尾 声

1689 年 9 月 7 日，中俄签订了《尼布楚议界条约》。史书载，该条约承认黑龙江和乌苏里江流域，包括库页岛在内的广大地区是中国领土。该条约客观上，在一定时期内遏止了沙俄东扩。清朝在条约里对疆界划分与本国人民归属的称谓，使用的是“中国”与“中国人”，这是“中国”作为主权国家的专称，第一次出现在国际条约里。

从 1685 年 6 月 25 日，清军攻陷雅克萨，活捉督军头目托尔布欣时起，直到 1686 年 7 月 18 日，再次进攻雅克萨，围城半载，致使俄军丧失全部战斗力，中国在外交上处于主动地位。早在第一次雅克萨大战之前，康熙就派人给沙皇捎信，提出举行边界和谈的意愿。

1685 年 12 月 26 日，雅克萨第二次被清军围困时，沙皇定下了与清朝谈判的基本方针，并选定戈洛文为俄国谈判代表。俄方的谈判底线是：中俄以雅克萨为界，并可在黑龙江和贝斯特拉亚与精奇里江渔猎，中国若不同意，再考虑与中国开战。

双方当时的战略是尽量避免流血解决，争取通过和谈解决边界争端，但决不放弃武力应变。1686 年 1 月，俄方谈判外交使团组成。2 月 5 日从莫斯科启程，卫兵多达 500 人，270 车弹药粮草，在路过托博尔斯克时，又增哥萨克骑兵、步兵、火枪手、龙骑兵 1400 人以上，总人数超过 2000 人，四分之三为军事人员。

据《清实录》记载，1688 年 4 月，清朝也组成了对俄谈判小组，由领侍卫大臣索额图、都统一等公佟国纲、尚书阿喇尼、左都御史马齐、护军统领马喇等人组成，出发前往尼布楚的卫戍人员，有八旗前锋兵200人，护军400人，火器营兵200人。康熙钦定，其“忠贞可靠和足资信赖”的宫中耶稣会士，葡萄牙裔的徐日升（1645—1708）和法裔的张诚（1654—1707）随团前往。

5月30日，康熙喻示谈判底线，第一，尼布楚、雅克萨、黑龙江上下游，及通此江的一江一河，皆为中国之地，不能拱手送给俄国人。第二，俄国必须遣返叛逃的达斡尔族首领根特布尔。

据张诚日记描述，1689年7月31日，清朝使团先于俄国人抵达尼布楚对面，先行抵达的清朝水军将舰船停泊江边，水兵在岸上安营扎寨，计有3000余人。与清朝外交使团同时抵达的陆军约有1400人，加上索额图的亲兵800人和夫役，差不多有9000—10000人。还有骆驼3000—4000头，马15000匹等。可谓浩浩荡荡，煞有阵势。

8月18日，戈洛文率领俄国使团抵达尼布楚。第二天，戈洛文差人面见索额图，要求：第一，谈判的地点由俄方拟定。第二，谈判时，双方所配备的警卫人员各不得超过300人。20日，清朝代表同意俄方选定地点和警卫人数，但强调警卫人员除佩刀之外，不得携带任何武器。中俄达成协议，双方代表各自携带260名佩刀警卫入场。双方士兵相互搜查，防止暗藏其他兵器，之后他们后退一定距离布列岗哨。但后来，戈洛文自己在《出使报告》中承认，俄方派出的警卫中有哥萨克火枪兵，他们虽然未持枪支，却身藏数枚杀伤力极强的手榴弹。戈洛文还命令，留在尼布楚城里的士兵，在谈判期间，每日子弹上膛，刺刀出鞘，严阵以待。

8月22日，中俄尼布楚划界谈判，在两座紧连在一起的大帐篷里开始。这座帐篷距离双方的驻地距离均为5华里。第一天谈判，开局便火药味十足，戈洛文谴责中国突然发兵俄罗斯，挑起边境事端。中方钦差大臣索额图则历数俄国入侵中国的犯罪行径，正告戈洛文，雅克萨、贝加尔湖

客不逢时——贵族的早餐 费多托夫 作（1850 年）

以东以及蒙古等全部领土自古属于中国。双方第一天，都未亮出底牌，而是反复旁敲侧击，互试深浅，探查签约底线。

8 月 23 日，两国代表继续会晤。戈洛文提出以黑龙江为界，河北划归俄国，河南归属于中国。索额图驳斥他说，黑龙江两岸皆为中国领土。俄国强占了中国土地，他要求俄国归还尼布楚和雅克萨等地。他强调，中俄的疆界应在贝加尔湖。戈洛文听罢，指责中方缺乏诚意，随后又提出以牛满河划界，让中国赔偿攻击雅克萨而给俄方造成的损失，将全部俘虏和叛变人员交予俄方。中方听罢，虽然表示不能接受，索额图看到俄方有所退让，就告诉戈洛文，中国可以接受将边界划在尼布楚。显然，索额图缺乏国际谈判经验，竟一下将康熙的底牌过早地亮出，戈洛文听罢心中便有了数。接着，他一面对中国以尼布楚划界提议冷嘲热讽，一面抛出更无耻的“精奇里河为界，黑龙江左岸至该河属于俄国，右岸归中国”的议案，再次试探中方。而索额图此刻已无退路，不觉心中愤懑。最后他忍无可忍沉着脸退了场。他回到驻地后，高声斥责俄方“待人不善，难以圆满打交道”，遂令拆除部分帐篷，做准备撤离状。

24 日，两国谈判的气氛进一步恶化。戈洛文继续自己的外交攻势，他一边继续反对中方的建议，一边采取欲擒故纵法，宣称休会，希望两国代表签署“散会声明书”。在遭到中方拒绝后，戈洛文又下令增派 300 名俄国火枪手，加强尼布楚城防，同时送信给雅克萨的哥萨克，命其备战并抢收庄稼。

25 日和 26 日，索额图派耶稣会士张诚见戈洛文，告知中方再次让步，即以石勒喀河的格尔必齐河为界。27 日，徐日升也见了戈洛文，俄国人表示，即使中方如此让步，俄国人依旧不愿放弃雅克萨，徐日升气得泪盈满眶，拂袖而去。当日，索额图下令对岸沿江待命的清军渡河，一面封锁尼布楚，一面出兵 500 人重新包围雅克萨，且毁掉哥萨克城外的庄稼。这时，尼布楚周围的布里亚特和温科特等族居民，不堪忍受沙皇的统治，爆发了抵抗俄军的起义。并要求与清朝使团联合进攻尼布楚。索额图的军事调遣和地方部族起义终于让戈洛文坐不住了。他既担心与中国再发生战争，更害怕谈判破裂，回莫斯科交不了差。27 日当夜，俄国使者代表再来中国营地探查虚实，28 日，张诚应戈洛文之邀，前往尼布楚城内与俄方主要代表见面，俄方表示，他们基本同意中方的划界建议。

8 月 30 日至 9 月 2 日，中俄谈判代表依旧不见面，双边信息由各自的助理转达。中俄代表经过及其曲折的会下沟通，多番讨价还价和明争暗斗，中方数次让步，中俄最终于 9 月 7 日签署了《尼布楚议界条约》。

这个条约的签订，是中方做了无原则退让的产物。首先，索额图把贝加尔湖以东，原属中国的尼布楚富庶地区拱手送给了俄国，造成了重大国土损失。再者，该条约还明确将北诺斯山与南支之间北到北冰洋、东到白令海峡，包括堪察加半岛和整个乌第河流域在内的广袤疆域，定为待议地区。其面积不小于 300 万平方公里，甚至更大。所以，中俄尼布楚条约是一部失地和待议条约。

斯大林格勒郊外 弗鲁别尔 作（1948 年）

春－潮水 列维坦 作（1897 年）

线条 弗鲁别尔 作（1895—1896）

流浪儿玩扑克 博格罗茨基 作（1925 年）

潘 弗鲁别尔 作（1899 年）

战后休整 涅斯捷罗夫 作（1955 年）

全新的星球 尤恩（1921 年）

波斯壁毯背景下的女孩 弗鲁贝尔 作（1886 年）

双城子的故事

富尔丹和朱尔根

东北各大城市旅行社都开发了俄罗斯边境游项目。而边境游又以海参崴（符拉迪沃斯托克）、伯力（哈巴罗夫斯克）和双城子（乌苏里斯克）为主要观光城市。

这三个紧贴我国边境的俄罗斯边陲重镇，人口和面积各有差异。海参崴人口 63 万，土地面积 56154 平方公里。伯力城人口 70 万，土地面积 7886 平方公里。双城子人口 18 万，土地面积 3626 平方公里。别看双城子最小，它的历史却不平凡，其经济和战略地位不可小视。

双城子位于乌苏里江中部，其名源于明代的双城卫。该城以其东、西两城并存而得名。东城叫“富尔丹”，西城叫“朱尔根”，两城相距四华里。双城子曾是华夏民族东北边疆开发较早的城市，唐代称其为北沃，也是千年古城。

双城子在人口和面积上与海参崴、哈巴罗夫斯克相比虽排名在末，但它却在滨海边区占据中心地缘位置。换句话说，它是通向中国、朝鲜，以及去往海参崴、伯力和远东航空港出口的枢纽。总之，双城子是要塞之城，咽喉之地。从军事意义上讲更为重要。1689 年，第二次雅克萨战役之后，战败的俄军与获胜的康熙进行划界谈判，中俄两国签订了《尼布楚议界条约》。不久，俄国哥萨克雇佣兵便违约在双城子东城富尔丹以土坯筑城，图谋霸占此城，继而蚕食整个双城子。那时，清廷既无边疆地缘战略意识，更无对沙俄领土扩张的反思，竟然将东城富尔丹拱手赠予俄国“友邦”，因为据戍边镇守禀报，富尔丹不过是一块“不毛之地”。清廷还主动将江东边界向西移动，由大海之滨退到乌苏里江边。把大唐富庶的千年古镇“北沃”之东富尔丹，轻松地送给了觊觎中国领土的沙皇俄国。

然而，沙皇俄国回报清廷的却是贪得无厌，以及对中国领土不断膨胀的欲望。1860 年沙俄迫使大清国签署《中俄北京条约》，又名正言顺地抢走了西城朱尔根。至此，这座享有盛名的东北边城双城子，就再也不属于中国了。

我们痛失的双城子，是一个美若天国的仙境，一份来自天尊的恩赐。双城子最为壮观的地形地貌，是滨海地区，即双城子近海的狭长地带：从北弗拉基米尔海湾，到黑龙江出海口一线。它的纵向海岸是绵延起伏的山脉，临海而立。波涛汹涌的大海日夜冲刷它的延伸轴。杜敏诺河把宽广的谷底与“老爷岭”以西绵延的山脉一劈两半。里亚式海岸亦为山岩与河流。河水滔滔，涤荡着剥蚀的河谷；另一面，海浪拍岸，山岩嶙峋，白色的巨浪冲上岩壁，又溅落到海中；虽有山岬（如云雾岬、可望岬和玛索洛娃岬等）有力地嵌入大海，但整个海岸线的山石却显得脆弱和不堪一击。

登高远望外双城子海岸线并非纯粹的屈伸状，倒有点残缺破损。每当风平浪静，你若乘坐垂钓人的帆船，便可驶入远东最后的温暖海湾——杰尔尼亚海湾，享受上天赐予的阳光、碧水和那份难得的悠闲。

外双城子滨海的纵向海岸，山岩都被海水冲击成千篇一律的样子：远远望去，犹如朵朵开放的大水晶花。山岩悬崖之下，崩塌的石头堆积出一个激浪淤积带，那里堆积着小块的碎石和巨大的礁岩——它们尽显时光之功，海水将原本巨大的山岩变成卵石，再把卵石变成小石子，甚至散碎的沙粒，随风而去……

百年移民之争

沙皇俄国占领双城子后，大量向此地移民。由于双城子比邻中国边境，所以双城子移民的成分与其他城市不同，哥萨克和乌克兰后裔一直是双城子的移民主体，而后也有中国移民涌来。

据统计，俄国政府最早从阿斯特拉罕和沃龙涅什两个省，向双城子移民了 13 户人家，于 1866 年建立村，取名尼格尔斯科耶村。1898 年，尼格尔斯科耶村升市，易名为尼格尔斯克 - 乌苏里斯基。此外，沙俄为加强对这里的控制，加紧修筑铁路。1893 年双城子与海参崴之间的铁路开通。1897 年双城子与伯力之间的铁路开通后，北起中国东北端的伯力，南到海参崴的铁路网最终形成。那时候，双城子就成为远东交通枢纽。

1905 年，一位名叫伊里奇 - 斯维德奇的俄罗斯记者这样描写乌苏里斯克（双城子）:“这是一座巨大的村落。尼格尔斯克是最主要的一条老街，街道两旁伫立着白色的土坯房，有些地方覆盖着干草。到处都是清水塘、小木屋，樱桃园，还有害羞的乌克兰少女，犹如古老的南俄情歌里描绘的风光，好一幅乡村风景画啊。赶集的日子里，慵懒的弯角黄牛慢吞吞地拉着车，上面装满了一袋袋的面粉，整扇的猪肉和民族传统的猪肥膘。人们穿着传统的乌克兰民族服装，欢天喜地，滔滔不绝地讲着乌克兰快乐的、具有感染力的方言去赶集。每当夏日炎炎，你置身其中，恍若时光倒流，又回到了伟大作家果戈理的时代。”

不过，俄国当局很快就发现，中国人自 1906 年开始大量回流双城子。俄苏探险家和科学家阿尔先涅夫（1872—1930），在他著名的《1910—1911 乌苏里斯克边疆区简明军事地理和军事统计笔记》（1912 年，哈巴洛夫斯克版）一书中写道:“1906—1910 年，从中国一侧进入双城子的中国人计有 130000 人，比双城子市的人数还多。其中除 20000 人是务农人员之外，其余移民均为商人、猎人和工人。常年在双城子中心地区居住的华人数量约为15000人。这些华人有的是常年往返于中俄之间，有的秋来春归短期经商。但最终却只有20%的人返回中国一侧，其余80%滞留在俄境内继续流动，或经商或从事其他活动。”

虽然双城子的俄裔和乌克兰裔移民在1860年之后早于华人出现，但是华裔移民速度快，人数多，刺激了地方经济的发展。

2005年，我的朋友小迪作为旅游者，从黑龙江东宁三岔口入境俄罗斯，穿越只有一桥之隔的波尔塔卡口岸，开车一个半小时即抵达了双城子。他从大街上给我发来手机短信，写道：俄国治下的双城子市区以铁路为界分为东西两部分，西部面积大（就是沙皇掠走的朱尔根），街道较为繁华，是俄罗斯政府部门所在地；城东（大清国慷慨相送的富尔丹）相对小一些，一片片的制式住宅毗邻而立，看上去像是工人宿舍。小迪最后还说，双城子的中心地段建了一个中国商品大市场，上万中国人日夜兼程地做生意，这个大市场也养活着这个拥有18万人口的俄罗斯城市。

主导经济和统治“鞑子”

1860年，双城子虽然并入俄罗斯版图，但是中国人直到1906年—1911年期间仍沿用中文地名，还将双城子称为：“东大山”“乌苏里江”或“海岸”。

双城子就其地理位置而言，包括了黑龙江与乌苏里江，日本海与鞑靼海峡之间覆盖着茂密原始森林的地域。那里河汊纵横，水路通达。探险家阿尔先涅夫写道：“你可从任何一座山峰进入峡谷，每条峡谷之间均可寻得水源，由此仅需一日便可寻到或可游泳或可泛舟之水，其量充沛，冬季亦然。”

双城子不仅植被覆盖严密，河水丰沛广布，而且山岭逶迤纵横，绵延不断。中国人称此地为“东大山”，指的是“老爷岭”山脉，其主峰岩石秃裸，而各岭则层峦叠嶂，绵延起伏。

“老爷岭”山脉是双城子的象征。它代表了双城子的主要地理特征和自然景观。它从日本海、乌苏里河谷及黑龙江下游拔地而起，绵延至伯力城（哈巴罗夫斯克）以及滨海边疆区。在日本海沿岸绵延1200公里，纵向宽度为200公里—250公里。平均海拔800米—1000米，主峰海拔2077米。

100年前，“老爷岭”山脉出现了淘金、垦荒和狩猎的中国人。阿尔先涅夫认为，1860年之后，双城子的经济一直为中国人掌控。他说:“谁要是以为我们已经从经济上控制了乌苏里斯克边疆区，那就错了。我们仅控制了从阿穆尔河狭长地带，以及沿铁路至滨海地区一线。其余空间均掌握在中国人手中。那里生活的绝大多数人是天下之国的子民，他们按照自己的法律生存，外族人则沦为他们的奴婢。”

19世纪初，双城子中国人的地位确实在外族人之上。所谓外族人，就是除了俄裔之外的当地少数民族和土著居民。中国人将他们统称为“鞑子”或者“鱼皮鞑子”。19世纪中叶至20世纪初，双城子的“鞑子”深受中国文化影响，他们在语言、服饰、甚至宗教信仰等方面效仿中国人，华人与“鞑子”那时已在外表难以区分。

那时在双城子，“鞑子”的子女可以被随意买卖，“鞑子”的妻子亦可拍卖。“鞑子”犯了错会受到华人惩罚，手段包括鞭刑等相当残酷。

“鞑子”的唯一特权，是俄罗斯当局特许他们随身配枪，因为“鞑子”痴迷狩猎属于森林和山地少数民族的天性和传统。双城子的华人为了取得随身配枪的特权，常对俄罗斯当局谎称他们是“鞑子”。

土地还得中国人耕种

2012年1月26日，俄经济发展部副部长斯列普聂夫对传媒说："俄罗斯有数百万公顷的土地长期租给外国人耕作。这样做，既可推动农业市场化改革，也可以使俄罗斯为世界粮食安全做出贡献。"

首先，斯列普聂夫说的俄罗斯土地，就是指包括双城子在内的俄罗斯滨海边疆区的土地；其次，他所说的外国人，主要指的是中国人。但是，俄罗斯人非常担心，一旦土地对中国人开放，滨海边疆区将成为中国移民的天下。

其实，早在100年前，双城子就有中国农民垦荒种地。沙俄政府知道，吸引中国人开发农业是当地经济发展的上策。俄国只有将大片肥田沃土租给能耕善种的中国人，才可以为该地的发展带来前景。100年前，俄国人不善耕作，于是他们给华人农户留下广大的耕作空间。同时，由于俄国不限制华人的劳动组织形式和土地耕作方式，也为华人的进入双城子从事经济活动，提供了发展空间。那时，俄方也并非没有担心，阿尔先涅夫写道："华人租户租得土地后，即从中国招来其亲朋好友前往租种区域，修建房屋，挑选助手，招募工人，开始耕作。此情此景，恍若建了一个小中国，他们连人带院整个搬到了俄罗斯！"

100年前的双城子滨海区，华人建的中式房子坐落在注入日本海的小河河谷。沿河而上，登高远眺，华人的房子愈往北愈稀少，最终逐渐被"狩猎小屋"所取代。中国人搭建"狩猎小屋"是为了下套捕貂。正因为如此，华人的身份一直为俄罗斯人百思不得其解：他们到底是农民还是猎人？俄罗斯人哪里知道，双城子的华人是一边种麦子，一边卖貂皮、鹿茸和人参的。华人忙过了秋收，就扛上猎枪，带上工具，进山打猎去了。

不过，最令俄罗斯人始料不及的，就是华人在双城子大规模酿造烧酒。

故事是这样的，华人进入双城子不久，家家户户便开始酿造烧酒。这种烧酒在双城子被称为“寒蔘酒”，它是一种粮食烧酒，售价便宜，颇受当地人欢迎。据记载，华人用最原始的方式从粮食酵母中提取酒精，再制成“寒蔘酒”贩卖，一时间，俄罗斯滨海边疆区的大街小巷到处都是这种中国烧酒的影子。1900—1907 年，一位俄罗斯猎人回忆说：“中国人在塔图沙与伊曼河流域定居，我们在沿河地区亲眼目睹了他们家庭酿酒的场面。每个中国家庭都是一个寒蔘酒作坊，分工细致，工种繁多，他们在自家的屋里挖了麦芽池，全家上阵酿造烧酒。”

华人酿酒遭遇俄官方的管制。俄罗斯人先后调动了海关、消费监督和警察等部门制止“寒蔘酒”的生产和销售，但结果不理想。俄方管理部门面对移民规模扑朔迷离、生产方式奇异独特的华人酿酒群体，一筹莫展，管制工作举步维艰。最终，他们只能是上书沙皇，希望抓紧将内地生产的伏特加酒运往远东销售，以抵制“寒蔘酒”。

泰加森林的华人猎手

双城子的地貌，除了山地特征之外，亦有泰加林海之称。当年俄罗斯探险队走在茫茫林海中，阿尔先涅夫曾写下这样的文字：“行进一周，不见空地，四处皆为森林覆盖。疲劳的双眼搜寻着除森林之外的空间，但见树冠之上某时某刻闪过蓝天的碎片，时光与天光在幽暗的林间交错。地平线上，艳阳高照，而林间却一片渊暗，黄昏亦会提早降临；即使白昼，太阳也难于穿透树林的针叶。人在林间久留，冥冥幽幽，即感世界晦暗，阴霾无限。”

每当冬季来临，泰加森林即成为茫茫雪原。时常可以看见一座座孤独

冬 科洛文 作（1911 年）

的中国猎人的小木房，原来中国的农民猎手早在100年前就已踏足双城子的崇山峻岭。他们自己搭建狩猎小屋，过着寂寞的猎人生活。

一般来说，一位华人猎手每次在他的狩猎小屋附近下套子（捕兽夹子或其他）大约1500—3000个。下好套子后，猎人就得无休止地巡查，披星戴月地跑路，日夜兼程地检查套子，取下运回已经捕到的猎物并补充新兽夹子等。有位俄罗斯汉学家对一位华裔猎手进行了一段时间的观察，发现这个猎手从早到晚都在跑着干活，夕阳西下时，他才干了一半。最后，他只得用树枝和树根搭建了一座临时小窝棚过夜。第二天，他又开始重复第一天的活计。他就这样干了几个月才完成狩猎任务。

在100年前双城子南部的原始森林里，人们沿着小河和林间空地，会发现很多中国猎人搭建的树皮窝棚，棚檐下铺着干草，以防雨水浸湿。这是上一位路过的猎人所为，他不仅晾草，还劈好木柴，用树枝盖好，为下一位猎人投宿提供方便。有位华人曾对俄罗斯探险队说："我们中国猎手这样做，觉得是应尽的义务。"

后来，俄罗斯探险队在双城子李富金河探险中证实了华人的话。俄罗斯人在河边一棵老松树上，看见了用匕首刻上的中国字，上面写道："过路人，你若饥倦交迫，请沿此路前行，不远处即是窝棚，内有火柴、盐和小米供使用。"俄罗斯探险队员倍感震惊。虽寥寥数语，却在这千山鸟飞绝的泰加森林，点燃了人间的爱之火，融化了寂寞天涯客的孤单感。俄国人深受感动，他们也在离去之前，学着中国人的样子，整理好窝棚，砍了柴火，还留下了面包和火柴。

那时，华人猎手的收入相当可观。每个华人猎手（每间小窝棚按一人计）在一个狩猎季可猎获15—20张貂皮，1000—1200张各类兽皮，100—150张雪貂皮，3000只花尾榛鸡和数百只香獐子。那时，普通貂皮大约40卢布一张，松鼠皮50戈比一张，雪貂皮2卢布一张，每对山参的价格甚至高于黄金和貂皮。

在双城子讨生活的华人，在这里干上几年，攒上大约8000卢布，就能回国过无忧无虑的日子。华人移民一旦挣到这个数目，就便不再四处奔波，而是打道回府了。

1907年，俄罗斯探险家在塔凯姆河边一个废弃的窝棚里，发现一份中文转让告示，上书："持证者为中国人，在乌苏里斯克从事捕貂业务。本人因结束工作回国，以400卢布出让猎区并及房舍和140个捕兽套。"这说明，在寒冷无比的原始森林，一些华裔猎手在狩猎季结束之后，就变卖生产工具，离开双城子回国了。他们的狩猎小屋也随之空落下来。

但也有一些老年猎手终年定居于此，过着与世隔绝的日子。他们不仅承受着大自然中的恐惧和危险，还忍受着远离亲人和背井离乡的孤独与寂寞。他们生活在史前的蛮荒之中，生存的目的只是为了活命，最终在那里孤独地死去。

1903年，一支俄罗斯探险队前来双城子荒无人烟的三大沟和苏祖河源头考察。8天之后，他们在乌拉河源头露营。翌日，一位队员外出打猎的时候，发现一座中式窝棚，他走进去察看，发现一位衣衫褴褛的中国老者住在里面，老者见到俄国人惊恐不已。俄国队员与老人经过交谈才知道，老人原来是一个中国猎手，已经在泰加森林里居住了62年，在那间窝棚里住了46年。

老人说，他46年里只见过两位给他送东西的中国人。他们一年只到这里来一次，给老人送盐和衣服。老人将他种的麦子和豆子、兽皮作交换。他每天的食物，是一把自种的小米和临时捕获的小动物。俄国队员离去的那晚，老人病了，他呻吟了一宿，喊着胸痛，黎明才昏昏睡去。俄国队员清晨起床不忍打扰老人，就没有叫醒他。他轻掩柴门，悄悄去找探险队了。38天之后，俄罗斯队员再次返回窝棚，发现老人早已死去，就死在他那张小破床上。俄罗斯队员走时将窝棚的门用石块和树枝顶上，以免野兽撕咬老人的尸体。俄罗斯队员希望，送货的中国人再来时，能按照中国的风俗掩埋自己的同胞……

红胡子传奇

近代史上所说的红胡子，指的就是关东响马，乃打家劫舍之匪，也称胡匪、马贼和盗匪。史上权威著书立说者为清代吴樵，其作品是《宽城随笔》。清末民初之时，吴樵曾供职宽城吉长线路局，即吉林至长春铁路。他住在东北，有瑕游历，见多识广，遂在书中描绘红胡子，从长相打扮，武器装备，到马匹辎重，面面俱到，给人印象颇深。

红胡子之基本构成乃汉人。从人种学上说，他们本不会生出红色胡须。然而红胡子一说何来呢？俄国学者穆罗夫于1901年发表游记《远东的人与风俗》。他在书中说："地方好汉，好以红色之绳穗装饰其武器。瞄准时，将绳穗衔于齿间，以免碍事。远望，枪手仿佛长着红色唇髭或胡须。"美国比林斯利教授，却持另外的观点，他在1988年发表著作《民初社会中的土匪形象》一书中指出："中国东北之盗匪，初期为遮人耳目，使用染红的中国传统京剧之髯口作伪装。"

红胡子起因甚为复杂，与中国17世纪的满洲殖民政策有关。根据《辽东招民开垦条例》记载，1644—1667年间，鲁民移民满洲者甚多。辽东地区因移民而"地利大辟，户益繁息"。河北及河南百姓迁至鞍山、辽阳和营口，而山东百姓迁至大连和丹东。1863年，英国苏格兰圣公会传教士韦廉臣（1829—1890），曾在烟台和上海传教。他1866年在其旅行笔记中说，奉天省的人口逾1200万，吉林也有200万。前来关东的移民大多自主觅地耕作，不受国家法律保护。朝廷对其生存状况也不闻不问，采取听之任之，自生自灭的态度。时光流逝，不少闯关东者生活穷困潦倒难以为继。

俄罗斯传教士汉学家比丘林（1777—1853），在其著作《中华帝国统计录》中写道，满洲移民中，有内地因罪获刑者，被遣送或驱逐满洲。此类人群，毫无疑问威胁满洲治安。法国天主教传教士帕诺称黑龙江依兰是罪恶之城，堪称“索多玛第二”。英国作家格拉哈姆 1886 年访问齐齐哈尔，所到之处匪患肆虐。他说，此城堪比澳大利亚新南威尔士州的博特尼湾，好一个非法移民和苦役犯的天堂。连吉林大将军也承认，吉林之匪盗，素来轻蔑法律，崇尚暴力和杀戮。省内多地之主，乃无耻卑鄙之人，欺辱贫弱，杀人放火，犹如家常便饭。

总之，那时满洲之地，警力匮乏，治安混乱，加之中国正在经受一场前所未有的社会政治和经济大动荡。农民起义风起云涌，列强干涉步步紧逼。所有这一切催生了民间匪盗红胡子。中国亦有学者认为，红胡子发端于南满，后再向中北部满洲蔓延。1878 年之后，中国取消满洲移民禁令，移民激增剧烈者乃吉林，人数升至 800 万。而黑龙江省 1890 年初，仅为 100 万人。移民激增之处乃犯罪嚣张之地。故东北三省，属吉林红胡子最为猖獗。

其实，早在明崇祯二年（1629 年），便有正规军沦做流寇之说。是年，袁崇焕杀毛文龙。文龙部下散逸，乃入海为盗，出没于辽沈、登莱之间，可视为红胡子之始。嗣后，明边将孔有德、耿仲明、祖大寿等相继叛明降清。原麾 500 余人，不愿寄身于降将旗下，自逃于大海为寇。日久天长，逃亡者不断加入遂成一党。流寇其始，专与官吏为仇，不行劫于百姓。后官兵力盛，流党不支而败北，加之部众蔓延，纪律涣散，无以约束，遂大肆劫掠于民间。吴樵说，关外红胡子盛行于清咸丰年间。那时太平天国起义，正闹得如火如荼，关外八旗军奉调入关前往剿灭。其时，关外驻兵骤减，防卫空虚，恰助流寇泛滥，红胡子便因此猖獗起来。甲午惨败后，东北地区清军溃兵散勇，不少落草为寇加盟红胡子。盗匪队伍壮大，人数增至数十万之众。

红胡子主力乃19世纪中叶移民关外者，即民间所说“闯关东”的人。其中，不仅有无依无靠两手空空的无产者，亦有从有产者沦为无产者之人。他们对官府的胡作非为深恶痛绝。红胡子中，山东和直隶（河北）人居多，其中山东人最多。主因是山东人不善积累，短钱缺财，才铤而走险干红胡子。相比之下，山西闯关东者鲜有暴民。他们与红胡子为伍皆因晋商精于算计，善于积累财富，过着比上不足比下有余的日子。晋人跑满洲目的极为明确，只为发大财。还有，除上文提及的红胡子肆虐之地，中朝边界亦是红胡子之天堂。据载，两国边界上拓有宽为八九十公里的缓冲地。此处18世纪前无居住民，直至19世纪初，山东和直隶红胡子进入缓冲地，沿着鸭绿江中下游，依傍崇山峻岭，在今日丹东附近，建立大本营并不断发展壮大。至清末，他们竟然创立了一个准行政主体，称之为“夹皮沟红胡子共和国”。朝鲜人闻之竟也越境加盟。那时，在满洲与蒙古交界处亦有蒙古红胡子出没。

1917年1月31日，沙俄外阿穆尔地区边境侦察报告中记载，第一次世界大战初期，羁押在俄罗斯西伯利亚和黑龙江流域的德奥战俘营，屡次发生战俘逃亡事件，越狱者大多流入满洲境内，其中部分人加入了红胡子。

20世纪初，满洲红胡子里也有俄罗斯哥萨克。他们是带路党，指引华人红胡子直捣满洲境内的俄国势力。那时松花江右岸的新城有居民35000余人。蒙古、北满直达海参崴的货运枢纽，也是松花江航运的重要码头之一。在商业及运输方面具有重要意义。该城内建有20余家榨油厂，以及两家毛皮加工厂，它们成为红胡子垂涎已久的猎物。20世纪初，新城屡遭抢劫。有时甚至新城衙门都被红胡子连锅端。1902年，中俄红胡子数百人，策马持枪杀入新城，试图抢劫。熟料，红胡子情报欠准，恰有俄罗斯中东路卫兵百余人在城内驻扎。双方交火，最终击毙劫匪上百人，俘获20余人，其中7人是俄国哥萨克。

东北中长铁路是红胡子主要洗劫对象。俄罗斯往来列车上虽有士兵押运，但也经常遇袭遭劫，生命物资均有损失。俄罗斯人曾想对铁路沿线之莽原峻岭实施清剿，但他们自始至终未离开铁道两侧十公里，恐惧遭遇红胡子。他们知道，一旦与红胡子照面，遭到清剿的就是俄军本身了。史书评价，红胡子客观上保护了东北之地免遭俄军涂炭。故而，俄罗斯人憎恶红胡子亦有其原因。红胡子首领唐殿荣，祖籍山东。他起初在关外充当哨官，滋事犯法后远遁深山峡谷，集结流亡兵勇3万余众，成为满洲红胡子重要一支。唐殿荣从不洗劫中国商队，专门抢夺俄罗斯军商之财。他甚至穿越国界，深入俄境打家劫舍，夺取粮草和弹药。其麾下的红胡子，枪法精湛，武艺高强，号令严明，不仅国内官军奈其不得，连俄军也大为头疼。

1905年日俄战争结束，流落满洲境内之俄兵甚众，加盟红胡子一时成为在华俄军的生存选择。政府管理虚弱，中东路沿线警力匮乏，物资持续短缺，是红胡子抢劫火车的主要原因。俄军联手红胡子，狗咬吕洞宾，打劫自家火车。一时间，中东路沿线成为犯罪天堂。1906年7月，中俄红胡子在哈尔滨绑架一位中国商人，逼迫其家眷交赎金20万卢布。9月，哥萨克红胡子抢劫了哈尔滨一家银行，几天之后他们又袭击了中东路的列车。红胡子对中东铁路的侵扰与日俱增，以至于1907年，俄后阿穆尔边防警卫局局长齐恰戈夫（1852—1910）中将，与沙俄驻北京大使波格季洛夫（1865—1908）多次商讨加强防御，对抗红胡子的良策。但是，刚进入5月，中东铁路的边境车站便遭遇红胡子两次袭击，华人响马50余人，俄国切尔克斯红胡子20多人呼啸而来。车站俄军守卫全力抵抗，但是仍不敌红胡子的攻击。红胡子得手后撤离，俄军守卫损失严重，车站守军指挥官骑兵大尉伊万诺夫身负重伤，险些丧命。

此战之后，红胡子侵扰中东铁路日甚。俄驻哈尔滨领事柳巴致函大使波格季洛夫，强烈要求采取严厉措施，在铁路沿线修筑隔离带，将有犯罪前科的哥萨克统统驱逐。1907年春季，俄国警卫部队在哈尔滨围剿红胡子。在郊区与一队俄罗斯红胡子遭遇，其首领竟是一位俄罗斯美女。进入冬季之后，俄军叛变投靠红胡子之风愈烈，11月，后阿穆尔区警卫局下属铁道营第15连列兵伊帕林等2人，携15支步枪投诚红胡子，走在半途，被中国军队捕获。自1905之后，南满铁路隔离带交由日军把守。时隔不久，这个地区便成日本人罪犯的乐园。日本人小日向白朗和野中进一郎，还在满洲亲率红胡子主力东拼西打，干尽土匪勾当，所以，他俩在满洲有日本马贼王之称。他们还与日军正规部队的情报机关合作，在朴资茅斯条约规定的日控区为日本国效力。

红胡子活动最大的特点，就是成群结队绝不单打独斗。故人称其为最具“狼性”的攻击团队。因此，群体活动才是红胡子的显著特征，而非传说中的红色胡须和面具。他们出动时少则三五人，多则数百甚至上千人不等，其战略是以优势兵力，最大限度震慑和消灭对手，更多和有效地攫取利益。他们在游击战中得出经验，30—50人的队伍是最便于机动的人数。这点在抢劫行动中屡试不爽，成为后来他们推广的战术之一。

红胡子内部表面称兄道弟，实则等级森严。红胡子的最高官职为首领，由红胡子里的特权阶层，或者精神领袖身边比较忠心的人选出。首领是红胡子最高领导。首领发话，至高无上，违者问斩。一位首领的优势甚至可以统帅数支红胡子部队。首领之下是副首领，一旦首领患病、发生意外或死亡，副首领便接过首领权位。再往下是军官，如前锋队长，后卫队长，总务长，军需长和文书等，之后便是普通兵士。新兵入伍须经可靠之人推荐。入伍后必须通过试用期考核，所谓考核就是派新兵参与老兵的行动，在战斗中看表现，未经战斗检验的新兵不能当红胡子。新兵在试用期内，不得持有武器。20 世纪后半叶，满洲红胡子几支联合作战的大股部队，都具有极为森严的“规矩”，奖惩制度亦严明。他们很清楚，只有这样方可在满洲生存下去。

满洲红胡子的另一大特点，即是彼此之间，靠讲黑话确认身份。所谓黑话，就是建立在隐喻和满洲地方土语基础上的暗语。红胡子只有掌握了黑话才能与同道沟通，特别是初识的红胡子。红胡子分为定居族和游走族两类。定居族，一般居住在人迹罕至的深山老林，自给自足，不扰四邻，除了有限地跟居民征税和讨些生活费，就是索要一些给养。但是他们只要觉得有利可图，即会攻击目标。一般以工厂和当铺为主攻目标。游走族一般来无影去无踪，武器装备精良，机动迅速而隐秘。他们“打猎”的时间一般为冬季，打劫的对象主是运输商队。再有，游走族冬季骑马穿越结冰之河，到对岸打劫越货，活动空间较为开阔。

上面提到，红胡子注重武器，游走族更是爱枪如命。红胡子喜欢清军开小差的士兵，因为清军开小差的士兵随身携带进口好枪。开小差的士兵不一定留用，可好枪一般都归了红胡子。红胡子可以自造冷兵器和简陋火器（发射有烟火药），但是世界新款武器和弹药他们就搞不到了。除了靠逃兵送，就是抢，要么偷。商家也看到生财机遇，1880 年，海参崴商人就从美国旧金山贩来枪支，再卖给红胡子。1906 年，哈尔滨的一位法国商人被捕，罪名是向红胡子兜售左轮手枪。第一次世界大战期间，满洲的德国公司也曾为红胡子提供武器。一枝俄国莫辛步枪的价格 50—200 卢布不等；一把左轮手枪的价格约 40—70 卢布。子弹的价格 25 戈比至 1 卢布不等。1917 年，中朝边界的红胡子主要装备的都是俄式莫辛步枪，其中相当一部分购自日本人之手，都是日本人在满洲战场缴获的俄国战利品，价格是 100 卢布。乌苏里江流域的红胡子，在日俄战争之后，还搞到了俄军火炮。但不是花钱买的，而是用不损害中东铁路沿线日军利益为条件换来的。

红胡子抢夺武器之事也时有发生。1902 年 9 月，红胡子游走族突袭中东铁路 1071 公里处小站。他们乔装铁路工人，闯进警卫哨所，用短刀和左轮手枪，重伤一名俄军，杀死四名。抢走了他们的枪支。红胡子游走族除了使用近战武器外，还青睐远程步枪，因为他们经常在野外作战，距离目标较远。1904—1905 年，日俄战争在满洲爆发，也使得红胡子的武器发生了革命性突破。他们一方面从战场上收集军队遗弃的武器弹药，一方面趁俄军退却之际，抢劫多家俄军军火库。据史料记载，红胡子通过各种途径，不仅得到了枪支弹药，还雇佣最好的教练训练部队。使其战斗素质日臻完美。那时，一位红胡子游走族外出野战，身体负荷最大可达 16 公斤。枪支完美，弹药充足，还配有短刀匕首，口粮及水。红胡子极为重视情报，密探眼线发达，侦察系统健全。

红胡子的交通和作战工具主要为马匹。他们惯用隐秘伏击和迂回机动，战术上不仅出其不意地行动，而且善于在复杂境遇中脱身。阵地筑垒，多为建在开阔地四周的土坡和地营子。红胡子主要打游击战，因此他们懂得依靠当地百姓，也懂得如何在需要的时候要挟百姓，利用人们的贪婪欲望以及讲义气的特质，使之成为他们危险时刻的挡箭牌和牺牲品。可见，红胡子的战斗力在 20 世纪初已不得小视。1917 年，俄国南乌苏里边防军政委斯米尔诺夫承认，红胡子在与俄军和日军的作战中，已经学会掌握现代军事知识，像构筑工事、展开和撤离散兵线等。

1910—1920 年期间，红胡子规模不断扩大。一是若干支规模庞大的红胡子汇合，二是不少兵痞加入关东响马。最后连红胡子的枪械、着装和附属设备也逐渐制式化，向准军事部队看齐。

19 世纪与 20 世纪之交，满洲红胡子势利一度扩张至俄国境内，他们在黑龙江和乌苏里江北岸留下足迹。日俄战争前后，海参崴及其周边地区便有满洲的红胡子出没。《彼得堡报》说，当地的红胡子人数在700—800人左右。他们一旦被当地人捕获，即会送交到俄国军事法庭处以绞刑。1906年10月3日，海参崴监狱的院子里绞死了2名红胡子。他们是第一批被俄罗斯人处死的满洲红胡子，罪名是“武装抢劫”。之后还有2名红胡子因为杀人越货被处死。俄国人说，被处极刑的红胡子，面对死亡毫无惧怕，一副不在乎的样子。

那时，海参崴的红胡子确实猖獗。他们的营生主要是绑票和敲诈。不仅绑架华人，也敲诈俄罗斯人。1909年，红胡子多在海参崴的郊外“干活”，那年9月的一天，红胡子跟踪了私立尼古拉耶夫学校的2名俄罗斯小学生，年龄在11岁左右，那天下午孩子们走出校门，沿着街道朝不远处的商亭走去，想买几册作业本。他们路过一处院门的时候，突然窜出两个人，抓住他们的手拧到背后，捂着嘴拖进房子捆绑起来。两名俄罗斯小学生还算走运，后来他们的父母交了赎金，一周以后他们获释。他们除了胳膊和腿上留下一些绳子捆绑的痕迹之外，基本上没有受别的罪。

此前的1906年，海参崴也发生过一起绑架中国孩子的案件。后经侦破也是红胡子所为。被绑架的男孩名叫张小楼，是年八岁。红胡子作案后向其父母索要巨额赎金，父母与红胡子周旋十余天，最终报警。警察局长库兹涅佐夫亲率几十名俄警，以送钱为诱饵，诱使红胡子上钩，在采石场附近的小树林里全歼红胡子小队，活捉了海参崴著名的红胡子头目，25岁的马五。可怜张小楼三天未进食已奄奄一息。不过，俄罗斯警方亦非常胜之军，1907年，俄罗斯商人别洛夫的小儿子被红胡子掳走，别洛夫报了警，警察局也无奈，只能与红胡子谈判。最终双方同意以4500卢布成交放人。

富豪是红胡子的主要猎取目标。俄商斯彼林斯基做木材生意，拥有南满铁路的一段支线，长约百十余公里。作为进货铁路专线业主，他在海参崴可谓腰缠万贯。不久他就被红胡子盯上，原只向他讨些小钱，斯彼林斯基也就满足了他们。熟料，竟有一日，红胡子突然包围了他铁路支线上的小站苇沙河，数十名红胡子举着枪冲进机房，先是对空放枪，之后绑架了工程师，还将他劫持到数公里外的山里藏匿。当地警察接警后，立即向后阿穆尔边防警卫局局长齐恰戈夫中将以及当地政府报告，官方遂与红胡子谈判，一番讨价还价，红胡子索要50万卢布，斯彼林斯基说最多只给10万，最终结局不详，工程师最后也不知所踪。

《阿穆尔边疆报》说，俄境内的红胡子可谓胆大包天。1908年9月，他们竟在大白天袭击了上阿穆尔公司的黄金运输押镖队。俄国《远东报》记载，1908年6月的一个傍晚，50多个逃跑苦役犯组成红胡子小队（其中有六名格鲁吉亚人），袭击了一个俄罗斯村庄。该村也是铁路枢纽，当时，值班员听到林中传来异响，他正想放狗出去查看，林中猛地窜出一人举枪便射，值班员应声倒地。值班员同伴闻声跑来，红胡子策马窜出树林包围了值班室，举枪朝着屋里齐射。里面睡觉的值班员两个女儿，都被红胡子的枪弹射穿了身体不治而亡。《莫斯科之声》报道，1908年9月，150多红胡子包围了恰辛纳村（火车会让站），威逼村民交出500普特面粉和衣服鞋帽。村民拿不出来，气急败坏的红胡子便挨家挨户搜出40匹马，拉倒田野里全部枪杀。他们还把村民押到村外，将他们的衣服剥下塞进包袱，消失在茫茫夜色中。

随后几年，俄军与红胡子之战拉开序幕。从1912年开始，俄罗斯著名学者、作家、俄军上尉阿尔先涅夫（1872—1930），多次率领俄武装探险队，前往双城子地区的深山老林开展军事探险。其中一项重要任务，即是打击泰加森林的红胡子。阿尔先涅夫1912年2月6日上书俄阿穆尔总督贡达季（1860—1946），详细陈述了红胡子在俄境内的人员成分，武器装备，活动特点和部队分布以及如何配置部队实施剿灭的计划。很快他的报告得到了贡达季的批复。

阿尔先涅夫提出，为了围剿红胡子，需要做好战前侦察和情报工作，挑选异族人作为探子，深入林间收集情报。之后，阿尔先涅夫根据红胡子的特性，组成15—20人的围剿小分队。人员选用方面也很讲究，有当地警察、护林员和中文翻译等。他制定了“轻装前进，谨慎追踪，隐蔽行动和迅速出击”的作战方案。他还提出，在追击红胡子过程中，不用骑兵，以免暴露。他挑选了强健的骡马，驮运辎重。剿匪行动总预算，高达4695卢布，阿穆尔总督不仅批准了方案，还号召和动员广泛的社会力量，支持阿尔先涅夫进剿红胡子。

1912年4月22日，阿尔先涅夫的围剿分队兵分两路，从克列莫沃村出发，但是直到5月中旬，也未见到红胡子踪影。只抓到了800多中国劳工，因为他们身份不明，有非法越境务工之嫌。阿尔先涅夫在长达10个月的围剿中，并未与红胡子实际交火，但他却搜集到有关红胡子的很多重要情报，并从军事的角度，对双城子北部和中央地区的人口分布，气候，地理，动植物和水文资源等进行了详细考察，为沙俄进一步蚕食中国领土做了极为详尽的科学准备。沙俄数十年来处心积虑，动用骁勇之军哥萨克，试图剿灭红胡子大患，但最终成效甚微。直到苏联时代，俄境内的红胡子才在红军打击下逐渐销声匿迹。进入20世纪50年代，中国东北的红胡子也在解放军的围剿中灭绝。

俄国华工：他们曾为苏维埃而战

1915—1916 年间，第一次世界大战烽烟四起，鏖战犹酣。绝大多数俄国男人应征入伍，开赴前线作战，家中劳力奇缺。这时，恰有数千华人移民涌入俄国谋生。俄罗斯历史学家说，那时，俄国政府雇佣华人承揽彼得格勒（今圣彼得堡）至穆尔曼斯克铁路，穆尔曼斯克海港码头等重要工程。一些华人被俄国政府征往德国前线挖战壕送弹药，也有一些华人在特维尔州铁路局和铅锌厂打黑工。而中方史学家则认为，“第一次世界大战爆发后，段祺瑞政府于 1917 年初宣布参加英法等协约国作战，并派出相当可观的一支部队到东线参战，同时还派出数十万劳工到俄国。这些部队和劳工实际上没有投入战斗，而是替俄国军队挖战壕，或在后方工厂做工。”（刘作奎，《中国军团保卫十月革命》，见《环球时报》2002 年 9 月 2 日第十九版）

1917 年十月革命爆发，俄国走向全面危机。华工失业没了经济来源，他们饥寒交迫四处流浪。1918 年俄国的形势每况愈下，放下了武器的俄国士兵，也加入了流浪大军。他们或为一块面包打家劫舍，或为一口伏特加酒变卖财物。而此时德军在前线仍在不停地进攻。但在俄国，内战的烽火竟悄悄燃起来，红军与白军的战斗不断升级，最终全国都卷入了内战。

红军组织了国际志愿军军团，他们主要由华人、拉脱维亚人、芬兰人、奥地利人组成。这些人都是无产者，他们懂俄语的人不多，身无分文，没有职业，有些甚至无家可归。国际志愿者报名参加红军，扛枪打仗，主要是为了解决温饱。俄国十月革命让流浪俄国的华人有了生存希望。他们一参军就有了饭碗，也不用流浪了。没准还能挣上一笔路费尽快返回中国老家。20世纪初，一位华人外交官在回忆录中写道：驻俄领事馆的中国官员接见了一批华人志愿军，他们见到外交官嚎啕大哭，边哭边说他们想念亲人，想回家。他们告诉外交官说，在俄国很难找到工作，没有机会挣钱，所以才去当兵打仗挣点路费回国。

布尔什维克高层也就觉得华人军团有利用价值。比如说，那时华人士兵在当地多无家室，光棍一人，无牵无绊，便于调遣。更重要的是，华人士兵落入白军之手没有投降做俘虏的，华人在紧要关头宁为玉碎，这点深得红军将领欣赏。另外，华人与俄国人宗教信仰不同，借用俄国人的话说，他们都是无神论者。于是，苏俄红军的行刑队和“契卡”（国家安全部门）很喜欢用华人士兵做行刑队队员和警卫队队员。红军领导看上了中国兵腿脚灵活和身手不凡。

20世纪初，旅俄华人之所以接近布尔什维克，主要原因有两个，其一，白俄贵族歧视华工，嫌弃他们是外来民族，素质差，文盲多；其二，苏俄红军贫苦出身较多，与华人志愿兵基本上同属一个社会阶层。在华人面临生活窘境的时候，布尔什维克军队雇佣华工，发给他们军饷和粮食，客观上改善了他们在异国他乡生活窘迫的状况。少数有文化的华人，还被红军任命为华人军团指挥官。

刘作奎在《“中国军团”保卫十月革命》一书中提到，1918年7月底，苏俄红军说服中国新疆的张福荣（音译）率领1800多中国人参加苏俄红军。他们在车里亚宾斯克和鄂木斯克之间的特罗伊茨克与白军激战。1918年10月12日，俄共（布）中央代表还把列宁颁发的奖旗授予张福荣。

1919年，白军将领高尔察克也组织了一个捷克国际志愿军团，他还率领这个军团，在西伯利亚和红军打过几次大仗，收复了被红军占领的城池。列宁闻讯，遂下令红军一方面军的国际军团开赴战场与捷克志愿军团一决雌雄。当时该军团就有不少华人士兵。他们浴血奋战，旗开得胜。当时该军团的首领是美国记者维尔亚姆斯，由于领军有方作战英勇，深得列宁赏识。同年3月底，他受命率部护送新成立的苏维埃政府，从彼得格勒迁往莫斯科，成为苏维埃第一支布尔什维克党领导人的卫戍部队，此外，该军团还精选70名华人志愿兵担任列宁和布尔什维领导人的卫士。

冯晓蔚在《党史纵横》杂志上发表《牺牲在苏联卫国战争中的中国团长》一文中，讲述了苏俄红军“中国团”的故事。作者披露，1917年俄历10月25日，辽宁省铁岭农民任辅臣，在苏俄率领2000名华工加入红军，被编入第3集团军第29步兵师，命名为“中国团”，番号为225团，任辅臣任团长。1918年11月末，他率部在乌拉尔地区维亚车站与白军交战时阵亡。

1959年中国出版了由彭敏执笔的《中苏友谊史》一书，书中提及俄国十月革命的领导人托洛茨基和布哈林的卫兵是华人，也证明华人确实在20世纪初参与了十月革命之后的苏俄内战。不仅如此，俄罗斯当代历史学家费尔什金斯基和切尔尼亚夫斯基最新学术研究成果也指出，1918年，列宁发动和领导了镇压东正教教会的运动，俄罗斯东正教大牧首吉洪被捕。牧首被关押在自家的餐厅里，当时的看守警卫均为红军华人第一野战营的士兵。

华人第一野战营营长，名叫亚基尔，他后来还出了一本书，名叫《回忆国内战争》。他在书中说，他那个营有华人士兵530人，自从参加红军后，华人们觉得生活有了改善，吃穿都不错。亚基尔和他的华人士兵们冒着炮火，一路冲杀，穿越了整个乌克兰、顿河草原和沃龙涅什省。尽管华人战士死伤惨重，可他们依旧想方设法把死去的弟兄的遗骨送回中国老家。

1918年4月，来自中国奉天（沈阳）的鲍其三（音译），被任命为弗拉基高加索华人支队队长，其麾下有兵士450人。他是个孤儿。1905年日俄战争结束，被帝俄军官从满洲撤退的时候带回格鲁吉亚。他先在武备学堂读书，十月革命爆发后，他加入了布尔什维克，成了苏俄红军士兵。他在国内战争期间，率领弗拉基高加索华人支队转战北高加索和阿斯特拉罕，与白军作战屡建战功。

当地一位高加索人曾经这样回忆华人支队的战斗场面，他说，1918年8月的一天，大约300多华人支队的士兵攻入市内，他们将机关枪抬上亚历山大－涅夫斯基修道院高耸的钟楼，居高临下，四面扫射，杀死不少敌人。他们还挨家挨户搜查白军，把家里藏枪和藏白军军服的居民都抓走。最后，华人支队把他们拖到野战医院后面的玉米地里全部枪杀了。一时间，白军听到华人支队便吓得闻风丧胆，他们都称华人支队为“魔鬼辫子军”，最终红军鉴于舆论压力，对华人支队控制使用，国内战争一结束，立即便将华人支队解散了。

华人支队队长鲍其三的结局很悲惨。国内战争结束后，他在基辅联合军官学校做中文翻译，1925年11月10日，他被苏维埃安全机构——联合国家政治局逮捕，罪名是参与反革命恐怖活动。1925年4月19日，鲍其三在莫斯科被枪决。苏俄国内战争结束后，也有一批当年在战场上表现出色的华人军事领袖被处决。

1957年，苏联南部城市弗拉基高加索，在市内伊利斯通和消防大街的交汇处，建造了一座中国广场，广场中心树立了方尖碑，纪念国内战争期间牺牲的华人支队官兵。方尖碑作者是苏联建筑学家布焦米洛夫，当时正值中苏友好巅峰时期，这个纪念碑的修建和揭幕，尽染政治色彩。时隔不久，中苏交恶关系紧张，弗拉基高加索的中国广场也易名为革命广场，方尖碑也被捣毁。

2007年，俄罗斯北奥塞梯的俄国共产党，致函当地政府，希望重修中国广场和方尖碑，恢复纪念华人志愿军。

《中苏互不侵犯条约》签署记

1931年9月18日夜，日本关东军以沈阳柳条湖日本南满铁路路轨被炸为借口，嫁祸中国军队并炮轰沈阳北大营，“九一八事变”爆发。随后，日军妄图用三个月占领全中国。9月24日，苏联外交人民委员利特维诺夫代表斯大林发表声明，表达了“对中国充分的道义、精神和情感上的同情，并且愿意为其提供所有必要的帮助。”尽管当时中苏之间并无外交关系。

中苏外交之事还要追溯到1927年11月17日凌晨，国民政府和中国国民党内部派系代表张发奎、黄琪翔等人在广州发动政变，改组国民党广东省党部，国民政府认为此事为苏联一手操纵。12月14日南京国民政府发布了对苏联的断绝邦交令。

“九一八事变”后，国民政府迫于国际形势，特别是抗日的压力，有意恢复中苏外交关系。于是，1932年12月12日，中苏两国恢复了外交关系。斯大林说，这是苏联对中国人民抗战最大的支持和最现实的道义援助，也是对日本外交最沉重的打击。斯大林认为，1932年日本在中国东北扶持成立傀儡政权满洲国，疯狂掠夺中国资源和工业，最终目的是要发动对苏联的战争。

1937年7月7日卢沟桥事变爆发。日军有预谋地大举进攻北平。同时，驻扎在东北与朝鲜的日军进攻河北，中国抗战全面展开。17日，国民政府驻苏大使蒋廷黼，面见苏联外交人民委员利特维诺夫说：“日本发动侵华战争，不仅破坏东亚和平，而且严重威胁世界秩序。”利特维诺夫对蒋廷黼说这番话早有准备，他趁机提出签署《中苏互不侵犯条约》的建议，蒋廷黼始料未及。原本蒋廷黼之所以说那番话，是因为蒋介石让他探究苏方是否愿意与国民政府签署一个“互助条约”，目的是从苏联获得武器装备和经济支持。而斯大林那时最需要的，恰是与国民政府签署“互不侵犯条约”。斯大林的如意算盘是，第一，当时苏联是世界唯一的社会主义国家，日本随时会加入帝国主义武装干涉苏联，因此，与国民政府签署《中苏互不侵犯条约》，可以利用中国遏制日本，保障苏联远东地区的安全。第二，卢沟桥事变之前，苏美曾磋商建立环太平洋共同防御体系。美国总统罗斯福在召见苏联驻美大使特罗扬诺夫斯基时说：“防御体系是以英美为主导，日本重点参与的国际合作计划，苏联可参与，但仅限海军。”苏联听罢深感屈辱。斯大林遂希望支持中国抗日，遏制日本，使苏联影响力在英美环太平洋防御体系中得以增加。签署《中苏互不侵犯条约》，苏联便可自诩为维护太平地区世界和平之典范，增加其在环太平洋共同防御体系中的份量。第三，苏联与中国签署《中苏互不侵犯条约》，还有经济利益上的考虑。1931 年，日本发动“九一八事变”后，使苏联丧失了“中东铁路”的控制权。1935 年 3 月，苏联被迫将中苏共同经营的中东铁路北段（北满铁路），以 140000 万日元的低价卖给了日本，苏联损失巨大。因此斯大林力主签订《中苏互不侵犯条约》，体现了苏联意欲夺回在华所失去的经济利益之意图。

利特维诺夫对蒋廷黼说，签约具有两个重要意义，第一，它有助于提升中国抗日战争的国际地位；第二，它将促进中苏关系的进一步发展。当然，苏联亦可更直接地从政治上和道义上支持中国抗战，满足国民政府要求苏联提供军援的请求。就这样，1937 年 8 月 21 日，中华国民政府外交部部长王宠惠与苏联驻华大使博格莫洛夫在南京签订了《中苏互不侵犯条约》，它是自 1937 年 7 月 7 日，全国抗战全面爆发以来，国民政府与外国所签署的第一份国际法律文件。

当然，《中苏互不侵犯条约》的签署也促成苏联为国民政府提供军援。“截至 1941 年 6 月苏德战争爆发时止，中国利用苏联信用借款所购买的飞机及主要军火物资为：各类飞机 904 架，其中轻重轰炸机 318 架，坦克 82 辆，汽车 1526 辆，牵引车 24 辆，各类大炮 1190 门，轻重机关枪 9720 挺，步枪 5 万枝，步枪子弹 16700 多万发，机枪子弹 1700 多万发，炸弹 31100 颗，炮弹 187 万多发，以及飞机发动机及全套备用零件，汽油等军火物资。（汪金国《反法西斯战争时期的中国与世界研究》，武汉大学出版社，2010 年 1 月，第 8 卷，战时苏联对华政策）。《中苏互不侵犯条约》签订之后，苏联政府于 1937 年 11 月派遣空军志愿队来华作战。截至 1941 年 6 月苏联卫国战争爆发前，先后来华的苏联志愿人员达 2000 名，其中约 200 名志愿人员在中国战场牺牲（人民网《历史上的今天》）。

世界洪水 艾瓦佐夫斯基 作（1864 年）

抗战初期的苏联军援（外一篇）

抗战爆发后，中国受到日本封锁。没有一条与欧洲相连的陆路运输线，国际援助进入中国有困难。1937 年，国民政府请求苏联帮助。苏联遂决定从哈萨克斯坦阿拉木图州的萨雷奥兹科村，修建一条通往中国的汽车公路，这就是后来著名的萨雷奥兹科—乌鲁木齐—兰州国际公路。公路全长 2925 公里，苏联就是从这条公路源源不断地给中国的抗日战场输送军援。国际战略公路尚未完全竣工，苏联第一批援华战略物资运输，便于 1937 年 10 月 17 日发送运输。这个项目由苏军阿拉木图运输指挥部全权负责，首批运输于 11 月 20 日结束。同时，国际战略公路也在不断完善，如扩建隘口和加固桥梁，至 11 月中下旬全部竣工。

俄罗斯当代史学家艾拉别托夫在其史学著作《中日战争之初，苏联对中国的援助》一文（见俄罗斯 REGUNUM 新闻网）指出，苏联还通过海上运输将援华物资送往中国。其中包括火炮、飞机、装甲车、榴弹炮、重机枪和大量弹药。根据俄罗斯军事爱国主义历史杂志《时代论据》2010 年第一期刊登的历史学家梅列什科所撰写的《20 世纪 30—50 年代苏联给予中国的援助》一文，1937 至 1939 年，苏联通过敖德萨港运往中国的武器弹药总重量为 60000 吨。但是，由于日军对中国东南沿海港口的封锁，海运时常受阻。所以，萨雷奥兹科—乌鲁木齐—兰州国际公路便成为苏联军援进入中国主要的通道。1938 年，民国政府为了更有效地接受苏联军援，又请求苏联把战略公路延伸至中国西北的陕西咸阳。使得这条著名的国际公路总长增至3750公里，成为中国抗战时期，大西北最深远的国际军援路线。

1938年3月1日，中苏签署了第一个贷款协议。贷款总额为5000万美元，年息3%，5年内偿还。双方在签署贷款协议的同时，还签署了3个向中方提供军火的合同。第一个合同的执行日期为1938年3月5日，至6月10日结束，合同总额为270570美元。第二个合同，从1938年3月15日至6月20日执行，国民政府得到了苏联价值为7447055美元的军火。第三个合同的额度最高，所供军火价值为8789166美元，执行期为1938年3月25日至6月27日。此外，1938年7月1日，国民政府又与苏联政府签署了第二个贷款协议，贷款额依旧为5000万美元。随后，苏联外贸人民委员米高扬（1938—1946）与中国政府签署了2个合同。从1938年7月5日至1939年9月1日，苏联为中国提交了320架飞机及其配件，2420挺重机枪，200挺轻机枪以及510多万发子弹。

时历史学家梅列什科还在著作中提及任国民政府行政院长、财政部长和中央银行总裁的孔祥熙，于1939年3月1日，致函苏联人民委员会主席莫洛托夫（1890—1986），感谢中国全面抗战以来，苏联给与中国提供1亿美元的有偿贷款用以购买军火，这对中国不啻为最珍贵的援助。此后，6月3日，中苏又签署了第三个贷款协议，贷款额为1.5亿美元。苏联根据相关合同，于1939年6月20日，向国民政府提供了价值1460万美元的物资和军火。随后又执行了3个合同，国民政府又从苏联得到了300架飞机，350辆载重汽车和拖拉机，250门火炮和1300挺重机枪等军用物资。就是说，从1937年抗战全面爆发至1939年9月，中国政府从苏联共得到飞机985架，坦克82辆，火炮1300门，重机枪14000挺。此前的6月16日，中苏政府还签订了双边贸易协定，为落实战时双边工农业产品的进出口奠定了基础，保证了中国东南沿海在遭日本围困时期，继续发展与苏联的经济联系。1939 年底，中国通过贷款的形式，获得苏联价值 2.5 亿美元的军事技术装备。至 1941 年，苏联提交给中国的作战飞机达 1235 架，不同口径的火炮 16000 门，汽车和拖拉机 1850 辆。

那时，中国军队不仅技术装备落后，且管理混乱。军队文化水平低下，不少军官不懂战略战术，后勤供应失调，纪律松懈，军心不定，严重影响了部队的战斗力和执行战斗任务的能力。军中高级指挥员的教育背景和程度差异很大。有人受的是本土教育，有人从海外学成归来，他们不仅价值观不统一，且指挥作战的经验、意识和主导思想均有不同。国民政府深知，这样的军队难以应对装备精良和训练有素的日军，于是求助于苏联对华派遣军事顾问和教练，前来训导部队。随着国民政府引进苏式武器装备的数量不断增加，苏联顾问、教练和技术人员，几乎到了必不可少的地步。1937 年底，苏联第一个军事顾问团——空军志愿军抵达中国。之后，随着中苏西北运输线不断拓展，苏联的司机、道路工程人员、航空技师、火炮和坦克教练也应邀进入中国军中，与中国将士一同参加抗战。

沙皇国师之死

拉斯普京（1869—1916）是俄罗斯近代最神秘和最奇特的人物之一。俄罗斯末代沙皇尼古拉二世全家都喜欢他，但俄罗斯贵族和知识界厌恶他。在俄罗斯，无论史家还是百姓，说起拉斯普京都颇有争议。争议的焦点，就是他到底是圣者和天才，还是恶棍与骗子。拉斯普京生前死后，留下说不清的野史传说和流言蜚语，这些如影相随地围绕着他那不散的灵魂，挥之不去。

拉斯普京的最初姓氏为诺威赫。1869 年 1 月 21 日，他出生于沙皇俄国坦波夫省伯克罗夫斯科村的农家，后全家迁至西伯利亚。他跟同村穷苦农民一样，很早就开始帮助父亲放牧、赶车、捕鱼和收割庄稼。可以说，家中的农活拉斯普京样样精通。那时村里没有学校，拉斯普京没读过书。他十九岁娶了村姑普拉科菲，生了三个孩子。1890 年，拉斯普京突然皈依东正教，还戒了烟酒。后来，他为养活自己便开始像个托钵修士一般云游四方，什么苦活累活都干过。

拉斯普京在流浪期间造访过不少东正教修道院。甚至还朝拜过世界最著名的东正教圣地——希腊阿丰山寺院，两次朝拜过耶路撒冷。他还在教会学校里念过书，不过读写能力并未提高，写的东西不是错误满篇，就是前言不搭后语。拉斯普京虽不善舞文弄墨，但却练就了一些治病救人的技巧。他有一回在乌拉尔修道院治好了一位癫狂症女人，当时那个女人已经精神崩溃，奄奄一息了。拉斯普京还曾治好了沙皇尼古拉二世叔父尼古拉大公的狗和沙皇皇储的血友病。这些故事迅速提升了拉斯普京的知名度，他被说成了“神医”。

20世纪初，拉斯普京有了“长老”的尊称。不过，人们这么称呼他并非因为他岁数大了，而是说他精神修养更加深了。1905年，拉斯普京来到俄国首都彼得格勒。那时有不少人私下来找拉斯普京倾诉心灵的苦恼，希望他能施展魔术解除心头烦恼。前来拜访的人们不仅喜欢听他布道，更喜欢他那双洞察秋毫的蓝眼睛。来访者觉得，拉斯普京的蓝眼睛足以洞悉人们心底的秘密，更有女性对这双蓝眼睛充满迷恋。

话说彼得格勒有一位费欧凡主教，他对拉斯普京兴趣盎然。他觉得拉斯普京已经进入了信仰最佳境界。简直成了个如痴醉的癫僧，他的神魂附和着虔诚与热烈的祈祷，盘桓于金色的穹顶和十字架之上。费欧凡主教说，拉斯普京这样虔诚的人，即使在俄国名僧群里也是凤毛麟角。费欧凡主教和拉斯普京交上了朋友。1908年，费欧凡主教将拉斯普京引荐给皇后亚历山德拉·费德罗夫娜，当时参加会面的，还有科洛夫佐夫伯爵，他在日记中记录了拉斯普京与皇后的一番非同寻常的讲话，“拉斯普京说：皇上与皇后的日子并不好过，他们从来都不知道国家真相，因为他们周边充满了献媚的小人和自私的骗子，这些小人从来也不会为百姓着想。皇上与皇后必须亲近百姓，经常与其交流和相信他们，因为百姓不会欺骗在他们心中等同于上帝的皇上，他们永远希望向他诉说实情。而那些部长和官员大多对百姓的疾苦不闻不问。”拉斯普京的这番话给皇后留下了极其深刻的印象。

就这样，拉斯普京成了沙皇尼古拉二世家的座上宾，沙皇全家称他为“朋友”。拉斯普京在与尼古拉二世全家交往时，也不忘展示他的治病神功。他常给皇家成员治病，医愈了皇储阿列克谢的血友病。此事令皇上与皇后对拉斯普京刮目相看，也拉近了他们之间的关系。此后，拉斯普京在宫中公开称皇上为父，称皇后为母，而皇上与皇后也直呼他的名字“格里高利”，这在俄国历史上绝无先例。可见拉斯普京与俄国皇室的关系非同寻常。皇家贴身女侍卫官维鲁鲍娃在日记中说：“拉斯普京给皇上与皇后讲述了他云游四方时，亲眼看到和亲耳听到的西伯利亚农民生活以及他们的诉求，皇上与皇后都听得津津有味。拉斯普京每次谈话结束起身离开以后，皇上与皇后都很开心，心中充满快乐与希望。”

十余年过去了，拉斯普京成了俄国皇室最亲密的人之一。皇上与皇后对他非常信任，沙皇尼古拉二世就连任命重臣都要与拉斯普京事先通气，尽管任命最终还是皇上拍板。但拉斯普京的意见在皇上决策时也是一家之言。朝廷官宦和达官显贵知道拉斯普京与皇上关系甚笃，他们就千方百计地巴结和讨好拉斯普京。总而言之，拉斯普京那时俨然就是沙皇贴身管家。凡宫中之事，他几乎都要过问。但久而久之，皇家就对拉斯普京产生了厌倦。沙皇尼古拉二世一方面遣人搜集拉斯普京的黑材料，以便必要时整肃他。另一方面，逐渐冷淡他，限制拉斯普京的入宫次数，也不听他的建议了。

1915—1916年期间，沙皇尼古拉二世除了一些官员任免问题还与拉斯普京商议外，从不与他商讨其他问题。比如拉斯普京千方百计地说服尼古拉二世暂缓授权国家杜马任命部长，尼古拉二世尽管嘴上表示赞成，但最后还是没听他的意见。后来尼古拉二世连请拉斯普京进宫做例行祈祷也不那么热心了。那时，皇宫内外盛传拉斯普京利用与皇后的私交，收受贿赂，推荐官员，最后遭人举报。临时政府成立特别委员会对此事着手调查，但最终查无实据，不了了之。

临时政府成立特别委员会检察官鲁德涅夫说，特别委员会检查了临时政府内务大臣普罗托波波夫的文件，发现了数封拉斯普京的亲笔信，他请求普罗托波波夫关照他朋友的利益。但特别委员会并不认为普罗托波波夫因此就构成犯罪，此事依旧不了了之。

人们仍像往常一样去膜拜拉斯普京，让他为生活祈福，或者请他解决心中的苦恼。那些远住外省，甚至国外的膜拜者，还时常发来信函和电报向拉斯普京求助。膜拜过拉斯普京的人回忆录说，他是一位与众不同的长老。他善解人意的笑脸和蔚蓝的眼睛迷倒了拜访者，他坚毅和自信的神情、出色的口才亦使人折服。此外，见过他的人都深深地感受到他发自内心的善意、敏锐的判断力及精准的直觉。拉斯普京能准确地说出初期见面的人的性格特征。他强大的心理分析能力，借助于治病天赋发挥得淋漓尽致。

话说拉斯普京的治病天赋，假如仅仅治好尼古拉大公的狗的话，还不算什么，他还治好了皇储阿列克谢的血友病和助理阿隆·希曼诺维奇儿子的“小舞蹈病”。

那时候，拉斯普京的住所挤满了全国各地的拜见者，其中有达官贵族，也有布衣百姓。拉斯普京很少拒绝帮助别人。人们除了找拉斯普京做忏悔和治病外，还来托人情、走后门，向临时政府各部门和沙皇申诉恩怨。也有人是来寻求物质帮助的。临时政府特别委员会经过调查得知，拉斯普京曾向前来拜见的人索取钱财，就是说他涉嫌利用与政府和皇家的关系满足私欲。调查结果显示，拉斯普京收钱的标准并不明码标价，而是让前来拜见的人自觉奉献，不过，拉斯普京并没有独吞钱财，他确实将一部分财物转赠了穷人。

拉斯普京身后，他的另类传说四处蔓延，说他生活狂放不羁，喜欢与令人侧目的乌合之众把酒狂欢。还说他与皇后关系暧昧，给尼古拉二世戴了“绿帽子”。那时，上流社会义愤填膺，举国上下对拉斯普京忍无可忍。那些拥护沙皇的贵族和无政府主义的知识分子都对拉斯普京怀恨在心。

拉斯普京到底有多邪恶？英国作家沃勒斯在1981年出版的《名人性

亚历山大二世在乌斯宾斯基大教堂接受哥萨克军团的祝贺 吉姆 作（1859 年）

私密》(*The Intimate Sex Lives of Famous People*)一书说，拉斯普京年轻时是村里的性感小伙，夏天喜爱在村里水塘裸泳，借此吸引了姑娘的眼球。后来，俄国将军的风流妻子库巴索娃看上了年仅 16 岁的帅小伙拉斯普京，便想方设法勾引他，拉斯普京迟疑不定，库巴索娃便找来六位女佣，七手八脚地将拉斯普京扛到卧室的床上……谁想此后，拉斯普京在这方面竟一发不可收拾。他 20 岁和当地女孩结婚，婚后也不安分守己，经常拈花惹草。他作为托钵修士云游四方时也常与女人同宿，行为与其僧人身份大为不符。

美国传记作家和史学家马西在他的传记中写道:“聚集在拉斯普京家的女人们，排着队专心致志地期待着他的出现。当拉斯普京这位因很少洗澡而浑身散发着酸臭气的男人出现的时候，他的‘女弟子们’都激动地扑将上去。有的摩挲着他邋遢的大胡子，有的抓起他那双肮脏的黑手使劲亲吻……拉斯普京逐一将她们抱起来，放到自己腿上。在她们的耳边轻声讲述着那神秘的耶稣复活的故事。之后他唱起歌来，屋子里的女人们轻声附和着他，并随着他的歌声跳起狂野的舞蹈。就在这凤舞鸾歌之际，她们先后一个个地跟他走进隔壁的屋子，爬上那张被拉斯普京赞为‘圣者的圣床’。”

1916 年 9 月 19 日，杜马黑帮议员普里什凯维奇，在全体会上发表了措辞激烈的演说怒斥拉斯普京说:“我们再也不能忍受这个阴险的庄稼汉左右俄罗斯了!”他的话受到不少代表的追捧，更有人主动约他其商讨诛杀拉斯普京的行动方案，其中包括俄国公爵尤苏波夫和德米特里 · 巴甫洛维奇伯爵等人。

话说拉斯普京很早就垂涎尤苏波夫太太伊琳娜的美貌，尤苏波夫对此早已有所察觉，他决定将计就计诱杀拉斯普京。其实，伊琳娜当时并未在彼得格勒，而是随着尤苏波夫的父母去了克里米亚。但是尤苏波夫却以夫妻的名义，邀请拉斯普京前来家中晚宴。他知道，拉斯普京定会前来赴宴，因为他急于见到伊琳娜。此刻普里什凯维奇议员和德米特立伯爵也从前线回来，于是他们商量好，以尤苏波夫夫妻的名义于 12 月 29 日晚宴请拉斯普京。

根据尤苏波夫的回忆录记载，宴请地点就在尤苏波夫家地下室。这间地下室很宽敞，中间的拱门将地下室一分为二，稍大一点的那间是餐厅，小点的那间里有一个旋转楼梯，直通到尤苏波夫家一楼的卧室，旋转楼梯有个通向院子的出口。其时尤苏波夫家地下室早就不用了，但尤苏波夫认为这里是最佳行刺地点。于是，他就尽其所能将地下室餐厅尽快收拾出来，再摆上家具和餐具，给人这里经常举行家宴的感觉。尤苏波夫他们为了不走漏风声，几人亲自动手布置现场。他们铺上漂亮的地毯和桌布，还从顶楼抬下来贵重的家具，包括带高靠背的沉重橡木椅子、进口的象牙餐具和镀金酒杯。还摆放了一只黑木制作的、镶嵌着图案和镜面的小保险箱。尤苏波夫将准备毒杀拉斯普京的毒药就藏在这只小保险箱中。虽然这只小保险箱子放在地下室里略显莫名其妙，但是因其精美而显得很有档次，所以无形中也烘托了地下餐厅的气氛。尤苏波夫在餐厅中央摆了一张桌子，他对普里什凯维奇议员和德米特立伯爵说，拉斯普京将在这张餐桌上用完他人生最后一餐。

收拾停当之后门铃响了，尤苏波夫的医生朋友拉佐维尔特到了，他是被尤苏波夫请来专业下毒的。众人在饭桌前坐定，尤苏波夫从小保险箱中取出毒药，那是几块晶体状的氰化钾。拉佐维尔特戴好橡胶手套，将晶体捻成粉末，他揭开馅饼的皮儿，将氰化钾撒进馅里，他边撒药边对众人说，他下毒的计量够毒死好几个人的。大家听罢，面面相觑，心中紧张，毕竟他们都是头一次杀人。拉佐维尔特又在拉斯普京准备饮酒用的几只高脚杯中洒了一些氰化钾粉末，他说，这回定叫拉斯普京有来无回。

拉佐维尔特下完毒后，众人又围坐在桌前喝了一会茶。尤苏波夫便叫普里什凯维奇议员和德米特立伯爵上楼，将他的留声机抱到地下室餐厅，又挑了几张欢快的舞曲唱片。

一切准备停当之后，尤苏波夫就去拉斯普京家接他来“做客”了。他先用皮毛格大衣将自己捂得严严实实，医生拉佐维尔特乔装打扮成汽车司机。他们来到拉斯普京家的院子里，尤苏波夫进了大门，沿着黑洞洞的楼梯摸索着往上走，他摸到门铃，按了几下……

尤苏波夫将拉斯普京拉到自己家，他们还没进门，就听见留声机里播放的美国歌曲和客人放肆的笑声。拉斯普京便警觉问尤苏波夫道：“你在搞家庭宴会吗？”尤苏波夫便按照事先计划好地回答说：“不，他们是我妻子的朋友，他们一会就走，我们先在地下餐厅喝点茶吧。”

拉斯普京在地下餐厅落座后，很感兴趣地环顾四周，竟对那只黑木制小保险箱发生了兴趣。他哪里晓得，那里面装的，正是准备夺他性命的毒药氰化钾。尤苏波夫又是沏茶，又是倒酒，但是拉斯普京一开始出于客气，既不喝茶，也不饮酒。搞得尤苏波夫心里直犯嘀咕：“莫非做的局被他识破了？”

但尤苏波夫除掉拉斯普京的决心已定，所以，想方设法地诱惑他吃喝。拉斯普京就像看穿了尤苏波夫的心思，他说：“你知道吗？有很多人嫉妒我，不喜欢我，对我恶言恶语，但我谁都不怕，谁也弄不死我。你看啊，多少次他们想杀我，都被上帝的手挡住了。哼，想杀我的人不得好死！”尤苏波夫听完这番话，觉得既恐怖又滑稽，他确实担心对拉斯普京下手会遭报应。

拉斯普京在尤苏波夫家地下室里喋喋不休的时候，尤苏波夫却在心中祈祷，希望拉斯普京尽快吃掉已经撒了氰化钾的馅饼，或者用下了毒的高脚杯喝点红酒，以便早点上西天。

拉斯普京讲话多了有点儿渴，就让尤苏波夫给他倒了一杯茶。俄罗斯人饮茶时要吃甜食，于是，尤苏波夫便顺手将撒过氰化钾的馅饼朝拉斯普京面前推了推。拉斯普京开始时拒绝，他说:“不吃不吃，馅饼太甜了!”但他最后还是经不住甜品的诱惑，一块接一块地吃了起来。尤苏波夫按捺不住恐惧，睁大眼睛看着他，等着拉斯普京嚼着馅饼就轰然倒地，因为拉佐维尔特医生说，他下毒的剂量足够毒死好几个人。但奇怪的是，拉斯普京并未中毒而死，他一边津津有味地吃着，一边慢条斯理地喝着茶，还跟尤苏波夫聊天。

拉斯普京吃了氰化钾不死，尤苏波夫心急如焚，惊恐不安。他又给他用撒过氰化钾的高脚杯倒了一杯葡萄酒:“您尝尝我家乡的葡萄酒吧!”拉斯普京开始又是拒绝，但尤苏波夫仍给拉斯普京满满地斟上了一杯。拉斯普京沉吟片刻，端起酒杯，一饮而尽：依旧啥事也没有发生。尤苏波夫赶忙又给他斟满一杯，然后故作深思状，踱步走到拉斯普京身后，希望看到他中毒身亡的样子，但是他又失望了。拉斯普京不仅没中毒，脸上连难受的表情都没有，他稳坐高靠背椅，一口又一口地抿着葡萄酒，偶尔抬手捏捏喉咙。尤苏波夫以为他是药性发作，便赶紧俯身问道:“您怎么了?”拉斯普京摆摆手说:“哦，没啥，嗓子有点儿痒。”说罢，他竟站起身来，端着酒杯在屋子里踱着步，欣赏起餐厅里的餐具和陈设来。

氰化钾对拉斯普京无济于事，尤苏波夫彻底绝望了，他不知道下一步怎么办，于是，他只得将自己杯中斟满，坐在桌前喝闷酒。

拉斯普京喝着喝着，突然脸部抽搐起来，他死死地盯着尤苏波夫，眼神里射出凶残之光，充满了恶毒与仇恨。尤苏波夫吓坏了，想扑过去掐死他。

“给我点儿茶水……我嗓子发干,”拉斯普京突然声音衰弱地说。之后，拉斯普京看见了墙上悬挂的吉他，就叫尤苏波夫给他弹琴唱歌，尤苏波夫勉强唱了两首，但他根本无心演唱，于是，他就撂下吉他，顺着旋转楼梯去上面搬救兵。

话说尤苏波夫往楼上跑，普里什凯维奇议员、德米特立伯爵和苏霍金中尉恰好手持左轮手枪从楼上跑下来，他们急切地问："怎么样，他死了吗？"

尤苏波夫耸耸肩膀说："毒药不管用！"

他们说："怎么会呢，计量够大啊。他喝了吗？"

尤苏波夫："喝了……"

于是，他们几个就坐在楼梯上想办法。开始他们想一起下楼，扑过去，掐死拉斯普京。但尤苏波夫担心众人一起上手会碍事，他决定还是自己动手。他拿过德米特立伯爵的左轮手枪走下楼。拉斯普京那时还坐在原位，垂着脑袋，喘粗气。

尤苏波夫就走去过问他："您不舒服吗？"

拉斯普京说："是啊，头重脚轻，胃里难受，再给我杯酒压一压。"

尤苏波夫觉得关键时刻到了，他迅速举起左轮手枪，瞄准拉斯普京的心脏扣动了扳机，只听"砰"的一声，拉斯普京胸部中弹，他长嚎一声仰面倒在地上铺的一张熊皮上。尤苏波夫拎着枪俯身查看，拉斯普京的丝绸上衣胸部已被鲜血染红。他面孔抽搐，两眼圆睁，双手握拳，过了一会儿便一动不动了。

尤苏波夫见状，赶忙叫来普里什凯维奇议员、德米特立伯爵、苏霍金中尉和拉佐维尔特医生。拉佐维尔特确认拉斯普京已经死亡。普里什凯维奇议员、德米特立伯爵便用地毯将拉斯普京裹起来，接着，他们关了地下餐厅的灯，锁上门，顺着楼梯往上走返回一层卧室。尤苏波夫走了一半，忽觉不妥，担心拉斯普京不死。于是，他折返地下餐厅。开门开灯，打开拉斯普京裹着的毯子，抱起他来又摇又晃。但是，拉斯普京毫无活着的迹象，脑袋也耷拉到一边儿，尤苏波夫这才放心。他站起身来，正准备离去，突然他看见拉斯普京的左眼皮颤动了一下，面孔又抽搐起来，不一会他竟然睁开了左眼，接着又睁开了右眼，双眼冒出凶光，紧盯着尤苏波夫，尤苏波夫吓得半死，僵在原地，一动不动，他想转身逃跑，可是双腿不听使唤。

让尤苏波夫魂飞胆战的事情还在后面，就在尤苏波夫僵在原地的当口，拉斯普京突然一个鲤鱼打挺站了起来，嘴角冒着白沫，颤抖的双手在空气中乱划。接着。他猛地扑向尤苏波夫，一手掐着他的喉咙，另一只手抓着他的肩膀，嘴里撕心裂肺地喊着尤苏波夫的名字。尤苏波夫费了九牛二虎之力才挣脱出来，拉斯普京喘着粗气，接着，他便仰面朝天地倒了下去，手里还攥着从尤苏波夫的军服上揪下来的一条肩章。尤苏波夫怕他再醒过来，便高声求援道:“你们快来呀，他还活着!”

普里什凯维奇、德米特立和苏霍金等人听到尤苏波夫的喊声，赶忙从小楼梯上冲了下来，这时，普里什凯维奇手里也握着一把左轮手枪。众人跑下来一看，拉斯普京已经两滚带爬地跑到了地下室的秘密小门旁边，这扇小门正好通往大院。

尤苏波夫知道这扇小门是上了锁的，他觉得拉斯普京跑不掉，于是，他就站在稍远一点的高台上举枪瞄准他。谁知，发了疯似的拉斯普京竟然“嘭”的一声撞开了小门，冲到院子里，消失在黑暗中。倒是普里什凯维奇机灵，他提着枪，紧追不舍，一直追到院里。尤苏波夫听见院里“啪啪”地打了两抢，于是他也举着枪冲了出去，他担心普里什凯维奇一个人对付不了拉斯普京。尤苏波夫还担心，大院正门没有上锁，万一拉斯普京冲出大门，跑到大街上，事情就难收场了。

尤苏波夫跑到院子里，恰好看到拉斯普京正扑向普里什凯维奇，普里什凯维奇抬手就给了他两枪，拉斯普京身体摇晃了几下，便一头栽倒在雪地里。普里什凯维奇走到拉斯普京身边看了看，大概觉得这回拉斯普京应该已经命归西天，便放心地回屋去了。

但尤苏波夫对拉斯普京是否已死仍不放心，便跑院子的雪堆后面查看尸体。就在这时，尤苏波夫家的仆人慌慌张张地跑来询问何处打枪，还报了警，招来了警察。尤苏波夫一面用身体挡着拉斯普京的尸体，一面告诉警察，刚才响枪是因为有朋友醉酒发泄，并无大事。拉斯普京也是酗酒后出来透风，醉倒在雪地里的。

警察走后，尤苏波夫又去查看拉斯普京的尸体，他发现，身中数枪的拉斯普京竟然又有了生命体征——他的身体开始在微微地颤动。尤苏波夫双手抱头，心中惊呼："我的上帝，难道说他真的打不死吗?"

尤苏波夫最担心的，就是地下餐厅那一幕又在雪地上重演。想到这儿，尤苏波夫浑身乱颤，步履踉蹰地跑进屋中，喝了一杯凉水压惊。就这这时，仆人过来报告，说拉斯普京的尸体已经放置于入口的台阶上。尤苏波夫赶忙跑出来查看，他借着灯光看到拉斯普京身上的伤口还在淌血，那张脸已经因为痛苦而变形了。不一会儿，普里什凯维奇、德米特立、苏霍金和拉佐维尔特都来了，他们想把拉斯普京的尸体运走以免被发现。

他们七手八脚地将拉斯普京塞进一个厚布袋，普里什凯维奇一边干活一边讲述着他杀死拉斯普京的过程。最后他们扎紧袋子，将拉斯普京扔进一辆卡车，接着又将卡车开到彼得罗夫岛，从桥上将拉斯普京抛进了涅瓦河……

沙皇尼古拉耶夫二世的国师拉斯普京就这样被杀害了。俄罗斯著名历史学家拉津斯基在其著作《拉斯普京：死后之生》里，这样描述拉斯普京入殓的情形："他躺在棺椁中，面部经过化妆，他虽双目紧闭，但仍让人觉得直视天穹。不少士兵围拢过来，好奇地注视着拉斯普京的大胡子和额头上鹿角般的大包。临时政府在拉斯普京入殓现场召开办公会，会上决定拉斯普京不能安葬在皇村。”

根据档案记载，拉斯普京的追随者将他的遗体运出皇村安葬，担心遭到反对者侮辱尸体，便请求政府总理克伦斯基出兵保驾。克伦斯基答应了，决定将拉斯普京的尸体秘密下葬并派其卫队长亲自护送。他们先将拉斯普京的棺椁放入一个巨大的箱子，装上火车的闷罐车厢，看上去就像是在运送一架钢琴，一直拉到彼得格勒市御前管理处，藏匿于车库中，宫廷婚礼马车旁边。送葬人员决定3月11日在彼得格勒市中心交叉路口附近，挖掘墓坑掩埋拉斯普京。但是当天凌晨，他们开车拉着遗体行驶到老彼得格勒公路附近，在森林区到别斯卡列夫卡村之间汽车突然抛锚，送葬人员见四周安静无人，决定卸下棺椁，就地火化拉斯普京。于是人们将汽油洒在拉斯普京的遗体上，并放到篝火上焚烧。

据俄国临时政府秘密档案记载，拉斯普京的遗体在篝火上一共焚烧了9个小时，火化时现场除了临时政府杜马的代表、彼得格勒城防司令之外，还有6位彼得格勒综合技术学院的大学生。目击者说，拉斯普京在火化的烈焰中，向这个世界展示了他最后的神奇：当他被送入腾空而起的烈焰时，拉斯普京整个尸体都立了起来，随后又在火中跌落，并逐渐化为灰烬。拉斯普京在生命的末日历经了毒药、枪击、沉水与火化，终于随风飘散了。但是历史却告诉我们，拉斯普京虽肉体不再，但阴魂犹存。没过两年，末代沙皇尼古拉二世全家遭满门抄斩。这似乎正应和了拉斯普京生前的那个毒咒：我要是死了，你们也活不长。

拉斯普京之死在俄国引发轩然大波。尽管他出身卑微，只是个西伯利亚乡村小神父，但在俄国却享有极不寻常的地位。他不仅是沙皇国师，过问国事，左右决策，而且也是皇后的私人御医，还曾治愈了皇储阿列克谢治疗血友病。

拉斯普京的家乡是科学与文化的荒芜之地。他自幼并未读过书，后来他在图尔斯克镇的圣尼古拉男子修道院待了两年，学会了认字和读书，但文化水平还是很低。19 岁那年，他当了托钵修士，四处流浪，游走四方，助人为乐，靠打短工度日。直到 1914 年前后，他经人介绍进入皇室，成为贴身“参事”将近两年。那时候，沙皇轻信了拉斯普京的巧簧之舌，使沙俄军队在第一次世界大战战场一败涂地，皇后也被拉斯普京玩弄于股掌。

研究者认为，拉斯普京之所以能成为沙皇国师，也不是吹出来的，他也曾经为追求俄国社会的公平与公正而努力。根据俄罗斯档案记载，1913 年拉斯普京曾保护过犹太商人贝利斯。当时基辅法庭开庭审理一桩谋杀案，贝利斯被诬陷杀害 12 岁宗教学校的学生。在拉斯普京的斡旋下，法庭判决贝利斯被诬陷，最终当庭释放。当然，拉斯普京不是神，他也有人性的弱点，他利用与沙皇家族的关系为自己捞好处。有些人想通过拉斯普京说情让独生子逃兵役，需要付他 200 卢布，这在当时可不是一笔小钱。

在俄罗斯，有人崇拜拉斯普京，也有人厌恶他。人们的态度虽不同，但崇拜和厌恶他的理由却惊人的一致：拉斯普京是对沙皇一家影响最大的人。拉斯普京不仅干政（参与俄国很多政治生活的决策），还插足皇家私生活。档案记载，拉斯普京涉嫌与皇后勾搭成奸。本来，拉斯普京淫荡好色在俄国众所周知，但他与皇后行苟且之事则举国不容。而拉斯普京也不回避，他说，淫乱实属罪孽，但对教徒来说，也未必是坏事。因为罪孽越多，忏悔愈多，忏悔即可阻止新的罪孽发生。

他的这番话惹怒了很多人，搅的俄国上下义愤填膺。特别是第一次世界大战开战不久，俄国反对沙皇及其国师拉斯普京暗流涌动，他俩在一些场合成为俄国灾难的代名词。我们无法查明杀死拉斯普京的计划到底策划过多少次，但是已知的刺杀行动已足够触目惊心。

除了 1916 年 12 月 29 日，尤苏波夫公爵等人实施的刺杀之外，拉斯普京一生还遭遇过多次暴力夺命事件：1914 年，拉斯普京重返故里，回到坦波夫省夫省伯克罗夫斯科村。有一天，他走在乡村街道上，忽然一个女人扑将过来，一刀捅进了拉斯普京的肚子。她边捅边喊：“我要杀了你这个基督的叛贼！”，这个女人力量极大，差点刺穿了拉斯普京的身体。幸亏拉斯普京忍着剧痛，捡起地上的一根粗木棍，打在女杀手的头上，她才松开了持刀的手。原来，这个女人名叫古谢娃，是个宗教狂热分子。

还有一位宗教黑帮人物伊利多尔也曾经追杀过拉斯普京，他拎着斧子边追边喊，扬言要亲手阉割了拉斯普京。另有一位名叫米吉亚的人也曾欲刺杀拉斯普京，他扬言要把他劈成碎片。

拉斯普京自己也预言他会被杀死。他在1916年12月29日夜晚被杀死前不久，曾密写遗书一份，收件人竟是沙皇尼古拉二世。他的遗书不仅预见其生命陨灭，也预言了俄国将遭遇刀兵血火，尸骨遍野。他在遗书中写道：“假如我被人雇凶所杀，那么我的农民兄弟们，还有您，沙皇陛下，均将身处险境。请您稳坐御座，当好一国之君，不必为子女忧心，他们终将统治俄国数以百年。倘若我为达官贵胄所杀，那他们的双手将沾满我的鲜血，他们在未来的25年也洗不干净。他们迟早会放弃俄罗斯，他们将兄弟反目，手足相残。25年国家不再有贵族。”

即便拉斯普京死后，人们也没有放过他，拉斯普京的尸体被从涅瓦河里打捞出来后，有人割掉了他30厘米长的阳具。据说，后来有一位移民巴黎的俄国女人将其收藏。史学家说，这样的收藏符合俄国贵族女性收藏图腾物做护身符的传统。后来，拉斯普京的女儿拉斯普京娜得知后向收藏的女人索回父亲的阳具，当作珍贵的圣物，一直保存到1977年去世。此后，拉斯普京的阳具流落民间，不知所处，导致一场全球性大搜寻，而且价格飞涨，令人瞠目。

一位名叫艾古斯丁的骗子，竟在国际拍卖会上用海参以假充真，疯狂拍卖“拉斯普京的阳具”，后被识破法办。2002年，俄罗斯科学院自然科学研究所所长科尼亚兹金，在圣彼得堡国家博物馆举办了一次展览，展品中竟有拉斯普京的阳具，它泡在一只装满药水的大瓶子里。科尼亚兹金对参观者说，这件珍贵的展品早已是俄罗斯国家文物，是博物馆的工作人员从巴黎一个收藏家手里收购的。

PART 4 苏联往事再回首

远去的十月革命节

苏联法定节日有30个，较隆重的有12个，最隆重的只有1个，就是11月7日的十月革命节。苏联没有国庆日，十月革命节从历史意义和庆典规模上堪比国庆日。

十月革命节源于俄国1917年发生的十月革命。那时俄国采用儒略历，十月革命就发生在儒略历的10月25—26日。苏联时期，废儒略历而兴格里历，十月革命节的纪念时间便定在11月7—8日。

莫斯科市中心的老阿尔巴特街，是旧俄商贾富豪聚集地，历经动荡的岁月，仍能找到历史的蛛丝马迹。如我就在这条街道的古董店里找到几张苏俄纪念十月革命节的老照片。这些照片尽管画面斑驳，却如年迈的女店主薇罗奇卡所说:“这是大历史的缩影。”

苏俄从1918年开始纪念十月革命节，最典型的方式就是全国11月7日放假一天。我见过一本苏俄老日历，果然11月7日那天标记为红色。此外，中国人熟知的红场阅兵也从1918年开始。苏联最震撼的十月革命节庆典有两次，一次是上面提到的1918年，那时革命开创了世界新纪元，揭开了人民幸福生活的序幕。那年的庆典盛大而隆重，参加阅兵的部队几乎就是原装战斗部队，因为那时苏俄红军还在与白军和外国武装联军作战。苏俄还大赦了狱中的囚犯，修建马克思、恩格斯和法国社会主义运动领导人饶勒斯的雕像。再一次，是1941年的十月革命节。当时德军大举进攻苏联，莫斯科保卫战已经打响，根据斯大林的指示，红军战斗部队在红场接受斯大林检阅，阅兵式后，红军从红场便直接开赴几十公里外的战场作战。

苏联纪念十月革命节的庆典从1918年到1990年的72年间从未停止。并从一开始便依照群众游行——领袖登临观礼台——阅兵式的顺序举行。我们今天看到的红场东进西出的程序设计，就是为适应阅兵而做的。1927年，根据最高苏维埃主席团之命，十月革命节假期改为两天，即11月7日和8日。1945年以后，十月革命节阅兵式改为每五年一次。

20世纪70年代后，十月革命节庆典有所变化。首先，官方对5月9日胜利日和元旦的庆典热情逐渐高过十月革命节，十月革命节退居为国家三号庆典节日；其次，苏联百姓不再热衷参与红场游行，官方亦将原来有组织的群众游行，作为一项工作摊派到单位和企业完成。那时，青年一代已不如老一辈，对阅兵式上展示新武器装备兴趣寡淡。苏联百姓最惬意的，是两天假期可以吃喝玩乐。苏联那时已经普及了电视机，于是十月革命节的庆典方式在民间有了新的约定俗成：11月7日这天，家家户户备上美味佳肴，琼浆玉液，邀来亲朋好友围坐桌旁，边吃喝，边看庆典实况转播，颇似中国人看春晚过年三十儿。

1991年苏联解体，绝大多数俄罗斯人不再庆祝十月革命节，俄罗斯新总统叶利钦1995年3月13日签署法令，确立了俄罗斯军人荣誉日和俄罗斯纪念日。“俄罗斯军人荣誉日”里有17个节日，十月革命节不过是其中之一。法令还指明，它所纪念的是1941年11月7日红场十月革命24周年阅兵式。而在“俄罗斯纪念日”的15个纪念日里，11月7日，依旧是十月革命节。我2005年在莫斯科采访苏联前国防部副部长、陆军司令瓦连尼科夫大将，他批评叶利钦，说他利用“俄罗斯军人荣誉日和俄罗斯纪念日”削弱十月革命影响力。

1997年11月7日是十月革命80周年纪念日。我的房东伊琳娜清早起

俄罗斯之冬 梅兹尼科夫 作（1933 年）

来喊我去红场，她告诉我，今天不是为了去欢呼革命，而是去寻找妥协与和解。那时我才知道，1997 年 11 月 7 日被叶利钦定为全国“妥协与和解”日。伊琳娜说，革命会从根本上影响俄国未来很多世纪，所以妥协与和解是俄罗斯人民长远之路。

2004 年 12 月，俄罗斯总统普京签署了补充修改令，规定 11 月 4 日为“人民统一日”全国放假一天，同时取消了 11 月 7 日十月革命节的假期。说实在的，自从十月革命节变成隐性节日后，俄罗斯现在已经很难说什么节日最隆重了。目前，苏联原 15 个加盟共和国，只有白俄罗斯、吉尔吉斯和摩尔多瓦还保留着 11 月 7 日庆祝十月革命节的传统。

“北京饭店”的前世今生

1991年春我动身去苏联之前，就在北京听一些老人讲过莫斯科的北京饭店。曾几何时，苏联首都莫斯科的北京饭店，是苏中友谊与合作的象征。我想，对于中国旅行者来说，莫斯科的北京饭店应是仅次于克里姆林宫的必访之地。因为它或许有奇特与不凡之处，要不怎么说它也见证了一段中苏两国不寻常的历史。

北京饭店建成于1956年，那时中苏两国正沉浸于“苏联人和中国人是永远的兄弟”的深情厚谊之中。浓烈的中苏友好之酒陶醉了两国人民，苏联领导人决定在莫斯科建造象征苏中友谊的建筑，选址在莫斯科市中心的花园大道5号，取名“北京饭店”。

经过严格甄选和国家批准，切秋林被任命为北京饭店总设计师兼总建筑师。切秋林经过反复权衡，将北京饭店设计成苏联后古典主义风格的“斯大林式”建筑。切秋林出身于农民家庭，父亲是位苏联老红军。他师从列宁墓设计者、苏联科学院院士建筑大师舒谢夫，是舒谢夫工作室成员。切秋林由于出身好，业务功底扎实，深得斯大林赏识。1945年—1949年期间，切秋林被斯大林任命为莫斯科市总建筑师。今天我们在莫斯科旅游时所见到的“斯大林式建筑”，基本都出自切秋林之手。他想把北京饭店建成莫斯科一座豪华型酒店，并将它设计为11层楼的大厦，顶楼是总统套房，房间高6米，铺上殷红的纯羊毛地毯，配有气派豪华的水晶灯。

在苏联和俄罗斯百科全书中，均找不到北京饭店的修建动工期，只有竣工期。这颇令笔者狐疑，细查历史，我仅得知这座建筑在20世纪30年代便已动工。但是那时肯定不叫“北京饭店”，莫非切秋林所建北京饭店，是在原址某工程基础上重新设计或改造的?

88岁的莫斯科学者耶廖缅科是北京饭店竣工的见证人。他告诉我，北京饭店1956年竣工，1958年经国家委员会验收后正式投入使用，但苏联媒体均未予以报道。耶廖缅科由于没有查到历史档案，只能根据其新掌握的解密档案分析：其一，根据莫斯科市档案馆部分解禁卷宗显示，北京饭店占地属于苏联克格勃和内务部，原本计划在此修建克格勃高档办公酒店。众所周知，克格勃在经费使用等诸多方面都有特权，所以倘若不是后来国家特批在此建造北京饭店，那么，这里拔地而起的就是一座苏联秘密警察酒店；其二，北京饭店竣工时，中苏关系正走向破裂，1958年饭店投入使用时，莫斯科媒体无法正面报道这座纪念伟大友谊的饭店也在情理之中。

由于北京饭店占地属于苏联克格勃和内务部，所以后来北京饭店的一些员工，包括中餐厅服务员，有些也是克格勃和内务部的秘密警察。苏联解体后，莫斯科《绝密》周刊透露，20世纪60年代至80年代，莫斯科北京饭店的各个角落里装满了窃听器和摄像头：来者隐私，一览无余。

据苏联克格勃解密档案记载，北京饭店修建之前，1939年在其原址上所修建的正是克格勃前身——苏联人民委员内务部综合办公区，其中包括克格勃办公楼和国家内务部工作人员专属酒店。这就回答了前面的问题，即切秋林所建的北京饭店，原址本是克格勃办公大厦。苏联内务部的一位老红军回忆说，1941年夏季，大楼已经搭建出4层楼的框架，6月22日苏德战争突然爆发，大楼被迫停工。战后，苏联在1946年组织数十万德军战俘和苏联劳改人员参加莫斯科重建，北京饭店原址上的内务人民委员部综合办公区也在建设之列。当时建成的部分，主要是大楼右侧主体。建成后，国家正式交予已经易名为苏联国家安全人民委员会的秘密警察机构使用，该建筑职能为酒店。根据笔者的现场考证，右侧部分一楼的部分场地，恰是上述 1956 年开业的北京饭店中餐厅。而后来建成的，面对莫斯科花园环路的左侧部分，国家批给国家警察机构使用。

那时来北京饭店就餐的顾客，经常可以见到西服革履，面色严肃的人从一楼写着“工作重地，闲人免进”的地方出出进进。耶廖缅科老人说，那些人就是克格勃工作人员，他们都剃着短发，目光机警。

现实中，很少有人去过北京饭店楼上的克格勃办公区。前克格勃上校普罗斯库林说他因为工作关系去过一次。他说，办公区的结构已经不是客房式的标准间或者套间，而是开放式的军营式大开间。它一方面满足了克格勃机关干部的办公需求，另一方面为苏联各加盟共和国克格勃干部前来莫斯科出差，提供了住宿的方便。

切秋林设计的北京饭店高为 11 层楼，而斯大林式建筑的特点就是楼上有楼，总共有 15 层，我在阅读其他苏联建筑资料中，也发现有提及北京饭店 15 层楼的事情。莫斯科市档案馆资料中这样记载：“饭店工作人员按规定不得擅自前往饭店 15 楼。若因公务需要，则应在克格勃工作人员陪同下，并持通行证前往。”

1958 年，莫斯科的北京饭店投入使用后，尽管自 1959 年赫鲁晓夫最后一次访华之后，中苏友谊逐渐破裂。不过，这家斥巨资修建的饭店还是照常营业，迎来了不少声名显赫的贵宾。如法国电影明星、戛纳电影节大奖获得者弗莱迪，斯大林的儿子瓦西里及女儿斯维特兰娜，苏共总书记勃列日涅夫的女婿丘尔班诺夫，苏联影视歌三栖明星赖金，苏联话剧影视导演希尔温特，苏联诗人、演员和歌手、国家奖金获得者维索茨基，苏联著名歌手科布索恩，苏联著名冰球运动员、奥林匹克冠军、苏联功勋体育大师瓦西里耶夫，苏联冰球大师马尔采夫，阿根廷影视歌红星托雷斯，美国歌星和电影导演瑞德，法国著名戏剧家、默剧小丑马叟。

还有一些外国使节和政府代表团也曾在北京饭店下榻。莫斯科的档案特别提到，外国驻苏大使馆正式建馆之前，不少外国使节都会选择到北京饭店临时下榻。1980 年，尽管以美国为首的西方国家抵制莫斯科奥运会，但是美国还是有一些观众前来莫斯科观看比赛，他们就住在北京饭店。

据说，1949 年在北京饭店改建开工之前，在这座建筑顶楼上架设了“1949”数字造型，以纪念中华人民共和国成立。北京饭店之所以成为当时不少名流的首选，除了其修建豪华和装潢精美之外，饭店一楼的中餐厅也是吸引客人的原因之一。

在北京饭店竣工前的 1955 年 12 月 15 日，莫斯科苏维埃执委会做出决定，在建成后的北京饭店开设中餐厅。并根据苏联和欧洲人的饮食习惯，在餐厅里增设咖啡吧。此前，莫斯科根本就没有中餐馆，直到 1980 年代才开了一家名为“梅花”的中餐厅。所以自北京饭店中餐厅开业之日起，一直到 1990 年代初期，生意都很兴旺。

北京饭店竣工的见证人耶廖缅科老人说，北京饭店餐厅刚开张时，分中餐和西餐两厅。中餐厅装潢很豪华，墙上挂的字画是名家真迹。墙裙、屏风和苏绣都是手工制作，花瓶和雕像均为艺术珍品，有些直至今日依旧保存于餐厅内。大厅里气势宏伟的酱紫色圆柱，都是实实在在的牛血漆料涂成。真皮火车座，宽大的餐桌，8 米高的天花板，可容纳两三百人同时进餐。大厅左侧是自助餐区，楼上还有员工食堂。档案显示，楼上楼下，就餐人数最多的时候超过 500 人。除了硬件外，北京饭店中餐厅的服务水准堪称一流。如饭店的乐队能演奏 2000 多首世界名曲，让在此就餐的客人倍感尽兴。

北京饭店中餐厅首任厨师长叫邦钦科。他加盟北京饭店之前，曾经是苏联政府御用船上厨师，常年在游船上服务于苏联外交部长和最高苏维埃

百合与荷花 列维坦 作（1895 年）

主席团主席葛罗米柯。他在美国学会制作中餐，后在莫斯科北京饭店中餐厅大展才华，成为享誉莫斯科的中餐大师。

那些年，下榻北京饭店的政治人物、文化名流，外交人员、体育团队，很多都是冲着美味中餐来的。当然客人中也有苏联各个加盟共和国的黑帮老大和地下百万富翁。那时候，他们来莫斯科，在北京饭店用餐是必不可少的一个选择。因此，那时的北京饭店不是周末才火爆，而是天天满座，消费需要月前定位，否则连中餐的味儿都闻不着。那时候，莫斯科的姑娘炫耀爱情，都以曾被男友邀请在北京饭店用餐而自豪。

北京饭店中餐厅 1958 年开业，火爆经营 20 余年，成千上万的苏联和外国宾客品尝了正宗的中式美食。1970 年代末，两国交恶日甚，商品交流受阻，北京饭店的中国美食品种骤然减少。到 1983 年，中餐厅 36 个畅销热菜仅剩下 13 个。1985 年后，北京饭店中餐厅经营每况愈下，1989 年北京饭店中餐厅改组，与中国组建了合资公司，名曰“北京在莫斯科”。还招募了 15 名中国厨师，但是，此举依旧无法改善经营状况。莫斯科档案记载:“北京饭店中餐厅的菜品味道过于中国化，本地人觉得既不可口，价格也不实惠。倒是二楼的俄餐尚有回头客，经营较之中餐厅略好。”

我在苏联鞑靼作家米尔－海达洛夫的作品中，读到过回忆 1980 年代末莫斯科北京饭店中餐厅的片段。他写道，1989 年莫斯科与北京合办的北京饭店中餐厅，是莫斯科唯一的国营中餐厅。那时餐厅粉刷一新，隆重开张。餐厅分为三个厅，即屋顶按中国风格浓墨重彩绘制的“天安门厅”以及“华灯厅”和“北海厅”。三个厅可同时容纳 450 人进餐。米尔－海达洛夫说，北京饭店中餐厅菜肴精美，但必须提前订位。

我于 1991 年代春季前往莫斯科约朋友前去北京饭店中餐厅品菜，说实在的印象不佳。餐厅开门之前，门前已有人在排队，从年龄上看就知道他们是来怀旧的老人。看得出，这些老人对北京饭店还怀着美好印象。当天我们点了七八道菜，竟然苦等 6 个小时没有上齐，服务员一个劲儿地道对不起。同餐之友，一位没吃饱，另一位等菜等得睡着了。

苏联解体之后，中餐厅为广开财路，在大厅内又是歌舞演出，又是开赌要钱，整得乌烟瘴气。但经营依旧不善，最后只能关张转产。

1997 年，莫斯科市政府发布命令，北京饭店作为综合式酒店由俄罗斯接管，其所有权归莫斯科市国有资产局。北京饭店的中餐厅和合资企业“北京在莫斯科”由于经营不善，被迫停业。后来一楼餐厅经过重整开业，取而代之的却是一家俄餐厅，名为“广播网络”。俄罗斯人很喜欢这家餐厅，不知是否与原来的中餐厅历史有关。如今莫斯科的中餐厅如雨后春笋，遍地开花，而北京饭店中餐厅，依旧沉寂，没有重整山河之意。

莫斯科北京饭店中餐厅的一端，在舞台上方，曾经有一幅象征中苏两国两党友谊的彩色壁画“斯大林和毛泽东握手图”，画面中斯大林和毛泽东热情握手，也点出了建造北京饭店的意图。1956 年北京饭店中餐厅落成时，斯大林已经去世，赫鲁晓夫在当年的苏共二十大上，拉开了批判斯大林个人崇拜的序幕，但是“斯大林和毛泽东握手图”还是留存到 1959 年。

1962 年，莫斯科北京饭店内部维修后再度开张，这幅图画还在原处，但却煞费苦心做过处理：抹去了斯大林的形象，让一个莫名其妙的苏联人与毛主席握手。餐厅人员解释说，苏中关系虽已恶化，而中苏人民友谊常在。与毛主席握手的，就是苏联人民，而斯大林之所以被抹去，是因为他已经远离人民。

1969 年 3 月，中苏珍宝岛事件爆发。莫斯科有关部门指示重画“斯大林和毛泽东握手图”。他们组织了莫斯科十余位画家夜以继日地赶绘新图。很快，新图便画了出来，依旧挂在北京饭店中餐厅那一端的墙上，但新画已经不是“斯大林和毛泽东握手图”，而是“苏联人民握手图”了，画面上两位苏联人紧紧握手，其中一位身穿中山装，另一位穿着白制服。

当时，莫斯科华侨屈指可数，一位曾经见过此画的华人说，那张画虽无领袖，却仍暗示了曾经的中苏关系。就这样，那幅画“凝固”在北京饭店中餐厅墙上，贯穿整个20世纪70年代。

1985年后，莫斯科北京饭店生意坠入低谷。中餐厅干脆停业做大装修。原有服务员和大堂经理都被辞退，换了新人，其中依旧有一些克格勃人员。再开业时，中餐厅尽头那幅改来改去的壁画，已被巨幅水墨画取代，据悉那是一幅中国画家的真迹。我在此就餐时，偶尔也会听到老人讲述这里壁画的变迁。不过，这段历史对于后代来说，或许晦涩难懂。

2002年，北京饭店还发生了一件事：顶楼的大钟突然停摆了。此钟是1949年苏联著名钟表工匠铸造，1955年正式安装在大厦顶部，属于摆动型机械钟表，历经50多年，走得极为精准。2002年突然停摆，急坏了管理人员，他们在全莫斯科四处寻找维修专家，可是找遍全城，竟一无所获——莫斯科懂得维修巨型钟表的匠人都已逝去，悄然带走了这一古老的手艺。北京饭店无奈，只得采取权宜之计，在不破坏大钟机械结构的前提下，将其暂时改造成电子钟。

苏联的禁书

说起苏联禁书，首当其冲的是苏联作家索尔仁尼琴的长篇小说《癌病房》。索尔仁尼琴这部作品写于1963—1966年之间，他自称是自传体中篇小说。讲的是索尔仁尼琴1954年在苏联乌兹别克共和国首都塔什干癌症康复医院治疗时的故事。索尔仁尼琴将这本小说交送苏联文学杂志《新世界》，时任总编辑特瓦尔多夫斯基认定《癌病房》是一本佳作，遂决定与索尔仁尼琴签署出版协议。当时，苏联作家协会莫斯科分会还召集会员对《癌病楼》第一卷进行研讨，评价颇高。特瓦尔多夫斯基还打算将《癌病房》的精彩章节，先行排版，在杂志上刊出。1968年5月24日，苏联文化部门负责人斯杰帕科夫和沙乌罗在给苏共的汇报中说："《新世界》编辑部及总编辑特瓦尔多夫斯基，曾多次试图将索尔仁尼琴的中篇小说《癌病楼》刊登在杂志上。12月底，手稿根据总编辑要求已经发排……"但因为《癌病房》描写苏联集中营历史和现状而被封杀。此后，《癌病房》便以地下非法出版物的形式在民间流传，还被译成其他语种在西方出版。直到1990年，《癌病房》才得以在《新世界》杂志上公开刊载。犹如一场命运的捉弄，而索尔仁尼琴更是历经沧桑。他先因1968年在境外发表小说《第一圈》而被开除出作协，又因为《癌病房》和《第一圈》获得1970年诺贝尔文学奖，再因《古拉格群岛》激怒当局被驱逐出境。此后，索尔仁尼琴的作品在苏联几乎成为头号禁书，遭到全面封杀。1991年，苏联解体，1994年俄罗斯总统叶利钦又将索尔仁尼琴请回到俄罗斯，其作品在俄罗斯全面解禁。《癌病房》的第一个中文版本的译者为著名翻译家荣如德先生，由上海译文出版社1980年出版，尽管这部禁书当时只能以“内部发行”的方式传播，却仍滋养了中文读者的心。

《大师与玛格丽特》是苏联作家布尔加科夫的作品，早在20世纪20年代就是苏联时期的禁书，被禁的理由，是他的小说充满了一些令人不解的政治隐喻。布尔加科夫30年代完成的所有作品，除了他的戏剧《图尔宾一家的日子》（根据长篇小说《白卫军》（改编），因得斯大林赏识得以上演，其余作品几乎都被禁止出版，特别是他的不朽之作——长篇小说《大师与玛格丽特》被禁时间长达30余载。那时不少苏联人对于这部小说闻所未闻，也就不足为奇了。《大师与玛格丽特》被国际读书界称作奇书，更有研究学者称其为一部集讽刺与滑稽、幻想与神秘、爱情故事和哲学箴言于一体的多层次现实与幻想相融合的小说。布尔加科夫一方面通过考察莫斯科糜烂的世俗生活，凸显丑恶与真诚；另一方面，他将圣史文学化，通过罗马帝国的犹太总督彼拉多审判和处死约书亚的故事，展示暴虐背后的怯懦，揭示人性之中的弱点。由于苏联长久不解禁《大师与玛格丽特》，所以，这部小说一直以影印件形式在民间流传。1961年的一天，苏联文艺学家乌里斯读到这部小说，心灵为之一振。乌里斯是苏联哲学博士，苏联作家协会会员，他后来研究布尔加科夫的小说创作，他在撰写布尔加科夫另一篇小说《卓伊金的住宅》评论时，决定与尚健在的布尔加科夫遗孀布尔加科娃建立联系，进行《大师与玛格丽特》一书的交流。起初布尔加科娃对乌里斯不甚信任，仅仅给他看了《大师与玛格丽特》的部分手稿。乌里斯看完手稿，觉得它比影印本精彩，乌里斯“如被闪电击中”，就像发现了新大陆一般震惊而狂喜。他没有想的是，布尔加科娃历经大清洗时代，仍如此完整地保留着《大师与玛格丽特》的手稿。乌里斯在布尔加科娃痴迷地读完了《大师与玛格丽特》整部手稿。1966年，他便在莫斯科作家协会的一次作品研讨会上说，他发现了迄今为止最伟大的苏联文学作品《大师与玛格丽特》的手稿。此时的布尔加科娃充分信任乌里斯，她在乌里斯的帮助下将《大师与玛格丽特》的手稿送到苏联作家协会文学杂志《莫斯科》杂志编辑部。布尔加科夫的传世之作《大师与玛格丽特》，被禁30年之后终在1966年出版了删节版。小说发表后，苏联各界均为之震撼。人们争相阅读，那期《莫斯科》杂志的发行量突破了15万份。布尔加科夫直到1940年逝世都没想到《大师与玛格丽特》能在苏联出版。他曾预言，只要苏联存在，他的小说就见不得天日。布尔加科夫哪曾料想，他死后不过26年，《大师与玛格丽特》的删节版便在苏联问世。该书全本1973年在莫斯科出版，也不过是布尔加科夫死后33年的事情。《大师和玛格丽特》的中文本30年来不断推出，竟有七八个版本之多。

苏联诗人、作家帕斯捷尔纳克自1945年至1955年耗时10年，完成了他的长篇小说《日瓦戈医生》，书后还附有日瓦戈的诗歌。本书可谓帕斯捷尔纳克文学创作的巅峰之作。

《日瓦戈医生》全景式地展示俄国医生和诗人20世纪初至苏联卫国战争时期的命运，探寻了生与死、俄国历史、知识分子与俄国革命、基督教和犹太人问题，当时苏联文学界不看好此书，认为作者帕斯捷尔纳克不赞同十月革命以及随后所发生的一切，所以官方不允许《日瓦戈医生》公开出版。1956年春季，帕斯捷尔纳克将《日瓦戈医生》分别推荐给苏联最著名的文学杂志《新世界》《旗》以及文学年鉴杂志《文学莫斯科》，秋季遭退稿，还附上了苏联作协领导人费定和西蒙诺夫等人措辞严厉的信件。其实早在1956年夏季，帕斯捷尔纳克就通过意大利驻莫斯科电台记者兼播音员谢尔戈·德·安杰罗，将《日瓦戈医生》手稿转交给意大利出版商费尔特里内利。1957年8月，帕斯捷尔纳克将他受到的来自官方的巨大压力，转告意大利斯拉夫学者斯特拉达，放弃在意大利出版《日瓦戈医生》。他还委托他转告出版商费尔特里内利，服从出版禁令是不得已而为之，“书无论如何不能出”。然而，1957 年 11 月，费尔特里内利还是在米兰出版了《日瓦戈医生》的意大利文版。1958 年，荷兰未经费尔特里内利同意出了“盗版”的俄文版《日瓦戈医生》。1959 年 1 月米兰又出版了未经帕斯捷尔纳克校订的俄文版《日瓦戈医生》。1958 年维也纳举行了第七届国际青年与大学生联欢节，会议主办方将荷兰出版的俄文版《日瓦戈医生》派送给青年游客。1958 年 10 月 23 日，经法国作家加缪推荐，帕斯捷尔纳克获得诺贝尔文学奖。他获奖的理由是因为他在“现代抒情诗和伟大的俄罗斯史诗小说方面所取得的杰出成就。”但是帕斯捷尔纳克由于来自作协的压力，无法前去领奖，只得拒绝。1989 年 12 月 9 日，其子小帕斯捷尔纳克前往斯德哥尔摩代过世的父亲领回大奖。《日瓦戈医生》在苏联遭禁长达 30 年，期间，它一直作为地下出版物秘密流传，直到 1988 年 4 月《新世界》杂志才刊载全书，并附上了俄罗斯文化基金会主席里哈乔夫撰写的前言。中国《日瓦戈医生》的翻译工作跟进很快，自 20 世纪 80 年代中期至今，已经出版过七八个译本。

俄裔美国作家的纳博科夫的长篇小说《洛丽塔》于 1955 年出版。它讲述了法国移民亨伯特迷恋女房东 13 岁女儿洛丽塔的故事。纳博科夫在《洛丽塔》完稿后，先后推荐给法国、英国、阿根廷及新西兰等国的出版社，但均遭退稿。1955 年最终在巴黎奥林匹亚出版社出版。《洛丽塔》在苏联直到 1989 年都是禁书，理由是，其一，作者早于 1922 年便离开苏联投入西方怀抱，成为苏联意识形态的敌人；其二，《洛丽塔》的价值观与苏联道德体系格格不入。但在苏联图书黑市上，此书一度成为苏联最畅销的地下出版物。20 世纪 70—80 年代，莫斯科黑市一本《洛丽塔》价值 80 卢布，而那时苏联百姓人均月收入仅为 100 卢布。苏俄读者早就对《洛丽塔》耳熟能详了。1972 年，苏联流亡作家、诺奖得主索尔仁尼琴写信给瑞

人 + 空气 + 空间 波波娃 作（1913 年）

典皇家科学院推荐纳博科夫获奖未果。中国翻译出版《洛丽塔》是在 80 年代末期，几乎与苏联出版界同步，直到最近十年仍有新译本问世，可谓种类繁多，但品质参差。

苏联女记者和传记作家金斯堡对中国读者很陌生。金斯堡 20 年代就读于喀山东方教育学院，后在《红色鞑靼报》任记者。她于 1937 年被诬陷参与托洛茨基恐怖组织活动，被苏联最高法院军事法庭判处 10 年有期徒刑和没收个人财产。金斯堡刑满释放后到莫斯科定居，开始创作自传体长篇小说《险路》。她将小说称为“记录个人崇拜时代的编年史”。金斯堡的《险路》第一部分写于 1967 年，主要描写作者 1934 年被捕遭关押的生活情况。第二部分写于 1975—1977 年间，展现了作者在苏联著名的古拉格——科雷马劳改营的囚徒生活的点点滴滴。第三部分，叙述了作者从劳改营刑满释放后的生活。1967 年，金斯堡将小说第一部交予意大利米兰出版机构和美国纽约哈考特出版社出版。1988 年苏联开始鼓吹“公开性”与“新思维”，《险路》第一部分于 1990 年在苏联出版。苏联作家、国家文学奖金获得者贝科夫作序，称《险路》是一部震撼世界的作品。它不是流行文学，而是唤起人类遗忘的恐惧和惊悚之书。苏联读书界称，《险路》是苏联文学史上一部非同寻常之作。它追求赤裸裸的历史真实，字里行间闪烁着虔诚与可信之光。金斯堡生前仅见到《险路》第一部问世，第二和第三部小说均在其身后出版。

《山羊之歌》是苏联列宁格勒诗人和作家瓦金诺夫的作品。他 1908 年上中学时开始写诗，酷爱法国象征派诗人波特莱尔。1919 年参加红军，曾在乌拉尔作战。1921 年曾参加俄苏著名作家古米廖夫的诗人俱乐部“诗人车间”，后创建自己的诗歌俱乐部“岛人”。1921 年底瓦金诺夫出版第一部诗集《混沌之旅》。瓦金诺夫不仅蜚声苏联诗坛，而且长篇小说成就斐然。其结构繁复，布局奇特，评论界称之为果戈理和陀思妥耶夫斯基式的作品，具有欧洲古典主义和文艺复兴小说的特征。瓦金诺夫长篇小说代表作是《山羊之歌》，它写于1927年。它备受苏联文艺学家巴赫金推崇。《山羊之歌》的故事很魔幻，主人公捷普捷尔金是个瘦高个儿，长了一头羊毛般花白干燥的乱发，经常无端地陷入沉思和思虑。他和一群诗人及艺术家朋友住在一个陌生的城市，如同生活在孤岛上。那里“野草在石缝中生长，孩子们唱着下流的歌。”他们在那里寻找生活中的位置，幻想成为艺术复兴岛上的新居民。小说讲述了转型期年轻人的迷惘。《山羊之歌》也是一部诗体青春小说，书中随处可见瓦金诺夫诗意盎然的抒情段落：“他从人群中走进绚丽的彼得堡春夜，它将众灵魂托升到涅瓦河之上，宫殿群之上，教堂群之上；走进花园般沙沙作响，青春般放声歌唱和飞若箭镞，但对他们而言已是白驹过隙的夜晚。”瓦金诺夫1934年病逝后，他的作品便在苏联禁止出版。苏联文学史对他创作只字不提，1982年他的诗集才在苏联第一次再版。1983年，美国出版了瓦金诺夫的小说《吝啬鬼》，直到1989年，苏联才全面解禁瓦金诺夫的作品。

美国作家海明威于1940创作了长篇小说《丧钟为谁而鸣》。这是一部以美国人参加西班牙人民反法西斯战争为题材的小说，也是海明威最重要的作品之一。故事讲述美国青年乔丹在大学里教授西班牙语，对西班牙一往情深，遂志愿参加西班牙政府军。他参加了地方游击队，完成了炸毁敌方桥梁的任务，他在战斗中经受战火与爱情的洗礼，最终血洒沙场。海明威这部小说的构思，源于在西班牙采访到的西班牙共和军中校克桑蒂的故事，但海明威当时并不知道，这位在敌后指挥游击队从事破坏活动的克桑蒂，实际上是苏联对外军事侦察局格鲁乌侦察员马穆苏洛夫。马穆苏洛夫战后被授予苏联英雄称号，晋升为格鲁乌上将。海明威从西班牙采访归来曾在自己的古巴别墅小住，这套别墅恰是他用《丧钟为谁而鸣》五分之一的稿费购得，价值18500美元。

1959 年苏联部长会议副主席米高扬奉命前来古巴看望海明威，他向海明威赠送了两卷集的俄语版《海明威作品选》，但是其中没有《丧钟为谁而鸣》，因为它在苏联属于禁书，官方称之为“涉密文学”。原因是海明威小说主人公之一是苏联对外军事侦察局格鲁乌军官，而当时苏联情报机构干预西班牙内战的相关档案并未公开。《丧钟为谁而鸣》1962 年由《国际文学》杂志以内部参考书的形式刊印 300 册，专送作协领导人阅览，当期杂志领取规定严格，需本人签字领取。直到 1968 年，《国际文学》杂志才公开刊发《丧钟为谁而鸣》。小说主人公原型马穆苏洛夫上将生前有幸读到此书，他说，小说主人公与他有相似之处，但更像海明威本人。《丧钟为谁而鸣》在中国自 20 世纪 80 年代至今已有多个译本，我个人喜欢程中瑞和程彼得的译本。

口香糖的命运

我有幸在苏联末期访问莫斯科，给我印象最深的就是少年儿童满街向外国人讨口香糖。因此，我后来便对苏联口香糖历史做过一点研究。

苏联解体后，有俄罗斯学者撰文说，苏联第一批口香糖是苏联红军攻克柏林时，苏军与英美盟军胜利会师互赠礼品，西方人第一次将口香糖赠送给苏联人。苏联人虽喜欢口香糖，但却不知俄语怎么说，好在俄罗斯民间也有类似这种嚼着吃的玩意儿，俄语统称“热瓦契卡”。如天然树脂、蜂蜡和肥膘等。苏联人便借“热瓦契卡”这个词儿形容口香糖。

“热瓦契卡”一词的本意是反刍动物，再延伸词义至反刍，有反复咀嚼之意。所以，用这个词概括口香糖很准确。

战后，口香糖生产在欧洲迅速发展，尤属西班牙、意大利、荷兰和西德发展得最快。20 世纪 60 年代初期，一些同苏联关系好的西方国家曾尝试在苏联投资办厂生产口香糖，但遭苏联婉拒。苏联政府还下令禁止进口和销售西方口香糖。因为美国是世界口香糖生产和传播发源地，所以，苏联在反美的同时，连口香糖也一起反掉了。

苏联爱沙尼亚加盟共和国于 60 年代成立了卡列夫食品厂。厂长是著名的苏联国企女老总，苏联妇女协会理事毛列尔。1967 年初，毛列尔决定生产苏式口香糖。4 月 30 日，第一批苏联口香糖出库销往苏联各地，但没过多久，卡列夫食品厂口香糖就停产了。卡列夫食品厂老员工库博说，停产的原因是产品质量差，他说，苏联的口香糖坚硬如铁，嚼不动也掰不开，偏偏这个当口，苏联科学院院士、著名医学博士彼得罗夫斯基又提出了“口香糖对人体有害”的假说，卡列夫食品厂只得将坚硬的口香糖停产下线。

据说毛列尔在口香糖停产后并没灰心丧气，而是图谋东山再起。她在与世界第一位女宇航员、著名飞行员捷列什科娃交流时得知，宇航员在失重状态下刷牙，牙膏会从嘴里漂流出去，宇航员口腔保健无法保证。于是，毛列尔便邀请宇航员参观卡列夫食品厂。著名宇航员格列奇科在参观留言簿上写道:“希望贵厂能为宇航员生产保健口腔的口香糖。”此话正对毛列尔的心思，她遂与苏联宇航中心协商合作开发适用于宇航员的口香糖。

不久，毛列尔便给苏联宇航中心送去第一批宇航员专用口香糖。苏联医学博士库斯托夫将军在实验室口香糖检测报告中说:“卡列夫食品厂的口香糖，不仅可缓解飞行器上升和下降时对耳道的压力，亦可保证宇航员失重状态下的口腔健康。”毛列尔听罢大喜，她觉得振兴苏联口香糖的机会指日可待了，而且这次是从国家全力支持的航天事业入手，所以她大有十拿九稳的劲头。

就在苏联宇航中心和毛列尔准备签约生产之际，莫斯科市内的索科尔尼基体育场发生了一件与口香糖有关的灾难，苏联政府因此中止了这份策划已久的口香糖生产计划。

1975 年 3 月 10 日，莫斯科索科尔尼基体育场举行苏联青少年冰球队与加拿大青少年联合冰球队比赛。加拿大青少年队的赞助商，是国际口香糖生产商领袖美国箭牌糖果有限公司。所以，那天未上场的加拿大球员在整个比赛过程，一直在向苏联球迷抛撒“绿箭”口香糖，引得全场惊叫连连，躁动不止。首先，那时苏联市面上根本没有进口美国口香糖，黑市虽有卖，但价格不菲，供不应求。苏联观众在索科尔尼基体育场可以获得免

用餐 谢列勃里亚科娃 作（1914 年）

费口香糖，当然惊叫不止；再者，那天因为是青少年比赛，所以观众主要以 11—16 岁的儿童和少年为主，孩子自控能力本来就差，加拿大队员的抛撒举动扰乱了场内秩序。

第三场比赛结束后，加拿大球员又向看台上的孩子抛掷口香糖，孩子们尖叫着挤成一堆，有的伸手去接，有的弯腰从地上捡。加拿大球员则在场内大笑着举起相机拍照，闪光灯晃成一片，晃得看台上抢口香糖的孩子们啥也看不清。索科尔尼基体育场管理员看到这个场景吓坏了，还没容得他们前往维持秩序，悲剧瞬间就发生了，有几位孩子突然被挤倒，紧接着数十人、上百人相继倒下，在台阶上翻滚成一片，又压成一堆……

观众玛利亚事后回忆说，她和丈夫在看台出口被挤倒时，距离地面还有 20 多级台阶，她倒下后看见到处都是伤者和散落的口香糖。她被警察从死伤者堆里拖出来，丈夫却未能幸免。根据苏联官方媒体报道，索科尔尼基体育场踩踏事件造成 21 名儿童少年和成年人丧生。

索科尔尼基体育场踩踏事件发生后，苏联为抵制美国口香糖，责令国企生产国产口香糖，首批入选生产口香糖的城市有比斯科、埃里温顿河罗斯托夫和塔林等。1975—1976 年苏联批准下发了口香糖国家生产配方和许可证。第一张生产许可证授予埃里温“甜品企业”，国家代码是 428736。1977 年，埃里温“甜品企业”率先获得持续生产口香糖的国家授权。

由于苏联口香糖的需求实在太大，口香糖出厂后没到商店就被各种渠道的买家瓜分殆尽，造成了口香糖有价无市，当时，苏联人仅知道用 60 戈比能买 5 块口香糖，可谁也没在商店买到过。

苏联 70 年代生产的口香糖质量与包装都没法与美国的绿箭口香糖相比，主要是泡泡吹不起来，可是苏联人依旧抢购苏联口香糖。孩子们还喜欢积攒口香糖糖纸，这种对口香糖的依恋心态一直持续到苏联解体之后。80 年代，苏联人常跑去外国游客居住的大饭店，向外国游客购买或者以物易物交换口香糖。

有数据显示，苏联人对口香糖的迷恋并非始于20世纪70年代，而是50年代。早在1957年莫斯科世界青年联欢节期间，莫斯科就流行口香糖热，既而蔓延到全国。莫斯科那时最著名的流行语就是:“和平，友谊，口香糖”。

我的房东伊琳娜告诉我，对她们那一代人来说，口香糖除了好吃好玩，还代表时尚和身份。当时苏联少男少女在街头咀嚼口香糖，感觉就如美国电影中的大佬叼雪茄一样有派，受人尊敬和羡慕。

压抑的空手道

1965年，苏联列宁格勒风华正茂的空手道教练拉赫林，收了一个13岁的小徒弟，他就是后来的俄罗斯总统普京。拉赫林说，当时普京家住在离体育馆不远的巴斯科夫胡同，普京想跟拉赫林学空手道和桑博式摔跤等搏击术，是因为他常受街头流氓欺负，想学一些自卫的本领，做个勇敢和强悍的男人。

普京不早不晚，偏偏要在1965年开始学空手道等搏击术，难道仅仅是因为上述个人原因吗？经查历史，我才理解，原来在1964年的东京奥运会上的空手道等东方搏击术对苏联产生了影响，空手道特别受苏联人追捧，尽管当时空手道尚未列入奥运竞赛项目。除此之外，日本有关空手道等搏击术的书籍和影视作品，也激发了苏联人学习的兴趣，所以，普京在1965年拜师学习空手道，与苏联的"空手道热"在时间点上吻合。

就是说，苏联空手道等东方搏击术的发展与普及和1964年东京奥运会有关。

1965年苏联恰逢东方搏击术发展初期，可以说普京虽小，但在这方面观念超前。教练拉赫林甚至认为，以普京的条件在列宁格勒市夺得"空手道运动大师"称号都没问题，可惜普京没有选择做职业运动员。

将空手道引入苏联的是日本人佐藤竜雄和桥本雅邦等人。其中佐藤竜雄是1967年世界柔道冠军，他1970年就读于苏联莫斯科国立大学，同时在日本驻苏联大使馆商务处工作。佐藤竜雄从1970—1980年在莫斯科从事空手道教学10年，他的弟子中也有苏联克格勃和警察局的工作人员，所以，后来苏联严查空手道非法教学，但佐藤竜雄安然无恙。

截止1978年，苏联空手道教学一直属于非法。1977年，苏联地下空手道学校如雨后春笋般发展迅猛，在苏联全境遍地开花，教练也几乎都是苏联教练执掌教鞭。最有名的就是施杜尔明、卡西亚诺夫和因沙科夫等人。

施杜尔明是苏联第一位空手道大师，黑带九段，苏联时期首位空手道学校创始人，苏联解体后他获得“俄罗斯功勋教练”称号，并当选俄罗斯搏击术协会主席团成员。卡西亚诺夫是俄罗斯空手道十段，俄罗斯替身演员和特技演员，全俄徒手搏击术和传统空手道协会会长，俄罗斯功勋教练。因沙科夫与前两位略有不同，他是苏联空手道高手，更是替身和特技演员，担任过俄罗斯电影替身演员协会会长和俄罗斯东方搏击术发展基金会会长等职。

1977年苏联人学习空手道方兴未艾，施杜尔明、卡西亚诺夫和因沙科夫等人强强联手，筹划在苏联创办一家空手道精英学校。学校计划招收和培养50名苏联空手道高手，参加世界比赛。谁知，广告发出去后，全国竟然有1万多高手前来竞聘，可见，苏联这家空手道精英学校多么难考。有档案资料记载，截至70年代末，苏联从事空手道训练的人数多达600万！

1978年11月，苏联体育运动委员会正式承认空手道地位，下发了“关于在苏联发展空手道搏击术”的文件。12月，苏联成立了“空手道联合会”并且对全苏空手道教练进行考核。考核结果显示，苏联空手道成绩最好的学校主要分布在莫斯科、列宁格勒、塔林和车里雅宾斯克等城市。苏联第一位空手道黑腰带获得者是卡里岑，后来他当选苏联空手道教练联合会会员。

苏联第一届空手道锦标赛于1980年2月19日在乌兹别克加盟共和国

首都塔什干举行，来自首都莫斯科、列宁格勒以及12个加盟共和国的100多位运动员参加了角逐，其中列宁格勒运动员获得的奖项最多。比赛结束的时候，数千名苏联空手道运动员聚集在大礼堂，观看了当时备受空手道界推崇的电影《20世纪的海盗》，影片展现了苏联空手道辉煌的成就与魅力。

苏联第一届空手道锦标赛结束不久，报纸上便出现批评空手道的文章，有记者在文章中呼吁取缔空手道。人们说不清这些文章背后有多大来头，但苏联人断定文章绝非空穴来风，高层肯定有人对空手道的普及感到不安。

苏联传媒批评说，空手道等东方搏击术与苏联国家道德标准不符。而大规模练习空手道，势必滋生犯罪，使街头斗殴进一步升级或专业化。更何况80年代末，苏联各种运动员犯罪现象抬头，给苏联社会造成了不安和恐慌。报纸上的大小标题也写得耸人听闻:“留神，空手道来了!”“空手道是体育，还是夺命术?”苏联官方还认为，空手道属于外来文化，其中的敬拜师父和技巧崇拜等与苏联文化格格不入。

1981年4月28日，苏联体育界权威报纸《苏联体育》发表了记者伊万诺夫题为《小心，空手道教练!》的文章，它成为苏联境内最终禁止空手道运动的标志。1981年11月10日苏联颁布了《关于违章从事空手道教练所需承担的行政责任》和《俄罗斯联邦加盟共和国刑法的修正与补充》（该法令219条指出空手道教学为非法）的政府令。根据这两道命令，苏联公民若在亲戚朋友之间切磋空手道技艺，也将被视为非法教学而承担刑事责任。若公开招收培训空手道学员、制定空手道比赛标准、公开组织空手道竞赛等活动者可获2年有期刑并罚款500卢布。对于高额收取训练费用的教练，则可判处5年有期徒刑并没收个人财产。事实上，截止1982年，苏联仍有地下高价空手道学校在活动。

那些年，苏联不少著名空手道教练都被处罚过。如苏联法庭开庭审理著名空手道大师古谢夫一案，法官的指控古谢夫企图聚众对抗政府法令，还指控他在担任教练的10年里，非法牟利910卢布，平均每月非法收入7.53卢布。最终，古谢夫被法庭判处5年有期徒刑，并将其列入画有三道红杠的极危险罪犯，他直到1988年才获释。

我讲过苏联第一位空手道大师施杜尔明的故事，他是俄罗斯黑带九段大师，苏联时期的中央空手道学校创始人。苏联解体后获得“俄罗斯功勋教练”称号，曾当选俄罗斯搏击术协会主席团成员。他跟古谢夫一样获罪，被判8年有期徒刑；俄罗斯空手道十段卡西亚诺夫也被判处1年零5个月有期徒刑。苏联空手道高手，替身和特技演员因沙科夫在苏联禁止空手道期间，也受到警方的刑事侦查。但他依旧从事教学活动，还参加地下空手道比赛。

苏联清洗空手道的日子里，警察经常突击检查各个城市的文化宫和体育俱乐部，查抄了不少地下空手道学校。那时，苏联青年机构响应号召，在全国建立了爱国主义军事俱乐部，大张旗鼓地向青年人宣传苏式徒手格斗术，令人不可思议的是，爱国主义军事俱乐部除了教授苏式徒手格斗术，竟也偷偷地教空手道。

苏联直到1989年12月才重新承认空手道。苏联团中央正式注册了“苏联东方搏击术协会”，第一任会长由苏联空手道四段古里耶夫出任。此后，苏联逐渐恢复中断了多年的全国空手道运动。空手道学校又涌现出来，国家开始培养规范的运动员、教练员和裁判员，苏联空手道运动员也开始代表国家参与世界比赛与交流项目。

苏联宣传画

早在苏联解体前夕，莫斯科艺术品市场“伊兹迈伊洛沃”就有怀旧纪念品出售，如红军手表、列宁锦旗、斯大林铜像什么的，好像小商小贩们比别人更早知道国将不国。我比较喜欢去那里淘苏联宣传画。90年代初，尚可淘得几幅真品（90年代中期以后几乎都是复制品），聊以怀旧；上点岁数的人，或亲历，或从文学、电影中都见过各种各样的苏联宣传画。其中以“光荣属于苏共”和“你加入志愿者了吗?”等几幅画给人印象最深。

20世纪20年代，苏联建国后，曾短期内沿袭俄国传统风格的宣传画，但很快遭到亲近布尔什维克政权的诗人马雅可夫斯基和画家罗琴科的抵触，在官方的支持下，他们极力倡导内容上的红色经典化创新，为新时期宣传画定下创作基调和风格。人们称他们创造的苏联宣传画，“画面上布满坚硬的直角，文字里充斥着问号和惊叹号”，称之虽力量有余，却缺乏亲和力。

苏联新宣传画，张贴在大街小巷，竖立在高楼大厦，喷涂在民航客机上，也印在中小学课本里和少年先锋队的宣誓词里。可以说，苏联的红色宣传画，在斯大林和赫鲁晓夫时期为创作的鼎盛时期。勃列日涅夫执政时期，虽然没有前两任领导人搞得那么轰轰烈烈，但其宣传意识形态的基调没有改变。

苏联宣传画自20世纪初问世，便与国家政治生活形影相随，直接参与政治鼓动。比如苏俄内战结束后，布尔什维克政府，曾经开展过与儿童夭折做斗争和保护母婴权益的运动。开展这项运动的背景，是因为四年内战硝烟散尽，人口却骤然减少，影响新生的布尔什维克政权的稳定性，当局希望通过宣传，唤起民众建立家庭观念，多养多育，最终达到解决人口问题的目的。于是，莫斯科街头贴出了“人造奶嘴杀死的孩子，比子弹打死的士兵还多”“母亲们，不要抛弃孩子！请去社会救助委员会，那里会帮助你们”“母亲们，请用母乳喂养，佝偻病，是英国病！”等著名宣传画。

30年代，苏联开展了反酗酒，加强卫生保健和环境卫生，以及同青少年无家可归现象做斗争运动，时值列宁新经济政策全面推广，苏维埃工业化方兴未艾和农业集体化酝酿之初，第一个五年计划出台之际。当时的宣传画，不仅承载着政治鼓动、信息传递和广告推广作用，还兼顾保健预防与个人卫生知识普及的功能。莫斯科大街上流行起了“工作之后请进浴室”“要及时擦窗户”“喝酒的学生比不喝酒的学习差”等主题宣传画。30年代末，还有“我们的孩子不能患腹泻病”以及一些反堕胎的宣传画问世。

二战结束后，苏联从北方到西伯利亚一线，有很多退伍军人沿铁路线贩卖假酒（水解酒精），造成不少饮用者致残和致死，成为社会问题。于是，画家很快就创作出了“勿饮假酒”的宣传画。还有，苏联境内战后遗弃大量未爆地雷，政府便号召青年参加学习排雷，以尽快清除战争给国家所带来的危难后果，宣传画“请报名参加地雷工兵培训小组”等应时而生。

50—60年代，苏联宣传画迎来了创作高峰。这个时期的宣传画，有两个重要主题。其一，鉴于冷战加剧，整个苏联社会提升了政治警觉性，一批提醒民众加强保密意识的宣传画出现了，如“别在电话里聊天，闲聊对间谍是好事”“闲聊，就是帮敌人的忙”等等有一大批宣传画问世。其二，由于中华人民共和国成立，并与苏联建立了“兄弟般的友好关系”，所以，大量以苏中友好为主题的宣传画诞生，促进了苏联宣传画从题材到手法的革新。

有代表性的苏中友谊宣传画，就是“苏中人民友谊万岁”“我们的经验——帮助朋友”“每个孩子——不论是黄种人，黑人还白人，让他成长和勇敢地走向生活”“友谊长存”等等。这些画上一般都印有双语，即俄文和中文，内容主要是颂扬友谊、团结和兄弟之情的标语口号。那时，苏联处在战后恢复时期，中国则是新政建立伊始，均为百废待兴之时。因此，苏中友好宣传画，一方面强调两国友好，应互惠互利地建设彼此国家；另一方面，中国大量留学生前来苏联留学，苏联派遣大量专家援华，构成为两国交往的重大事件，因此，许多宣传画，都竭尽全力地体现两国人民共同劳动，相互学习而产生的幸福感，画面上几乎所有人物形象表情甜蜜自豪，笑容灿烂可掬。还有，画面上的苏中人物在肢体语言上有所不同，苏联人物多为造型主导，华人辅之。这似乎也符合当时的历史现实，即苏联代表先进生产力，也是对中国人民无私的援助者，中国要用辛勤劳动表达对苏联人民的深深敬意。

参加宣传画创作的，是苏联画家伊万诺夫、科列茨基、瓦托琳娜亚、捷列先科和别洛波尔斯基等人，当年流行的苏中两国炼钢工人、筑路工人、农艺专家、学者和工程师形象，都出自他们的手。1957 年，莫斯科召开第六届世界青年联欢节，瓦托琳娜亚和别洛波尔斯基联袂推出一批苏中妇女题材的宣传画。瓦托琳娜亚还创作了中国人民热爱和平抵制西方核武器的主题宣传画。此外，苏联在华援建的数十座大型生产联合体、发电站和工厂也成为宣传画所描绘的对象。

1961 年 4 月 12 日，苏联宇航员加加林，完成了世界上首次载人宇宙飞行，震撼了世界。苏联掀起了宇航热，太空主题的宣传画应运而生，如“我们是朋友，我们在创造，我们将和平送往太空”等。一些与社会政治

苏维埃反酗酒宣传画 丹尼 作（1929 年）

主题关系不大的宣传画和标语口号亦很流行，如“时刻准备着”“盘中之餐，择量而取，粮食宝贵，切勿丢弃”“美术，音乐和歌咏课定会提高中小学生的文化水平”等等。

苏联时代的宣传画作者冈察洛夫说，反思那个时代，老百姓和宣传画作者，也许内心深处都清楚作品的内容很空洞，但几十年来，画家照画，百姓照看。创作，是画家被赋予的任务，而欣赏，则是百姓被培养的习惯。如今，莫斯科并没有摈弃宣传画和大标语，它们都被巧妙地用于市场经济，随着科技的发展，昔日竖立着宣传画的地方，如今是一块块的电子广告牌，漂亮的智能手机变幻多端，唯有广告词句依旧有些空洞。

苏联黑白战争电影

纪念“世界反法西斯战争70周年纪念日”临近，中俄电影机构筹备“苏联卫国战争电影回顾展”，把我拉上去遴选苏联老片。一时间，新旧情愫交织，我特别推荐两部苏联电影，一部是《雁南飞》（1957年），由苏联著名电影艺术家卡拉托佐夫导演，影片展示了战争时期人们对爱情的向往，它获得第十一届戛纳电影节金棕榈奖；另外一部是《士兵之歌》（1959年），导演是丘赫拉依，讲述一位普通士兵返乡探亲的不寻常故事，它曾荣获旧金山电影节大奖、最佳导演奖、全苏电影节大奖、戛纳国际电影节青年导演奖。

这两部作品虽是黑白片，却很有看头，堪称精彩，属于苏联电影经典作品。我觉得，这样的黑白电影，才更贴近传统文化对战争的表达，使每一个电影镜头都透出历史真实感。

没有比较，无以甄别。当代电影技术突飞猛进，数码当道，胶片淘汰，却更反衬出经典黑白老电影在色彩和音效处理上的精湛。苏联电影艺术在20世纪70年代所达到的高度，让我们感叹。另一方面，观赏黑白电影，也检验我们自己的鉴赏水平。问题在于，人们在看惯了好莱坞那些充满了浓重技术味道的数码大片之后，还会欣赏这些黑白老片吗？我想也许还会，因为在这个世界上，再强烈的外部感官刺激（诸如彩色全景电影、3D影片等），也不抵产生于人们内心世界的巨澜来的强烈。在这方面，《雁南飞》和《士兵之歌》给我和我们那一代人，所带来崇高情感体

苏联黑白电影《士兵之歌》剧照（1959 年）

验，足以对灵魂构成巨大冲击，足以让当今所谓票房过亿的无厘头电影自惭形秽。

前不久，我被邀请前往一家露天电影酒吧看片，那里放映的全是黑白老片，更为可爱的是，人头攒动的观众中竟有不少年轻人。可见，没有谁生来排斥黑白电影。我以为，黑白电影与中国传统水墨画极为相似。我送给莫斯科诗人布兹尼克一幅黑白水墨画《踏春》，他问为啥你们的春没有色彩，我说，非也，中国的春天郁郁葱葱。我把水墨比作黑白电影，试着讲给他听，他恍然大悟，竟得出结论，原来黑白电影起源于中国水墨。我说，水墨之妙，在于一笔落下，深浅浓淡，墨韵分明。古人说，墨分五彩，其实斑斓。色者，天地之容。作者将其展现于清淡和焦浓的墨色之间，从这个意义上，黑白电影何尝不如此？所以，我想说，《雁南飞》和《士兵之歌》两部电影有相当的生命力。

最近20年，俄罗斯电影人，从未间断拍摄卫国战争题材的电影。前些年，中国也举办过俄罗斯电影回顾展，向中国观众展示过一些战争题材新作，如《布谷鸟》（2002年）、《星》（2002年）等。但是，反馈结果大多差强人意，它们没有取得苏联战争题材电影那样的业绩。2013年俄罗斯电影人轰轰烈烈地推出所谓巨作——《斯大林格勒》（2013年），结果更令人失望。该片除了场面浩大宏伟，细节血腥残酷，制作上高科技领先之外，给人的感觉，是缺乏电影灵性和艺术之魂。更糟糕的是，它在故事构思和拍摄手段上，拙劣地模仿好莱坞战争片，最终生出一个“不俄不美”的电影怪胎。它与苏联1989年所拍摄的同名电影相比，完全不是一个水准。

总的来说，当代俄罗斯战争电影业绩平平，其水准远远落后于苏联同类电影。那时，因为有意识形态的困扰，苏联很多电影虽然显得幼稚，但拍得认真，老老实实，一丝不苟，却也在某种程度上，拨亮了人性的灯

苏联黑白电影《雁南飞》剧照（1959 年）

捻，《雁南飞》和《士兵之歌》就很典型。我们越是远离战争年代，越拍不出真实可信的战争影片，这是当代全球电影人的困惑。近观中国当代战争题材电影，大多数不是也拍得一塌糊涂？有些人美其名曰与时俱进地描写战争，其实早已从历史上和道义上背离战争。他们的电影，已堕落成不具任何价值内涵的空洞影像，根本无法与老一代的黑白战争片媲美，更谈不上超越。

因此，在这个时候，做一个苏联战争电影回顾展，无论对普通观众还是电影人都有意义吧！它至少可以让人多一点清醒和思考，少一些肤浅和困惑，最好再找回一些纯真和梦想。优秀黑白战争影片，最能给人直观的震撼。

《雁南飞》和《士兵之歌》属于历经岁月考验，仍然能使我们潸然落泪的电影。它们是一颗颗不曾远去的灵魂，默默守护着我们的和平生活。对年轻一代来说，还远谈不上对它们的价值认知，所幸，他们已经起步，开始走向伟大的黑白电影艺术再现的历史。

苏联黑白电影《雁南飞》海报（1959 年）

苏联黑白电影《士兵之歌》海报（1959 年）

苏联解体：作家未做好道德准备

我们是苏联时代成长起来的作家，真正的苏联作家从道德意义上说，从不接受苏联解体。1992年，全民公决保留苏联的公正结果遭到践踏，后来发生了苏联解体，我们拒绝写出表现这一历史事件的作品。因为直到现在，我们依旧在内心深处不承认苏联已经消亡。时隔20多年，我们仍然没有做好接受苏联解体的道德准备。而没有道德准备的作家难以写出作品。

——别列维尔津

现年62岁的俄罗斯国际作家协会联盟主席、文学基金会主席伊万·伊万诺维奇·别列维尔津，是一位在苏联解体前后走上文坛的作家。别列维尔津开始创作时已经32岁了，他的作品关心俄罗斯西伯利亚农村和普通人的命运，试图解答“俄罗斯文学该怎么办”这个困扰了几代俄罗斯作家的问题。别列维尔津于1994年加入俄罗斯作家协会。2000年，他出任俄罗斯联邦文学基金会和国际作家协会联盟主席。2009年，他在莫斯科创办了《共同作家文学报》。别列维尔津的诗歌和散文，经常发表在俄罗斯最普及和最受读者欢迎的文学期刊。他的诗歌作品《大雷雨的翅膀》《北方的雷声》，长篇小说《狼獾》等获得读者和评论家的广泛认可。

2015年7月21日，别列维尔津应邀前来中国访问交流，我以其作品的译者身份，与其在北京见面。我们就苏联解体后的俄罗斯文学及作家状况、诗歌写作与翻译的心得、伟大卫国战争时期苏联诗人的创作等进行了对话。

孙越：资助作家写作，是苏联时代曾经有过的客观事实，您是从苏联走过来的作家，您对苏联是否留恋？苏联时代国家如何支持作家写作？现在俄罗斯作家还能得到资助吗？

别列维尔津：这个话题要追溯到苏联时代。那个时候，苏联政府认为，作家需要扶持，准确地说，文化艺术工作者需要物质条件支持其创作，我至今仍支持这样的观点。尽管苏联解体后，俄罗斯作家对此意见不同，甚至大相径庭，但是，支持作家写作，是苏联时代的客观事实。而且，那时苏联文学基金会资金相当充足，但后来都被所谓的改革者侵吞，又在苏联解体后发生的通货膨胀中烟消云散。就像当年苏联解体时，俄罗斯百姓所遭遇的通货膨胀一样，作家协会也遭遇了同样的灾难。目前，我们基金会还在试图支持作家，但是已经无力动用资金支持他们写作，我们的支持仅限于救助老弱病残作家，仅限于他们生活上的支持。

孙越：1928 年，苏联批准成立作家俱乐部，斯大林将位于莫斯科市中心的赫尔岑大街 53 号（今大尼基塔大街 53 号）的一座帝俄贵族豪宅送给苏联作家，让他们用来成立苏联作家俱乐部——中央文学家之家，这是苏联历史上的一个重要文化事件吧？

别列维尔津：是的，中央文学家之家是座古宅。1889 年由俄罗斯贵族共济会分会所建，其主人原是斯维托波尔克 · 切特韦尔津斯基公爵。古宅由莫斯科著名建筑师博伊佐夫担纲建筑设计。1917 年革命前，古宅最后的主人是帝俄骑兵将军奥尔苏菲耶夫伯爵夫人，十月革命以后，伯爵夫人举家移民意大利。苏联时代，中央文学家之家是一座文学殿堂，中国读者耳熟能详的特瓦尔多夫斯基、西蒙诺夫、肖洛霍夫、法捷耶夫、左琴科、奥古扎瓦、叶夫图申科和沃兹涅先斯基等著名苏联作家和诗人，经常在这里朗诵自己的作品，争论文学问题或把酒贺寿。

孙越：我们在莫斯科拜访您的时候，是在国际作家联合会的办公楼，位于莫斯科厨师大街 52 号，这可是一座历史悠久的建筑，国际作家协会联盟与这栋建筑有怎样的历史联系？

别列维尔津：苏联解体后，作协留下庞大的会产，如苏联作家村、作家俱乐部、礼堂、出版社和住宅等，那都是苏联作家在 70 多年的时间里，用会费和稿费购买的（苏联作协有规定，作协会员稿费收入的 20% 上缴协会用于公益），所有权归苏联作家协会。厨师大街 52 号大楼的国际作家联合会，是一座拿破仑进攻莫斯科之前的建筑。十月革命后，这里曾是苏联的“契卡”、民族事务委员会和文化机构的办公地点。苏俄著名作家和诗人，如布洛克、叶赛宁、茨维塔耶娃、爱伦堡和小托尔斯泰等人也曾在此居住。老托尔斯泰的《战争与和平》里的一些场景，就是以厨师大街 52 号大楼为原型写的。

孙越：真是一座充满文学传奇的古宅。我记得，访问国际作家联合会的时候，我们还在院子中央的老托尔斯泰雕像前合影，因为翻译家草婴先生等人的辛勤耕耘，中国读者对托尔斯泰的作品非常熟悉。据说，这座托尔斯泰雕像，是 1956 年乌克兰作家协会为了纪念俄乌合并 300 年送给俄罗斯的礼物，但不过半个世纪，俄罗斯和乌克兰就分了家。

别列维尔津：国际作家联合会里就有乌克兰作家，说明文学精神高于一切，文学作品没有国界，不分种族也就无所谓分家。1992 年，国际作家联合会成立，其创始人是苏联著名作家和戏剧家谢尔盖·米哈尔科夫。

孙越：米哈尔科夫是中国家喻户晓的儿童文学作家。曾在苏联作家协会担任领导职务，更是苏联和俄罗斯国歌的 3 次填词人。他一生获得过 3 次斯大林奖金，还荣膺列宁勋章。他在苏联和俄罗斯是一位德高望重的人物。

别列维尔津：是啊。过去的苏联领导人和现任的俄罗斯总统都非常敬重他。苏联解体之后，米哈尔科夫没有利用自己的名字在俄罗斯注册文学基金会，而是顶着巨大的压力在苏联作家协会的基础上成立了俄罗斯国际作家协会联盟，表现出老作家的良心。

孙越：是否可以理解为，俄罗斯国际作家协会联盟其实就是苏联作家协会的延续，只不过它是建立在新的条件和标准之上？

别列维尔津：我们是苏联时代成长起来的作家。真正的苏联作家从道德意义上说，从不接受苏联解体。1992 年，全民公决保留苏联的公正结果遭到践踏，才发生了苏联解体。我们拒绝写出表现这一历史事件的作品。现在我们依旧在内心深处不承认苏联已经消亡。时隔 20 多年，我们仍然没有做好接受苏联解体的道德准备，而没有道德准备的作家是难以写出作品的。

孙越：明白了，这就是 20 多年来俄罗斯作家没有写出一部长篇小说，描述苏联解体这一 20 世纪最大的历史事件的原因。

别列维尔津：我想，不仅仅是俄罗斯作家，我们俄罗斯国际作家联合会不仅有苏联作家，也有来自格鲁吉亚、拉脱维亚、乌克兰、白俄罗斯、塔吉克斯坦、爱沙尼亚的作家。还有来自其他国家如德国、丹麦、土耳其、阿富汗等作家，他们同样没有写出有关苏联解体题材的作品。

孙越：苏联时期作家的稿费收入如何？您刚才提到苏联政府资助作家创作，

小乞丐 茹拉夫廖夫 作（1860 年）

那么，作家拿到政府的资助，他们的作品还能有批判锋芒吗？俄罗斯作家目前的收入情况如何？国际作家联合会的经费中有俄罗斯政府的资助吗？

别列维尔津：苏联时代和俄罗斯当代作家的稿费简直是天壤之别。这么说吧，我们在苏联时代出一本书，所得到的稿费足以维持5年左右的全部生活支出，而且稿费还可以部分预支。当然，只有作家协会会员才有这样的保证。所以，作家稿费收入的一部分要上缴作协作为公益事业费。而今天，我们俄罗斯作家的稿费就少得可怜，出一本书的稿费不够一个月的生活费。当然，苏联作家不允许批评政府，这不是因为政府资助了作家的写作，而是体制决定的。目前国际作家联合会没有拿过政府一分钱，全靠自筹资金运作，我们主要的资金来源是靠出租场地给商业机构，换取资金，用于活动经费。这场战争作为基因植入了我的血脉。

孙越：我邀请您来中国，为中国读者做一次有关伟大卫国战争诗人与诗歌的演讲，您有什么感想？

别列维尔津：苏联与法西斯德国的这场战争，是人类历史上最为惨烈的战争，苏联遭受了敌人的打击，也进行了英勇的抵抗。据苏联官方统计，在战场上，在被摧毁的城市和乡村，在占领区，在医院里，由于伤残和饥饿死亡人数大约2700万，这是一个可怕的数字，几乎每个家庭都有死难者。我父亲是一个普通的乡村教师，红军中尉。他一直战斗到柏林，获得过多枚奖章和勋章。我是他的儿子，是战后的一代。我和许多同代的人一样，这场战争作为基因植入了我的血脉。因此，当我们的制度更替以后，我以痛苦的目光看待那些忘恩负义的后代对胜利者的指责，他们在教科书中抹杀战士们的功绩，拆毁纪念雕像，毁坏墓地。

孙越：我完全理解您的话。其实我们面对同一个世界，随着时间的逝去，战争年代离我们越来越远，见证者也越来越少。第二次世界大战是我们祖辈和父辈生命的历程，战争最终要成为历史，因此，当务之急，就是准确、客观和公正地呈献历史。对作家来说，把关于这场战争的真实作品留给了我们的后代，就是把良心留给人类。伟大卫国战争中牺牲的年轻诗人，中国读者也知道不少，比如诗人马伊奥罗夫，他 1919 年生于伊万诺夫的一个工人家庭，中学时代开始诗歌写作，他中学毕业后去到莫斯科，先在莫斯科大学历史系，后在高尔基文学院诗歌进修班学习，战前，他完成了两部长诗《雕塑家》和《家庭》，这些作品仅有片段被保留下来，还有少量的诗作留了下来。据说，诗人留下来一个装有诗作和图书手稿的箱子，战争初期保存在他的一个同事那里，但是后来遗失了，至今没有找到？

别列维尔津：我知道这个故事的后续，1942 年 2 月 8 日，马伊奥罗夫作为机枪连政治指导员，在斯摩棱斯克附近的一场战斗中牺牲，直到 20 世纪 60 年代，在前线诗人茹科夫和莫斯科朋友们的努力下，才收集到马伊奥罗夫的诗歌作品《我们》，这个独特的诗人，最终将自己独有的作品呈现给了读者。

孙越：2005 年，我作为俄罗斯国防部“战友”协会邀请的客人，参加了红场庆祝伟大卫国战争阅兵式，受到俄罗斯英雄协会主席瓦连加尼科夫大将的接见，后来我还翻译出版了他的战争回忆录《人 战争 梦想》。我在俄罗斯生活十余年，每年庆祝胜利日，感受最深的就是那首《神圣的战争》，它作为俄罗斯胜利日的标志性歌曲，已经传唱了 70 年。

别列维尔津：这件事值得一谈。1941 年 6 月 24 日，亚历山德罗夫在莫斯科的白俄罗斯车站广场，把列别杰夫－库马奇的诗歌谱成了歌曲，这就是被称为苏联战争颂歌的《神圣的战争》。这一歌词的诞生很有趣。歌词作者是诗人列别杰夫－库马奇。十月革命后，他与苏联诗人马雅可夫斯基一起在杂志社工作，有很多诗作出版。卫国战争中，他晋升上校军衔，担任《红色舰队报》的编辑，在波罗的海的北方舰队服役。列别杰夫－库马奇的诗歌《神圣的战争》先在《消息报》上刊出，第二天，作曲家亚历山德罗夫就将它谱成了歌曲，很快，这首歌曲就在莫斯科白俄罗斯车站广场播放，成为红军歌舞团送别战士上前线的演出曲目。没有任何一部伟大爱国战争时期的艺术作品，能像这首歌一样，在历史大战开始第一天就获得人们如此爱戴。这首歌在整个战争期间伴随着苏联人民走向最后的胜利。

孙越：我们读过红旗歌舞团创始人亚历山德罗夫的回忆录，其中写道："《神圣的战争》作为对希特勒法西斯的仇恨和诅咒，进入了军队和全体人民的生活。当红旗合唱团，在白俄罗斯车站广场等地演出时，人们总是站着，怀着神圣的感情倾听，不仅是战士，也包括我们演出者，大家都会落泪。"苏联广播电台在战争期间，每天早上 6 点时开播曲就是这首歌。

别列维尔津：20 世纪 40 年代，苏联诗歌趋于繁荣，以如下这些诗人的名字为标志：特瓦尔多夫斯基、伊萨科夫斯基、苏尔科夫、安东科里斯基、斯维特洛夫、西蒙诺夫、阿里格尔、多尔马托夫斯基、鲁科宁、纳罗夫恰托夫、萨莫伊洛夫、斯鲁茨基、别尔格里茨、德鲁宁、奥尔洛夫、杜金。无论过去和将来，将很难有人会超越特瓦尔多夫斯基的作品——《瓦西里·焦尔金》。

孙越：《瓦西里·焦尔金》早在 20 世纪 50 年代，就译成了中文，后来又有重译和再版，说明了中国读者对这部作品的认可。可见特瓦尔多夫斯基的战争，不是道听途说。诗人沿着战争的道路，为苏联士兵的功绩，塑造了一座非同寻常的纪念碑。我的苏联文学老师、著名翻译家石枕川先生说，特瓦尔多夫斯基所塑造的瓦西里·焦尔金是苏联士兵的群像。书中还有另外一个主人公，那就是作者自己，但是读者在阅读这首诗的时候，却看不见作者特瓦尔多夫斯基本人的痕迹。

雨中橡树林 希什金（1891 年）

雨后 古英吉 作（1879 年）

这使我们联想起普希金和莱蒙托夫的名作《叶甫盖尼 · 奥涅金》《当代英雄》，在俄罗斯文学经典作品中，作者形象已经变成了公共形象。

别列维尔津：读着战争年代的诗歌，你会明白那句古老的格言“炮声隆隆，缪斯沉默”是不对的。在我们的人民所经历的战争年代，缪斯没有沉默，他们也参加了战斗，成为杀敌利器。刚才我们说的伊萨科夫斯基的诗歌就是这样的，那些脍炙人口的歌曲，至今还在全世界传唱，包括中国如《喀秋莎》《在前线的森林里》《火花》等。特瓦尔多夫斯基特别赞赏伊萨科夫斯基的作品，他说，伊萨科夫斯基的诗歌令人惊叹，他用模拟手法与现代悲剧结合，以简练的语言再现了一个士兵的形象，在正义战争中经历痛苦和牺牲的胜利者形象。

孙越：此外，作为苏联和俄罗斯文学翻译者，我知道，爱情主题的诗歌和歌曲，在战争岁月里具有特别的力量。苏联诗人伊萨科夫斯基、苏尔科夫、西蒙诺夫等都是爱情诗歌的代表人物。他们的诗作均极为抒情，战争的主题在他们诗歌里是间接的，而人类审美经验和心理感受是他们的首选。例如苏联诗人西蒙诺夫所写的《等着我》，在中国有多个译本。据说，法语、英语和西班牙语的翻译亦很成功，足见其世界意义深远。

别列维尔津：除此之外，系列长诗也是卫国战争时期苏联诗人常用的创作手段。如诗人阿里格尔的长诗《卓娅》（1942 年），描写了勇敢游击队员卓娅的英雄事迹。阿里格尔对卓娅的关注有其个人原因。战前不久，诗人的女儿死去，痛苦驱使诗人关注战争中的苏联英雄，而死于敌人魔爪的苏联英雄卓娅自称丹娘，恰好就是诗人死去女儿的名字。长诗《卓娅》除了塑造了感人的艺术形象，具有巨大的鼓舞意义，登载阿里格尔长诗《卓娅》的《共青团真理报》立即成为苏联最畅销的报纸。土耳其诗人纳热姆 · 希克门特也写了卓娅的故事，此外，描写卓娅的诗歌，还有世界作家阿拉贡和聂鲁达的作品。

孙越：我知道，俄罗斯国际作家联合会的首任主席谢尔盖 · 米哈尔科夫，早在战前就已经是一位知名的诗人。他的长诗《斯焦巴叔叔》在苏联家喻户晓。在伟大的卫国战争期间，米哈尔科夫是《为了祖国的荣誉》和《斯大林之鹰》等报刊的记者。他受了震伤，随大部队撤退到斯大林格勒，获得战士勋章和奖章。米哈尔科夫也创作了不少战争诗歌，发表在报纸和期刊上。他最为知名的作品是1945 年发表的长诗《亲爱的》，读来很有伊萨科夫斯基的抒情意味。

别列维尔津：我们刚才谈到伟大爱国战争主题的诗歌，它在苏联和俄罗斯的诗歌中相当广泛，意义深远。伟大卫国战争时期的苏联文学，是随着战争进程发展而发展。苏联作家和诗人在反法西斯战争中，有很多人死于战斗或集中营。还有很多人失踪，很多人的作品至今也未被发现和出版。我们在向他们致以深情敬意的时候，也想借用苏联诗人卡姆扎托夫的长诗《鹤》的片段，表达我此刻的情感：

那一日终将莅临
我与群鹤
在苍穹下飞翔
从远天如仙鹤
呼唤活在人间的你们……

情歌《喀秋莎》

2015 年 5 月 4 日夜，中国人民解放军三军仪仗队官兵，伴着军乐，用俄文高唱苏联歌曲《喀秋莎》，正步走过红场。现场俄罗斯观众边拍照，边欢呼，喝彩，有人甚至动情流泪。中国军人在红场放歌《喀秋莎》，拨动了俄罗斯人的心弦，只因为这不是一首普通的苏联歌曲，而是一首有着特殊由来的情歌。它在苏联伟大卫国战争期间，成为家喻户晓的军旅情歌。由于《喀秋莎》具有了超乎音乐生活之外的特殊意义，在苏联时期，便具有其特殊的社会地位。

《喀秋莎》作为苏联著名军旅情歌，已经约定俗成地成为苏联伟大卫国战争纪念活动指定歌曲，从战后一直沿袭到今日。

根据笔者亲临红场胜利日阅兵式现场观察，《喀秋莎》不仅成为红场阅兵开始前后，高音喇叭中随时和反复播放的歌曲，也是胜利日晚会必唱歌曲。更是胜利日前后，俄罗斯各兵种、军种以及各种伟大卫国战争老兵聚会和联欢，台上台下必唱歌曲。2005 年，笔者应俄罗斯英雄协会主席，前国防部部长瓦连尼科夫大将的邀请，前去红场观摩阅兵式。阅兵结束后，红场举办了老兵寻找当年的战友和战旗的活动。数千位老兵，身穿苏军的军服，在鲜花的海洋里，伴随着《喀秋莎》的歌曲，与昔日的战友相见。俄罗斯英雄协会与国际战友协会，还出版了《苏联卫国战争金曲十五首》，《喀秋莎》便名列其中。瓦连尼科夫大将说，无论是苏联还是俄罗斯，没有《喀秋莎》的胜利日，根本就不是节日。

谁能想到，起初，《喀秋莎》的歌词，只是几行未完成的诗。歌曲创作于1938年，歌词由苏联著名的诗人和歌词作者伊萨科夫斯基所写，作曲是布兰德尔，二者均为斯大林奖金获得者。

伊萨科夫斯基在回忆《喀秋莎》创作的时候说，他写了8行就写不下去了，不知道接下去该写什么。恰在此时，布兰德尔来找伊萨科夫斯基要歌词谱曲，伊萨科夫斯基对他说："歌词我倒有，名为《喀秋莎》，就是没写完，你看怎么办?"说罢，就把未完成稿交给了布兰德尔。此后，伊萨科夫斯基彻底忘记了他和布兰德尔的这场谈话。他想，一份没有写完的歌词，作曲家也不会谱出什么好曲子吧。

但是，布兰德尔却从伊萨科夫斯基的歌词中看出了门道。他觉得，尽管歌词只有8行，但修辞美妙，音调婉转，特别是诗行重音很为特别，可谓标新立异。于是，布兰德尔立即投入《喀秋莎》的作曲，一口气写下多个草案。布兰德尔把他谱曲的事告诉了伊萨科夫斯基，不久，后者即将歌词写完交给布兰德尔。布兰德尔根据完整版歌词，再次修改曲子，并给《喀秋莎》主题定性为边防军战士情歌，描写战士思念远方少女，美丽的喀秋莎，她也在期盼边防战士回到身边。

伊萨科夫斯基多年后谈到《喀秋莎》时说，他和布兰德尔似乎预感到战争将临，因为创作这首歌曲的时候，西班牙内战正酣，世界反法西斯运动如火如荼，歌中所传达的情感已在心中点燃。因此，创作一首保卫祖国的抒情歌曲是时代的要求，所以，《喀秋莎》刚一发表，即成为军旅文艺作品的典范。评论界说，《喀秋莎》的词曲作者，开创了当时苏联抒情作品创作的新思路，此后，苏联战争题材歌曲呈井喷式爆发，一直持续到战后。

苏联歌坛专家认为，《喀秋莎》的美学意义，在于作者塑造了一位忧郁的少女形象，她对爱人的期盼和热望，唤醒了人类心底的情感。歌曲

《喀秋莎》里面有忧郁，而无哀伤。给人更多的是信心、希望和力量。这些亮丽的情感之光穿透时空，化作少女的骄傲，因为她爱慕的人是一位“远方边疆的战士”。

《喀秋莎》成为军旅情歌之前，曾是1938年苏联国家爵士乐团的演奏曲目之一。该乐团的艺术指挥正是布兰德尔。1939年2月，该乐团在莫斯科首演，曲目之一就是《喀秋莎》，演唱者是苏联著名独唱演员巴基谢娃。

此歌在苏联唱红之后，一些著名歌唱家，如维诺格拉多夫、鲁斯兰洛娃及克拉索维斯卡亚等纷纷翻唱，使这首歌曲流传更广。紧接着，一些专业乐团，特别是苏军各个文工团便将此歌列入演出必唱歌曲，在全国各类文化活动和剧场演出中反复演唱。据《苏联文学报》报道，战前的1939年，乌克兰和白俄罗斯西部的民众迎接苏联红军的时候，唱的就是这首歌。1940年，苏联人在家庭聚会时都要唱《喀秋莎》，它真可谓既走进了艺术殿堂，也流行于千家万户，成为苏联的一种独特文化现象。

在苏联伟大卫国战争期间，歌中少女“喀秋莎”是广义“爱情”的意象。她不仅是苏联部队的军中大众情人，炮火纷飞战场上的爱情偶像，而且也是军人的希望与寄托。有些红军战士听完这首歌，竟然给“喀秋莎”写起了情书。有个红军小战士给“喀秋莎”写道：“假如一颗流弹飞向远方，我的亲人，请不要忧伤，告诉人们我牺牲的真相。”还有人创作了歌曲《喀秋莎》的续篇。就这样，喀秋莎逐渐成为卫国战争时期，苏联红军官兵的精神支柱，难怪莫斯科文学博物馆里，珍藏着当年文艺界对《喀秋莎》的评价，其中写道：“我们都爱喀秋莎宝贝，我们爱听她唱歌，她让敌人闻之丧胆，朋友勇气倍添。”

一些红军女兵听完《喀秋莎》，立志做一名歌中的女神，还将自己的名字也改作“喀秋莎”。比如红军女上士帕斯图申科，是一名重机枪手，就把她的名字改为“喀秋莎”。她在战斗中英勇杀敌，屡建功勋，获得了

喀秋莎：苏联卫国战争中的女兵 历史照片（1943 年）

红星勋章。

1943年1月10日，苏军第44集团军出版的《冲锋报》还刊登了颂扬帕斯图申科的诗：

我们将少女喀秋莎歌唱，
她就站在峻峭的岸上，
你再听新歌将喀秋莎颂扬，
她已是冷峻而普通的姑娘，
当敌人蜂拥而上，机枪突然不响，
她一跃而起，怒杀顽敌，
喀秋莎，普通的姑娘……

有不少悲壮的事迹也与《喀秋莎》紧密相关。1942年7月，希特勒军队进犯苏联斯摩棱斯克州，围剿卡斯普列亚村，疯狂屠杀村民，苏联百姓视死如归，死前齐声高唱《喀秋莎》。

词作者伊萨科夫斯基还听到过更传奇的故事：有一次，苏德军队交战的间歇，苏联红军突然听到从德军战壕里传来《喀秋莎》的歌声，双边的交战因此停歇良久。后来，红军发起进攻，击溃了战壕里的德军，发现演唱《喀秋莎》的，竟是一部德军留声机，它播放的那张《喀秋莎》唱片，显然是从苏联某地抢来的，但是美妙的歌声，使德军听入了迷。

中国读者都知道，苏联卫国战争时期，沃罗涅日州兵工厂生产了一种被称为喀秋莎火箭炮的武器。实际上，这是一种多管自行火炮，因为当时这种新型武器严格保密，谁也没见过它，更不知道它的正式名称，红军就把它称作“喀秋莎”。词作者伊萨科夫斯基证实，这和当时苏联全国流行传唱《喀秋莎》有关。

第二次世界大战期间，不仅在苏联，而且在全世界不少国家，都曾传唱《喀秋莎》。比如意大利抵抗组织，将《喀秋莎》定为游击队队歌，那优美的旋律几乎传遍整个意大利。战争期间，有天夜里，几个苏军战俘从法西斯监狱逃跑，进到一座意大利小村庄。他们来到一家村民家敲门，深更半夜，村民害怕，不敢开门，苏联战俘就在门外唱起了《喀秋莎》，村民听罢果然开门迎接，还把他们送到游击队的驻地。保加利亚游击队也将《喀秋莎》定为队歌。法国抵抗组织也欣赏这首歌，还曾将它列入抗击德军行动的信号。更神奇的是，乌克兰诗人马雷什科战后访问美国，竟然在俄克拉荷马州的棉花种植园，听见一群黑人农民在田里高唱《喀秋莎》。日本人也喜欢唱这首歌，并列入“日本歌唱之声”合唱团的节目单。

《喀秋莎》词作者伊萨科夫斯基老家的文化馆里，开了一家“《喀秋莎》博物馆”，里面保存着世界各地，用不同语言翻译出版的《喀秋莎》歌篇。有趣的是，世界各地所翻译的《喀秋莎》尽管曲调无异，而歌名却大相径庭。比如意大利语的歌名是《卡特琳娜》或者《风在呼啸》；以色列译为《喀秋什卡》；法国人翻译的歌名是《卡扎乔克》。

1985 年，莫斯科举行第七届世界青年和大学生联欢节，组委会以国际上熟悉的“喀秋莎”，命名了联欢节宝贝——纯情美丽，笑容可掬的俄罗斯少女。苏联用“喀秋莎”欢迎全世界各地的来宾，收到了非常奇妙的效果。联欢节期间，在莫斯科可以听到世界各种语言的同一句问候：“你好，喀秋莎！”随着时间的流逝，《喀秋莎》穿越时空，从一首单纯的苏联军旅情歌，演变为国际和平之歌。

苏俄诺贝尔文学奖得主

享誉世界的诺贝尔奖创立者，瑞典化学家、工程师、发明家诺贝尔1888年3月31日去世，他活了66岁，其中有56年侨居俄国。

1837年，诺贝尔家族应俄国公使之邀，前往圣彼得堡帮助俄国发展机械制造业。19世纪，诺贝尔家族不仅为俄国生产出了军舰蒸汽机，还有水雷和枪支弹药。诺贝尔与俄罗斯教授济宁一起发明了黄色炸药。他还在俄国创建了俄罗斯技术协会，促进了俄罗斯军工科技的发展。诺贝尔不仅仅在俄罗斯兴办实业，还投资科学教育。他在圣彼得堡建立奖学金，培养了很多俄罗斯科研人员。诺贝尔爱好文学，他受到俄罗斯文学的熏染，曾写过几部戏剧作品，这也是他创立诺贝尔文学奖的深层原因。

在诺贝尔曾经生活过的俄国，20世纪初（自1904年始）至今，已经拥有17位诺贝尔奖获得者。其中获得文学奖的作家和诗人共有5人，然而，这5人的生命和创作轨迹各异。其中小说家普宁和诗人布罗茨基远遁他国，至死未归。小说家索尔仁尼琴先是被强制出境，然后叶利钦又让他重荣归故里，验证了俄国人不断创造历史、否定历史，再创造历史的勇气。诗人帕斯捷尔纳克和小说家肖洛霍夫虽然没有背井离乡的经历，不过，他们同是莫斯科作协会员，获奖后却命运迥然。这5位文学家亦有共性，即除了盖世才华之外，他们全都崇尚自由。

普 宁

俄国作家普宁 1870 年出生于地主家庭。1887 年开始发表作品，1901 年他的诗歌便获得普希金奖。1899 年，他结识了俄国作家高尔基，并在一定程度上受到他的影响，这也成为后来他们两人竞争诺贝尔文学奖的宿命。

1920 年，普宁因俄国动荡而远走巴黎，此后再也没有返回祖国。他离开俄罗斯之前，主要作品皆为中短篇小说，最知名的就是《乡村》，写于 1910 年。而普宁最有张力的作品，都是在侨居法国之后写成的，如《阿尔谢尼耶夫的一生》（1930）、短篇小说集《暗径》（1943）、《大乌鸦》等。

普宁虽身在巴黎，但他除了俄罗斯不可能再写别的题材。他说，他的积累足够写一辈子俄罗斯故事。普宁的作品在法国获得成功，他继承和发扬了俄罗斯经典文学传统，主要原因是他虽然移民巴黎，却从不与环境妥协，保持了自己“非常俄国人”的特色。他没有为生存而泯灭灵魂，没有因为磨难而失去自我。因此，他的作品一如既往地保持了原汁原味的俄罗斯文学特色，折射出独有的思想光芒。

1922 年，法国作家罗曼 · 罗兰，向瑞典皇家科学院推荐普宁为诺贝尔文学奖候选人。1923 年，罗曼 · 罗兰又推荐了高尔基。据统计，从 20 世纪 10 年代到 30 年代，获得诺贝尔文学奖提名的俄国和苏联作家共有 5 人，构成了竞争的态势：

高尔基获得 4 次提名，即 1918 年、1923 年、1928 年和 1930 年；

梅列日科夫斯基，获得 4 次获得提名，即 1914 年、1915 年、1930 年和 1937 年；

普宁曾经获得 3 次提名，即 1923 年、1930 年和 1933 年；

什梅廖夫获得 2 次提名，即 1931 年和 1932 年；

巴尔蒙特获得 1 次提名，即 1923 年；

瑞典皇家科学院经过反复斟酌认为，普宁的作品具有“振奋人心的激情和细致入微的理解”。它可以从世界文学“粗犷和刺耳的声音中”脱颖而出。普宁的俄式散文，笔法细腻，技巧娴熟，叙事语调平缓，书写色彩柔美。

瑞典科学院秘书长卡尔格伦高度赞扬普宁。他说，“普宁与伟大的俄罗斯长篇小说家们相比，虽谈不上文学巨匠，但是，普宁却是俄罗斯经典文学的合法继承人。他以全新的璀璨而华美得令人惊叹的纯粹的和天然的珍宝，丰富了俄罗斯经典文学宝库。普宁的创作充满了声音洪亮的、伟大的俄罗斯古典交响乐乐队般的圆满演奏之声。它纯如水晶，令人迷醉，如深刻动人的和弦。”

1933 年 11 月 10 日，普宁获得诺贝尔文学奖。当天，全世界各大报刊都以显著位置和大字标题刊登了这条新闻。他获奖的原因是“真诚而精湛的天赋在其散文中再现了典型的俄罗斯性格”。普宁成为第一个获得诺贝尔奖奖金的俄国人。消息传来，巴黎的俄罗斯侨民欣喜若狂，就连从来没读过普宁小说的俄裔搬运工都赶来祝贺。

普宁拿到奖金之后，连开数桌流水席，大宴各路宾客，豪饮几天几夜。他还为巴黎俄国移民困难户慷慨解囊，资助各种社会团体。普宁的好友俄罗斯女诗人沙霍夫斯卡娅在回忆录中写道:“本来他的奖金够活一辈子，可是普宁却连一套房子都没买。”

普宁不是托尔斯泰，也不是高尔基。他自 1920 年 2 月远走巴黎，便一去不返。1945 年二战结束，斯大林曾发信邀他归国，但他并未理睬。

帕斯捷尔纳克

1946 年至 1950 年间，苏联诗人帕斯捷尔纳克的文学创作，一直受到

托尔斯泰像 涅斯捷罗夫 作（1907 年）

西方的高度重视。有关他获奖的传闻，早在50年代初就传遍苏联。1954年，帕斯捷尔纳克曾对哲学家和文学评论家弗雷登堡说，他对诺贝尔文学奖又喜又怕。喜的是，如果获奖，他便可够跻身于汉姆生、普宁和海明威等世界名家之列；怕的是，他若获奖，就不得不面对在国际场合的领奖、演说等一系列抛头露面的应酬。所以，一方面，他不反对诺贝尔文学奖，另一方面，又想摆脱西方在政治上对他的关注。他那时经常有意回避外界，埋头创作他的长篇小说《日瓦戈医生》。

1958年10月23日，经法国作家加缪推荐，帕斯捷尔纳克获得诺贝尔文学奖，成为苏联第二位获此殊荣的作家。他获奖的理由是，“在现代抒情诗和伟大的俄罗斯叙事文学领域中所取得的杰出成就”。帕斯捷尔纳克致电瑞典，用八个字高度概括复杂心情：“感谢，高兴，自豪，难堪”。尽管他做了思想准备，但当时他无论如何想不到，来自当局的压力重如高山倾倒，几乎是灭顶之灾。

帕斯捷尔纳克获奖后厄运不断。获奖第三天，即1958年10月25日，苏联《文学报》便严厉指责他说，帕斯捷尔纳克为了得到诺贝尔文学奖，就像为了30枚金币而出卖耶稣的犹大一样，加入了国际反苏宣传。获奖当天，苏联作协领导人要求帕斯捷尔纳克发声明拒绝获奖，几天后，帕斯捷尔纳克被开除出作家协会。

帕斯捷尔纳克的儿子在回忆录中说，最让帕斯捷尔纳克精神崩溃的事情，是10月29日，帕斯捷尔纳克的情人伊文斯卡娅也受到了牵连，丢掉了工作。帕斯捷尔纳克当天便给斯德哥尔摩和作协分别发去电报，前者写道：“由于我所属的协会赋予你们奖励的意义，我必须拒绝授予我的殊荣，请你们别怨我自愿放弃。”而后者则哀求说：“请把工作还给伊文斯卡娅吧，我已经拒绝获奖了。”

苏联作协处理帕斯捷尔纳克的主要原因，并非他获得了诺贝尔文学奖，而是针对他的小说《日瓦戈医生》在海外出版。这其中有三个含义，第一，1956年5月末，帕斯捷尔纳克亲自将小说手稿，交与意大利出版商唐热洛在境外出版，触犯了苏联新闻出版审查之大忌；第二，苏联文化处官员召见帕斯捷尔纳克，要求他向唐热洛索回手稿，但帕斯捷尔纳克没有做到，唐热洛抢在苏联前面一字不删地出版了小说。第三，国家指派苏联作协审定小说，最终他们一致认为作者否定十月变革，小说不宜发表。而《日瓦戈医生》那时却已在西方大获成功，给作者带来巨大荣誉，极大地挑战了苏联的霸权地位。

不久，印度总理尼赫鲁致电赫鲁晓夫，建议成立保卫帕斯捷尔纳克委员会，使他免于获刑和尽快平息事态。这个建议也很合赫鲁晓夫的心意，他其实并不愿意苏联内部意识形态之争国际化。他遂下令对整肃帕斯捷尔纳克的当事人给予行政处分，但同时，苏联作协也责令帕斯捷尔纳克写出两封公开忏悔信，一封写给苏联人民，发表在《真理报》上；一封则写给总书记赫鲁晓夫。这两封信是否出自帕斯捷尔纳克亲笔很难说，但是最后的签名却是他本人。

1960年5月30日，帕斯捷尔纳克在悲苦和孤独中病逝。他家人说，他死前没有来得及完成他的剧本《瞎美人》，可谓抱憾终生。

肖洛霍夫

1965年，肖洛霍夫获得贝尔文学奖，幕后推手是法国著名哲学家、存在主义文学旗手萨特，他向瑞典皇家科学院推荐了肖洛霍夫的长篇小说《静静的顿河》。尽管时至今日，有关《静静的顿河》的手稿之争仍未平息，但无论如何，它都是20世纪最伟大的小说之一。

肖洛霍夫1905年5月24日，出生在俄罗斯罗斯托夫州顿河流域的维申斯克镇。他对这条河念念不忘，不惜笔墨，最终将它变成一条不朽的大河。他还在作品中展现生活在顿河流域的哥萨克，为了捍卫沙皇的利益进行殊死搏斗的故事。1917年十月革命不久苏俄爆发内战，顿河流域的很多青年人都参加了白军作战，而肖洛霍夫却参加了红军。他做过后勤保障人员，当过机枪手，也亲身参加过战斗。

1932年，他加入苏联共产党，1937年他当选最高苏维埃委员，1939年，他入选苏联科学院院士，1956年他出席苏共20大，1959年肖洛霍夫随苏共中央总书记出访欧洲和美国。1961年，肖洛霍夫当选苏共中央委员。可见，肖洛霍夫1965年获得贝尔文学奖时，正春风得意，是赫鲁晓夫的宠儿，与帕斯捷尔纳克的命运有天壤之别。

肖洛霍夫蜚声世界文坛的作品，是他的四卷集长篇小说《静静的顿河》。小说的第一卷和第二卷于1928—1929年出版，第三卷于1932—1933年出版，第四卷在1937—1940年出版。而西方翻译出版的时间则晚于苏联，第一卷和第二卷于1934年出版，第三卷和第四卷于1940年以后出版。直到此时，苏联和世界文学批评家，才对肖洛霍夫的文学天赋发出惊叹。他所展现的第一次世界大战、十月革命和国内战争的宏大场面，以及重大历史事件与哥萨克之间关系震撼人心。他的小说，故事跌宕起伏，语言精湛优美，国内外专家称其为苏俄全景文学的经典之作。

当然，苏联对《静静的顿河》第一卷和第二卷也有争议。作协认为有反布尔什维克倾向，由于高尔基出面保护，肖洛霍夫才免于获罪。

30年代，肖洛霍夫的《静静的顿河》写作正酣，苏联要求他搁置写作，转而开始另一部新书的创作。这本书就是读者后来熟知的，描写苏联农业集体化运动的长篇小说《被开垦的处女地》。这部小说也像《静静的顿河》一样尚未全部完成，便公开发表，结果也招致很多批评。但是，这次肖洛霍夫却得到了苏联作协的支持。作协认为,《被开垦的处女地》第一卷(1932 年)对苏联农业集体化运动做出了客观评价，也展示出作者全景式长篇小说的创作才华。尽管如此，肖洛霍夫还是在 40—50 年对《被开垦的处女地》的第一卷做了修改，但小说的第二卷出版已经是在 1960 年了。文学界评价说,《被开垦的处女地》前后两卷风格与水准大有出入,《被开垦的处女地》和《静静的顿河》相比，简直不像出自同一个作者之手。

《他们为祖国而战》三部曲是肖洛霍夫的第三部长篇小说，也是他卫国战争时期做随军记者的生活体验。这本小说的第一部，前后用了 10 年的时间才写完，他从 1943 年起即在《真理报》上刊载，直到 1958 年才出版第一部。最终，肖洛霍夫也没有完成三部曲中的另外两部，所以,《他们为祖国而战》是一部未完成的小说。

1965 年，苏联作协为肖洛霍夫举办五十大寿庆典，并为他颁发第三枚列宁勋章。就在这一年，他因为小说《静静的顿河》等作品所表现的“俄罗斯转折时期哥萨克的史诗艺术力量和价值”而获得诺贝尔文学奖。他在获奖感言中说，他写作的目的是“为了歌颂劳动者、建设者和英雄的民族”。

肖洛霍夫拿到诺贝尔文学奖后说，他最大的愿望就是带孩子到世界各地游历。据记载，肖洛霍夫领着全家去欧洲和亚洲旅行。他们游历了英国、法国、意大利和日本等国。肖洛霍夫还在英国给朋友们买了 20 件毛衣，大约花费了 3000 美元，他还捐献了 62000 美元，为家乡罗斯托夫市修建图书馆和文学俱乐部。

1984 年，肖洛霍夫在家乡维申斯克镇去世，享年 78 岁。俄罗斯侨民文学批评家斯洛宁认为，肖洛霍夫的《静静的顿河》堪与托尔斯泰的《战争与和平》相提并论，虽然肖洛霍夫小说的艺术水准远逊色于托尔斯泰的巨作。肖洛霍夫却踏着俄罗斯文学巨匠的足迹前进，最终将自己融入了历史。

20 世纪 70 年代，苏联另外一位诺贝尔文学奖索尔仁尼琴指责肖洛霍夫的《静静的顿河》剽窃 20 年代哥萨克军官、作家克留科夫的小说。

索尔仁尼琴

索尔仁尼琴，1918 年 11 月 12 日生于北高加索的基斯洛沃茨克。他父母皆为农民，自己却有幸受到良好的教育。索尔仁尼琴出生时，苏俄内战正酣，那时，他母亲把他带到顿河河畔的罗斯托夫市谋生。索尔仁尼琴于 1938 年考入罗斯托夫大学学习，尽管他喜欢文学，可还是选择了物理和数学专业，因为他认为文学不是饭碗。

1940 年，他娶了同学列舍托夫斯卡娅为妻。翌年，他获得了大学毕业证书以及莫斯科文史哲学院函授文凭。索尔仁尼琴大学毕业后，在一所中学当数学教员。1941 年，卫国战争爆发，他便参军当了炮兵。1945 年 2 月，索尔仁尼琴遭朋友告密，原因是他与朋友通信时批评了斯大林，遂被剥夺了上尉军衔，并被押解到莫斯科，关押在著名的“卢比扬卡”监狱。

索尔仁尼琴先是在莫斯科监狱关押，后来又转押至莫斯科郊外马尔芬诺特别监狱。那里实际上是关押苏联数理化专家和进行秘密研究的基地。索尔仁尼琴事后说，他的物理数学系大学毕业文凭救了他一命。以后，他又从马尔芬诺监狱被押往哈萨克斯坦监狱，此时，索尔仁尼琴已经胃癌晚期。

索尔仁尼琴于 1953 年 3 月 5 日斯大林忌日被释放，他后来在塔什干治愈了癌症，又被关押到其他劳改营和流放地。1956 年，他解除了流放，

1957 年恢复名誉后定居梁赞市，做中学数学教员。索尔仁尼琴的夫人列舍托夫斯卡娅，在他关押期间虽另有所爱，但后来回到了索尔仁尼琴身边。

1962 年 11 月，经赫鲁晓夫亲自批准，索尔仁尼琴描写苏联劳改营生活的中篇小说《伊凡 · 杰尼索维奇的一天》在《新世界》杂志刊出。小说甫一发表，立即引起国内外的强烈反响。专家认为,《伊凡 · 杰尼索维奇的一天》堪与俄国经典作家陀思妥耶夫斯基的《死屋手记》相媲美。

1963 年，索尔仁尼琴发表因《马特辽娜的家》等短篇小说而加入苏联作协。此后他又写了一些小说，1966 年的短篇小说《扎哈拉 - 卡利塔》是索尔仁尼琴在苏联发表的最后一部作品。索尔仁尼琴的第二任太太娜塔莉娅说，索尔仁尼琴 1951 年在哈萨克斯坦亚基巴斯吐兹劳改营服刑的时候，一次偶然的机会听说了诺贝尔奖。就立志要获得这个奖。

索尔仁尼琴 1964 年被提名为列宁奖金获得者。然而，伴随赫鲁晓夫退出苏联政治舞台，他的小说《伊凡 · 杰尼索维奇的一天》也受到公开批判。索尔仁尼琴 1968 年创作了描写马尔芬诺特别监狱的长篇小说《第一圈》及叙述苏联集中营历史和现状的长篇小说《癌病楼》(1968—1969)，也相继遭到封杀。当年，这两部小说的手稿流落西方，未经索尔仁尼琴同意便公开发表了。索尔仁尼琴的处境更加被动，致使他公开与苏联对抗，他拒绝承担两部作品在海外出版的责任。索尔仁尼琴认为，政府没收他的小说手稿导致他的手稿流落海外，并制造逮捕他的借口。1969 年 11 月 5 日，索尔仁尼琴被开除出苏联作家协会。

1970 年，索尔仁尼琴因在“发扬俄罗斯文学的宝贵传统方面所显示的美学力量”而获得诺贝尔文学奖。他虽然接受了诺贝尔奖，但却未能前往领奖。索尔仁尼琴如他的前辈帕斯捷尔纳克的境遇一样，苏联作协认为，诺贝尔奖评委会颁奖给索尔仁尼琴，是反苏政治敌对势力的行为。索尔仁尼琴被迫取消前去领奖，直到 1974 年他才解释说:“难道我会为领这么个奖而离开苏联，失去祖国，无家可归吗?”

1973 年，索尔仁尼琴最重要的著作《古拉格群岛》被克格勃抄走。这部作品是他在亲历的基础上，凭借个人记忆写成的一部触目惊心的苏联政治流放史，其中包括 200 多名囚徒的口述和笔录。同年 12 月，此书在巴黎由俄国侨民出版家、出版家斯特鲁维出版。

索尔仁尼琴于 1974 年 2 月 12 日因叛国罪被驱逐出境，送往西德。同年，他与妻子列舍托夫斯卡娅离异，离开欧洲前往美国。他用诺贝尔奖奖金在佛蒙特州购买了庄园。在那里，他写出了《古拉格群岛》的第三部，（1976 年出版俄文版，1978 年出版英文版）后来他又写出了《1914 年 8 月》和《红轮》等重要著作。围绕索尔仁尼琴作品的争议从来没有停止。美国文学批评家艾本斯坦认为，对于索尔仁尼琴来说，道德冲突是其作品的基础。塞尔维亚作家和评论家吉拉斯说，20 世纪 70 年代，索尔仁尼琴填补了俄罗斯文化和道德领域的真空，他把普希金、托尔斯泰、果戈理、陀思妥耶夫斯基、契诃夫和高尔基曾向全人类展示过的那颗俄罗斯灵魂，在失落多年之后又找了回来。

80 年代之后，苏联公开出版索尔仁尼琴的作品。1989 年，苏联作协书记处撤消了将索尔仁尼琴开除出作协的决定。1994 年，索尔仁尼琴接受叶利钦的邀请回归俄罗斯。2008 年 8 月 3 日，索尔仁尼琴在莫斯科病逝。

布罗茨基

布罗茨基（1940—1996），1940 年 5 月 24 日出生于苏联列宁格勒。他 16 岁就开始写诗。那一年恰是苏共领袖赫鲁晓夫登台执政，媒体称那是苏联文学解冻的一年。1957 年，他的一首诗:“别了，忘掉吧，不要指责……”得到68岁的著名苏联诗人阿赫玛托娃的赏识。那时阿赫玛托娃和她的前夫，俄国诗人古米廖夫刚刚平反。她告诉布罗茨基，诗人一生既可享受光荣，也要承受痛苦。

1964年，年仅24岁的布罗茨基以“社会寄生虫罪”被捕。在苏联，无业的诗人不是正经人，写诗也不是职业，不是劳动者，而不劳动可耻。这反映出当时苏联意识形态坚冰不化，也暴露了创作自由远未解禁。布罗茨基被判处5年流放，押送到苏联寒冷的北方——阿尔汉格尔斯克州。1965年，布罗茨基被允许返回列宁格勒，1966—1967年，他共出版了4本诗集。但是在这期间，他的绝大部分诗作都被辗转送往西方发表，比较知名的有《短诗与长诗》（1965年）和《荒漠宿营》（1970年）。

布罗茨基1972年被迫移民海外，他先后在维亚纳和伦敦落脚，后来定居美国直到去世。他在国外开始尝试用俄英双语写作，并在大学任教，他还将英国玄学主义诗歌和波兰侨民诗人米洛什的诗歌翻译成俄语。布罗茨基移民国外后，成为俄美两个文化阶层的中心人物，很受关注。他的创作具有深刻的哲理，强烈的讽刺和幽默与机智。他的作品引得不少俄罗斯诗人争相模仿。1986年，他到美国后出版的作品集《比一少》荣获美国文学批评奖。后来他又被密执安大学、剑桥大学、哥伦比亚大学等世界知名高校聘请为教授。1979年，他被美国耶鲁大学聘为荣誉教授和美国文学艺术学院院士。

20世纪70—80年代，是布罗茨基创作收获的季节，他除了出版《短诗与长诗》和《荒漠宿营》之外，还出版了《语言一部分》《罗马悲歌》《一个美丽时代的终结》《新诗》等作品集。

1987年，布罗茨基由于他的作品“超越时空限制，无论在文学上及敏感问题方面，都充分显示出他广阔的思想和浓郁的诗意”而获得诺贝尔文学奖。

然而，曾经流亡英国的苏联著名作家阿克肖诺夫对布罗茨基的成就却不屑一顾，他认为，布罗茨基是个平庸的作家，他获得诺贝尔文学奖不过是走运而已，因为他占尽了天时与地利。

布罗茨基获得奖金之后，按照朋友的建议在纽约开了一家俄罗斯餐厅，前去捧场的人趋之若鹜。1996 年 1 月 28 日，布罗茨基在美国去世。人们按照他的遗嘱，将他安葬在意大利水城威尼斯。

不朽军团

“不朽军团”，指的是俄罗斯在反法西斯胜利日（5 月 9 日）举行的全国各大城市“爱国主义社会大游行活动”。这项活动的首创，是来自托姆斯克市的记者拉片科夫和他的三位同仁。他们创办活动的本意，是想通过“社会活动保存苏联伟大卫国战争一代人的个人记忆”。

“不朽军团”的主要策划人拉片科夫说，实际上他们几位早在 2011 年，就在托姆斯克完成了“不朽军团”的策划。他们在共同起草的“不朽军团”章程中规定，“不朽军团”仅是民间为纪念苏联伟大卫国战争的自发群众游行，不具有任何政治和商业动机。

拉片科夫认为，“不朽军团”的构想并非他们的独创。因为在俄罗斯库兹巴斯矿区的一些城市，如新库兹涅茨克和普罗可别夫斯克等，早在 2004—2006 年举行胜利日游行的时候，就有群众自发地组织过举牌（战争年代家人老照片）游行。拉片科夫说，正是群众自发组织的举牌游行启发了他。

据笔者所知，类似于“不朽军团”的自发群众游行早在苏联时期就曾有过。比如 1965 年 5 月 9 日，苏联新西伯利亚 12 中学的学生就手举父辈或亲属的照片，自发地组织游行活动。这是我查到的，迄今苏联民众最早的纪念伟大卫国战争的自发游行。1985 年 5 月 9 日，苏联利佩茨克州的孔科洛杰季村的列宁大街，也举行了村民自发举牌游行。后来他们形成惯例，每年逢 5 月 9 日卫国战争纪念均到此游行，且持续了很多年。1985

年，苏联俄罗斯联邦共和国彼尔姆市，举行了军人配偶和子女游行。民众手举父辈或亲属的照片，穿过城市的主要街道。

类似“不朽军团”的群众自发活动，苏联解体之后也曾发生。2006年，俄罗斯科米共和国的乌赫塔市青少年，手举父辈或亲属的照片游行，并将照片送往市中心英烈墓2009年。此外，乌克兰的塞瓦斯托波尔市也曾有过群众举牌游行活动……

“不朽军团”首倡者拉片科夫说，他的创意并非来自历史，而是源于梦幻。2007年的一天夜里，他做了个梦。梦见自己5月9日在秋明市组织了一场群众自发的举牌游行活动，不过名字不叫“不朽军团”，叫“胜利者阅兵”，参加者都是苏联卫国战争英烈遗孤或者亲属。此后，“胜利者阅兵”名声远播，俄罗斯20多个城市竞相效仿，倡导者拉片科夫也声名鹊起。说起这场梦，拉片科夫也承认，日有所思夜有所梦，原来他发现莫斯科5月9日参加老兵方阵的游行人数逐年减少，便心生焦虑，终日思忖如何使老兵方阵保持人气旺盛，长盛不衰。他忽然想到苏联时代，纪念卫国战争活动中，一些城市的军人家属和子女游行的情景，他们手举父辈或亲属的照片穿过城市的主要街道，遂产生了组织“不朽军团”的构想。拉片科夫立即便通过他供职的TB2电视台向市民发出呼吁，让当地居民自发加入托姆斯克市胜利日阅兵的老兵方阵，举起贴着照片或者写有标语的牌子，让老兵与他们的后代一起游行，共享祖国保卫者的荣光。

莫斯科副市长舍维佐娃于2010年在莫斯科卫国战争纪念地俯首山举办了大型集会，名为“胜利英雄——我们的祖父和曾祖父”。5000名青少年参加了这项活动，其中还有《伟大卫国战争编年史中的我家》——全国征文大赛的获胜者，可谓声势浩大。舍维佐娃在集会上首次使用了“不朽军团”这个字眼，赞扬俄罗斯是一个英雄辈出的民族。从此之后，“胜利英雄——我们的祖父和曾祖父”活动便派生出一个新单元，2013年起，这个单元正式定名为“不朽军团”，其活动内容就是参与者举牌游行，但是游行者并非群众自愿参加，而是莫斯科政府或相关机构挑选代表参与。

2012年5月9日，拉片科夫“不朽军团”的构想终于得以落地实施，托姆斯克市6000多市民，高举2000多张苏联伟大卫国战争参加者的照片或标语，浩浩荡荡地走过街头，俄罗斯民间“爱国主义社会大游行活动”——“不朽军团”的美好创意大功告成。此后，不仅拉片科夫的名字走红俄罗斯，而且民间“不朽军团”游行活动也借助媒体的传播力量，开始向托姆斯克周边城市，甚至向海外延伸。截至2012年12月，仅俄罗斯组织“不朽军团”游行活动的城市即达到15个，另外，乌克兰、哈萨克斯坦和以色列3个国家也申请加盟。2013年，俄罗斯庆祝伟大卫国战争68周年活动时，加盟拉片科夫“不朽军团”的俄罗斯城市和乡村达到120个；2014年，“不朽军团”加盟城市和乡村猛蹿至500个；2015年，全俄境内1150个居民点和世界17个国家加盟“不朽军团”，2016年，国际加盟者升至42个国家。

2012年，莫斯科的“胜利英雄——我们的祖父和曾祖父”及全国征文大赛《伟大卫国战争编年史中的我家》又添加了“不朽军团民间编年史”项目，即通过民间渠道收集、整理和出版卫国战争家庭史料。截至2015年，“不朽军团民间编年史”编委会共计收到25万篇（部）卫国战争家庭史，2016年，收到35万篇（部）。编委会所收集的史料，不仅讲述了伟大卫国战争期间前方红军将士浴血奋战的故事，也展示了后方生产者的劳动画面，还有苏联儿童的遭遇和德军集中营战俘的真实生活。在俄罗斯，“不朽军团民间编年史”项目被认为是“不朽军团”的一个不可分割的组成部分。

2014年1月，拉片科夫的“不朽军团”在俄罗斯登记注册，获得国家颁发非商业机构运营执照。但拉片科夫不可能派专人在全国数百个城市和乡村直接参与游行活动的组织和指导工作，所以，各地的活动仍由当地志愿者组织和指挥，条件是，他们必须恪守“不朽军团”的章程才能获得委托，并按要将活动情况向总部报备。拉片科夫也曾处理过对违反规章制度的组织者，比如莫斯科 2013 年“不朽军团”组织者泽姆佐夫因违规组织活动，而被总部理事会解除职务。

拉片科夫说，鉴于政治、民族、反恐等各种因素，在俄罗斯举办民间大型活动，经常需要得到国家相关部门，有时甚至是总统的特别批准方能实施。比如说 2015 年俄罗斯举办伟大卫国战争 70 周年庆典时，“不朽军团”开始申请红场群众游行时就未获批准，后来他们不得不改为政府机构与社会组织联合申办的方式，最终才获得批复。

根据莫斯科警方提供的数字，2015 年莫斯科参加“不朽军团”游行的人数超过 50 万人，游行队伍从白俄罗斯火车站出发，沿着莫斯科滨河大街步行至克里姆林宫，队伍中就有俄罗斯总统普京，他当时手举父亲的照片与民众一起游行。普京对游行者说：“苏联时代每个人都有一个梦想，就是参加阅兵游行，现在梦想实现了，最重要的是，不朽军团这项活动不是诞生在办公室里，而是在人们的心里。”这是普京第四次参加“不朽军团”游行。俄罗斯政府对 2015 年“不朽军团”的支持力度也不小，国库斥资 700 万布卢（折合约 12 万美元）援助民间游行，这在历史上亦为罕见。

2018 年 5 月 9 日胜利日，仅在莫斯科一地就有上千万人次参加“不朽军团”游行活动，但这次游行路线与 2015 年 5 月 9 日的路线略有不同，虽然游行队伍依旧是从白俄罗斯火车站出发，但却是沿着特维尔大街走向红场。游行人员像往年一样，高举着曾经参加过卫国战争的亲属照片，有的一家老少都穿着苏军军装，还有的边走边在拉手风琴，高唱苏联卫国战争时期的歌曲。这一日，中俄民间共同发起的“不朽军团”游行活动在北京朝阳公园举行，意在追思反法西斯战争中牺牲的中俄英烈。截至 2018 年，全球共有 80 个国家和地区的民众参与了“不朽军团”的游行活动。

“不朽军团”对俄罗斯具有非凡的意义，一方面，它通过彰显凝聚力和民族自豪感锻造大国软实力；另一方面，俄罗斯借助倡导国际文化传播活动，巧妙地改善它的国际形象。